非典型幸福

Atypical Happiness

[澳] 五月舟 著

台海出版社

非典型幸福　＼

　　《非典型幸福》改编自一个真实的故事。2020年这场突如其来的新冠肺炎疫情，给了我们不同的视角看待生命，也给了我们更多时间慢下来思考人生。我也难得有空躲在家里，用心写下这个故事，记录这份得来不易的爱情。

　　还是个小女孩的时候我就开始憧憬童话故事里的典型幸福，好像王子和公主都会有一生一代一双人的幸福结局。长大后才发现，幸福其实是多种多样的，错过一次并不是错过一世，离婚有时也不失为一种有效的解决方案。

　　人生的确只有一次，但在这只此一次的人生里，我们却有无数次选择的机会。如果此刻的你正在痛苦的婚姻里挣扎，如果你感到很累，很冷，很无助，请一定要勇敢地爱自己，不要轻易对命运妥协，更不要放弃对幸福的渴望。越是黑暗越要追着光的方向，不能熄灭心中的太阳！

　　希望你能通过男女主人公的经历和挫折产生属于自己的共鸣，从他们的非典型幸福中看到一些属于自己的希望！生命还长，别太早认输，别太早枯萎。好好爱自己，爱家人，爱生活！

　　罗曼·罗兰曾经说过："世界上只有一种英雄主义，那就是在认清生活的真相后，依然热爱生活。"在这个纷纷扰扰的世界里，饱尝过爱情的苦，却依然相信爱的男男女女们，大约就是这个年代的英雄了！

　　为了在茫茫人海中追求那份独一无二的懂得、默契与心疼，他们不惜放弃很多，付出很多，孤独很久。经历过寒冷的人，更能体会阳光的温度；错爱过的人，也更能分辨什么是爱，什么只是其他。

　　于是，孤独的战士披上隐形的铠甲，收起眼泪、挂上微笑，向着有光的地方努力奔跑。他们的心依然干净、赤诚、热血，只是不再轻易心动。直到有一天遇到了那个人，他能看到她笑容背后的眼泪，她能读懂藏在他眼角的忧伤。两个受伤的灵魂终于相认，彼此治愈、相互温暖、爱成永恒。

　　我羡慕李银河和王小波的爱情，也爱那本《一生所寻不过爱与自由》。少时不解这个书名，只知道爱是极好的，自由亦是极好的，但爱与自由怎可兼得？如今读懂已是中年，才领悟到真正的爱是两个灵魂自由的碰撞、守护和滋养。

关于爱与自由，周国平先生的这句话是迄今为止我读过的最好注解："我觉得一个好的伴侣关系，应该是以信任之心不限制对方的自由，同时又以珍惜之心不滥用自己的自由，这是一种最好的关系。"

在追求幸福的道路上，我们都在慢慢经历，慢慢懂得。生活本就是一次次的受伤、重启，拿起、放下，失去、归来。只要生命不息，人生最好的章节就有可能出现在明天！

请容许我真诚地祝福可爱的你们。祝你们有历经千帆皆为风景的胸怀，不要多纠结过眼云烟，只专注过好当下与前方的生活。祝你们可以跨过所有坎坷，找到灵魂的栖息地。祝你们不忘初心，不负更好的自己，早日找到属于自己的那份非典型幸福！

五月舟

目 录

第一章　　悉尼的蓝花楹 ．．．．．．．．．．001

第二章　　曾经的爱情 ．．．．．．．．．．．010

第三章　　人生若如初见 ．．．．．．．．．022

第四章　　结束是另一个开始 ．．．．．034

第五章　　三个女人的火锅 ．．．．．．．047

第六章　　意料之外的惊喜和惊吓 ．．．060

第七章　　斯人若彩虹　遇上方知有 ．．072

第八章　　生活需要一点甜 ．．．．．．．．083

第九章　　最黑的夜　最亮的光 ．．．．095

第十章　　除了生死都是小事 ．．．．．．108

第十一章　只要活着　就有希望 ．．．．120

第十二章　缘是凡人参不透的玄机 ．．．133

第十三章　第九十九天的礼物 ．．．．．．146

第十四章　　不睡觉的机器人 156

第十五章　　他的善良很坚实 168

第十六章　　默契的灵魂坦诚相见 ... 182

第十七章　　光阴的馈赠 195

第十八章　　回家是为了更好出发 ... 209

第十九章　　月圆月缺都是你 223

第二十章　　真爱好甜 236

第二十一章　缘像失散多年的家人 ... 248

第二十二章　靠近幸福　倍感幸福 ... 264

第二十三章　真爱配尝的苦与甜 281

第二十四章　失去　归来 297

第二十五章　非典型幸福 311

后　　续 327

非典型幸福　＼

第一章　悉尼的蓝花楹

十月是悉尼最美的季节，有一种叫 Jacaranda 的树每逢这个季节都会开满淡紫色的花，那种紫并不浓烈，甚是清雅，初开时更接近藕荷色，通常可以从十月一直开到圣诞节。Jacaranda 有个好听的中文名字叫蓝花楹，花语是：在绝望中等待爱情。一年中的大部分时间里，它看上去都与其他的大树没什么不同。然而蓝花楹一旦绽放，那平日里平淡无奇的树冠，就会蜕变成巨大的淡紫色花伞，把悉尼的大街小巷笼罩在美轮美奂的花海中。

这是苏清容最熟悉的一条街，每天上班她都会把车停在这里，然后步行到对面的写字楼开始一天的工作。然而今天，她并不像往日那般行色匆匆地赶去公司，而是若有所思地在这条开满蓝花楹的街上驻足了很久。因为就在刚刚，手机屏幕上跳出了一条信息，提示她房贷余额已清零，而她最爱的蓝花楹也如期开满了整座城！

她走到一棵高大的蓝花楹下面，像个淘气的孩子一样抬起头，仰望天空。清晨的阳光穿过淡紫色树冠的缝隙，温柔地洒在她的脸上。一阵微风恰到好处地轻轻拂过，紫色的花瓣纷纷飘落，美若梦境一般。花瓣雨轻轻散落在她的脸上，也撩拨在她的心上。

苏清容静静地站在树下，一头光泽的长发带着微微的弧度，自然地披散在肩头，随着微风轻轻拂动。她身穿浅蓝色连衣裙，藏蓝色西装外套，脖子上系着一条小巧的蓝色条纹丝巾，脚上踩着黑色高跟鞋。她身上既有职业女性的知性干练，又有亚洲女性特有的纤细柔美，周身散发着一种独立大方，又不乏优雅温婉的气质。

苏清容的脸上有一种宽容大气的美，一双经历过世事依然干净的眼睛，和一种单身了很久的女人特有的孤清的气质。有的女人的美丽是直接的，第一眼望去就显而易见，但是看久了会觉得那第一眼即是巅峰。而苏清容的美含蓄不招摇，充满善意和亲和力，温柔间带着几分倔强，沉静间带着几分清冷。她的五官并没有哪一处让人觉得特别惊艳，但是组合在一起却形成了一种和谐的美，初见让人觉得舒服，越看越觉得有种经得起品味的美好。

也许这就是所谓的第二眼美女吧！如果第一眼美女美在皮相，那么第二眼美女大概就美在一种由她的经历、才情和修养烘托出来的气场。古人有云：腹有诗书气自华。放到现在，无非就是网络上流行的那句：你的气质里藏着你读过的书，走过的路，爱过的人。

如果此刻有人碰巧路过，看到紫色花树下的这个美丽背影，大约都会觉得这是个美好幸福的女人吧！她应该有着美好的爱情，过着美好的生活，此刻正在用美好的心情，赏着美好的花。可谁又能想到，她有过怎样的故事，经历过怎样的痛苦，又是如何重新站在阳光里的！

对于这个世界而言，每个人都只是一个平凡的存在；然而对于自己而言，为了能平凡地活着，有的人已经拼尽了全力。生活从来都不是容易的，只是不容易的那一面，我们都不愿被人看到而已。正如此时的苏清容，她如今的清明通透背后付出过多少迷惘和汗水，只有她自己知道。

今年三十六岁的苏清容是个土生土长的北京姑娘。十八岁那年只身到澳大利亚留学，主修家居设计专业。大学毕业后，她顺理成章地留在澳大利亚工作了几年，这期间也谈过一段懵懵懂懂的恋爱，然后好合好散，彼此祝福，各奔东西。

二十六岁那年，苏清容回到北京工作，认识了一个叫姚天宁的男人。她以为自己遇到了真爱，嫁给了爱情。她以为从此拥有了一个温暖的小家来抵挡外面的风风雨雨，却万万没想到那段婚姻带给她的不是温暖，反而是一场接一场的阴风冷雨。

老公的漠然、冷暴力，以及后来的出轨，让她内心经历了无数次的撕扯。如果不是为了女儿，她会毫不犹豫地选择逃离，绝不给任何人那样践踏她自尊的机会。然而为了给女儿一个完整的家，她花了整整三年的时间去尝试，去沟通，去妥协。屡试无果，屡屡心寒！

办完离婚的那一年她正好三十岁，一个人带着三岁的女儿，四个箱子，回到了澳大利亚。她在悉尼租了一间小小的公寓，开始了新的生活。善良的人大多容易有自责的倾向，面对伤害总爱习惯性地自我检讨！苏清容对自己没能给女儿一个完整的家，总是充满了愧疚和心疼，也自然而然地想要尽最大的努力给女儿快乐和安稳。

幸好彼时年幼的女儿对那个一直缺席的父亲并没留下太深的印象。她天生具备开朗乐观的性格，再加上一直被妈妈保护得很好，一路成长得健康快乐，像是一朵向阳而生的太阳花。

不管是经济上的匮乏，还是情感上的无助，苏清容都尽量一个人撑过来了！她甚少在女儿面前祖露自己的负面情绪，实在感到焦虑和无助时，她也会等到女儿睡了才敢痛痛快快地哭一回，再在女儿醒来前及时擦干眼泪。渐渐地，坚强变成了一种习惯，流水的年华成就了一个成熟独立的女人。

如今，苏清容已经一个人带着女儿生活了整整六年！如果不是爱和责任感使然，一个原本柔弱的女人又怎会有这样的毅力，一口气跑完了一场坚持了六年的马拉松！这些年，她靠自己的努力把一个个小目标变成了现实，从租房到置业，从二手车到换新车，从打工到拥有自己的事业，她都一一做到了！

如今回想起来，苏清容也有点不敢相信，自己是怎么做到这一切的！就像她刚刚看到网银账户里的欠款归零，恍惚间也有点不敢相信自己的眼睛。想想自己从二十六岁开始在婚姻里挣扎，到如今三十六岁把生活过成了自己想要的样子，用了整整十年的光阴，也用尽了全部的力气！

十年的时间不算长，也不算短！今天的苏清容好想谢谢自己，谢谢自己不管多难，都不曾把时间浪费在无谓的抱怨和自怜自艾上。即使是在那些最无助的日子里，她依然没有放弃逃脱黑暗的勇气，没有停止朝着有光的方向努力奔跑。

关于婚姻，从小听到的都是一生一世、不离不弃、白头偕老。从来没有人告诉过她：千万别为了一段消耗的婚姻，丢掉了人生中最宝贵的岁月！现在回想起来，当初能鼓足勇气结束那段婚姻，大概是她这辈子做过的最正确也是最艰难的决定。如今活出了几分通透，再重新复盘当年的郁结，才豁然发现，那只是一道答案明朗的选择题：

A. 坚守错误，继续辜负岁月。

B. 及时止损，还自己一个新的开始。

其实很多时候，人容易因为惯性失去重新开始的勇气。如果任凭痛苦的婚姻像刻刀一样，把自己雕刻到面目可憎都没有勇气去改变，那就别怪岁月锋利！如果对自己的错误选择认尿投降、麻木苟活，那就别怪岁月无情、生活无味！

苏清容自问还算对得起她这十年的光阴。她失去了一个不值得的男人，一段消耗人的婚姻，收获了一个可爱贴心的女儿和一个永远靠得住的自己！她接下来要好好想想，下一个十年该怎么过。毕竟，人生还有好几个十年……

苏清容微笑着走进办公室，与往常一样礼貌地跟同事互问早安。没人能看出这个一脸云淡风轻的女人，刚刚在脑海中经历过怎样的波澜，在心里又有过怎样的翻江倒海。这些年不管是开心还是伤心，精神饱满还是累到崩溃的边缘，苏清容都努力要求自己尽量在公司保持积极向上的情绪。她知道，不因为私人情绪给老板和同事添堵，是一个成熟职场人必备的自我修养。

苏清容工作的状态大多是踏实专注的，与客户交流时总能体现出专业耐心的态度。她善于倾听客户的需求，能准确捕捉客户的需求点，从而高效率地提供相应的设计方案。偶尔跟同事产生意见分歧，或被客户过分刁难，她也能及时提醒自己调节好情绪，尽快恢复到积极温和的工作状态。这样的性格和工作方式，让周边的人感到很舒服，所以在工作上，苏清容和同事的关系都相处得很好。

初回悉尼时，只能靠打散工养活自己和女儿，所以苏清容格外珍惜之后找到的这份正式工作。这是一家在悉尼小有名气的家居住宅设计公司，虽然规模不算很大，但是口碑和效益都极好。苏清容仅仅用了五年的时间，就从一个助理设计师，一路做到今天的高级设计师，这其中的辛苦只有她自己知道。

她其实很喜欢自己的工作，只是迫于经济压力不得不多接单，长期保持在别人双倍的工作量。这样高强度的工作，无形中剥夺了很多她本能在工作中享受到的乐趣，让工作越来越像是一个纯粹的经济行为。

苏清容也想大胆尝试一些有新意的设计理念，有机会接触一下更具挑战性的案例。比起重复性处理一些大同小异的设计方案，她更希望有一天能把自己的设计创意发挥到极致，成就一些更接近理想的极致设计。然而过去这些年，她需要的是稳妥，而不是风险；追求的是经济回报，而不是理想实现！

苏清容明白她必须先走好该走的路，才能有底气去走她想走的路。这些年高强度的工作，加班加点的日日夜夜，让她在这个城市渐渐站稳了脚跟。通过这份工作，她从一个背着车贷房贷的焦虑女人，变成了今天这个无债一身轻的职业女性。工作使她越来越自信，越来越有安全感。

对婚前的那个苏清容来说，安全感来自爱人口中的那句"我会永远爱你"。而对如今的苏清容来说，安全感却来自属于自己的车、房、存款和能养活自己的能力！每次看到工资和佣金进账，看到银行欠款又变少了一点，就是她最需要的安全感！

至于爱情，对苏清容这样一个单亲妈妈来说，无疑是件奢侈品。这些年，她忙到根本腾不出时间和精力去奢望什么爱情！女人在无助时，总容易错把依赖当作爱情。在刚离婚那段最无助的日子里，苏清容也曾幻想过会凭空出现一个白马王子，救她于水火，并义无反顾地对她说那句"我会永远爱你"。

幸好苏清容的脑子还算好使，很快就意识到那只是少不更事的小孩才会相信的骗人童话！如果一段残酷的婚姻还不能让她清醒，如果生活真要等到白马王子出现才有希望，那么很大概率，这个女人的一生都会毁在这种不切实际的等待中。

经历了若干个失眠的夜，苏清容在某一个早上突然想明白了一个道理: 与其等着王子骑着白马来救自己，不如想想如何靠自己开上宝马。与其幻想幸福地生活在城堡里，不如先用自己的双手筑起一个小小的屋檐，再一步步把它打造成梦想中的样子。毕竟看上去再美丽的城堡，也是从打地基开始的!

这些年虽然辛苦，但一砖一瓦都是靠她自己努力得来的，她很感激这份让她渐渐赢得了底气和安全感的工作! 虽然已经是第六个年头了，她还是会习惯性地在踏入公司的那一刻，发自内心地感激这个工作机会和这里公平公正的企业文化。在这里，没有过多的办公室政治，大家都是凭本事吃饭，靠业绩和作品说话。

苏清容坐在办公桌前打开电脑，迅速浏览了一遍工作邮件。处理完最紧要的几封邮件，她才抬起头望了望窗外。窗外的树枝上有一对褐色的小麻雀，正在用小嘴给彼此梳理羽毛，一丝不苟，乐此不疲。苏清容出神地望着它们，眼神里流露出些许的羡慕，暗自心想着: "连麻雀都能拥有爱情! "

她马上又嘲笑自己，怎么突然变得像个怀春的少女，无端端憧憬起爱情来了! 苏清容拿起女儿送的咖啡杯，起身来到茶水间，准备给自己弄杯咖啡。往咖啡里加入牛奶的那一瞬间，她脑子里突然闪过一个念头: "连咖啡都有伴侣，凭什么我没有? "

苏清容着实觉得今天的自己有点好笑，这也太反常了! 她不许自己再胡思乱想，开始专心在电脑上绘制设计图，不知不觉就忙了好几个小时。人在集中精力做一件事的时候，往往觉得时间过得飞快，转眼就到了午餐时间。当同事们喊她去一起吃饭时，她本能地答道: "我不饿，你们去吧! "

说来也怪，一向不太吃甜食的苏清容，今天并不想吃饭，而是突然很想去街角那家新开的甜品店试试甜点。早听同事们说那家店的蛋糕特别美味，却一直都没去尝过。

这家甜品店不大，坐落在繁忙的街角，墨绿色的外墙，深茶色的落地窗，特意做旧的原木招牌上写着 Little Sweet 两个字，店名就叫"有点甜"。室内和室外各摆着几张白色的铁艺桌椅，每张小桌子上都有一束小小的鲜花。花的品种和颜色随着店主的心情随机变化，今天是一朵浅粉色的康乃馨，搭配着一小株满天星。

苏清容挑了个靠窗的位置坐下来，给自己点了一份巧克力蛋糕和招牌奶昔。难得慢下来的苏清容，看着窗外那些行色匆匆的路人，不禁在想：人这样忙忙碌碌到底是为了什么呢？除了责任和活着，总还得为了点别的吧……

这时，一个笑容甜甜的姑娘端来了她的蛋糕和饮料，浓郁的巧克力味瞬间飘入鼻腔。苏清容吃了一口蛋糕，香浓丝滑的巧克力软软糯糯划过味蕾，带来了一丝幸福的味道。她大概太久没吃过甜品了，已经快忘了甜的感觉竟然这么好！说来也是，忙着填饱肚子的人是不会有心情品尝甜品的，疲于奔命容易使人忘了对甜的渴望。然而，生活不该只是饱腹，还得活出点味道！

今天的苏清容格外需要一点这样惬意的时间，什么都不做，只安静地思考。她发现自己在卸下心头沉重的压力之后，内心又涌动出一种久违的，止水起微澜般的渴望。如果说"婚姻"这个词对她已经失去了吸引力，"爱情"这个词却依然可以拨动她的心弦，勾起她最初的悸动。

这些年有太多的事情、太多的责任落在了她一个人弱小的肩膀上。她忙着工作，忙着生活，忙着照顾她爱的人，忙到完全忘了自己。如今事业小有成就，经济大有保障，女儿也出落得聪颖可人，她的潜意识才容许她心底的渴望重新跳出来，提醒她不要忘记自己是个女人，也需要爱情的滋养！

她试着问自己：如果过去十年是为了女儿和责任而活，那下一个十年是不是可以为自己而活了？如果真能为自己而活，最想要的又是什么呢？如果人生是一场漫长的体验，那最缺失的又是什么体验呢？

苏清容吃完了那块蛋糕，似乎也找到了自己想要的答案。她想要的是爱情！爱情就是她生活中缺失的那点甜！当她的世界兵荒马乱，生存便成了她的首要任务。当她的世界失重倾斜、偏离轨道，找回重心、重回正轨又成了她日复一日的坚守。当她的世界终于恢复清澈和从容，她才感受到生命是一场不断提纯的旅行，而爱才是世间最值得的体验，是生命最纯粹的升华。

然而，经历过错爱和绝望，从一段困顿消耗的婚姻中活着逃出来的苏清容，已经不确定自己还有没有心动的能力和去爱的勇气。这些年，她把自己那颗柔软的心小心翼翼地藏在坚硬的盔甲里，不给任何人伤害它的机会。她不会再轻易心动，不再被那些表象的东西吸引，更不会让自己的灵魂妥协。但她的灵魂从未改变，她依然相信爱情，依然憧憬有爱人分享的三餐四季，依然向往幸福和美好。

其实连苏清容自己都不知道，她的潜意识就像是蛰伏的蝴蝶，一直默默孕育着更美丽、更强大的自己。只是所有的好不会轻易示人，只待有朝一日遇到那个相似的灵魂，才会肆意绽放、展翅高飞！

悉尼的蓝花楹已经开了，那些在绝望中等待爱情的人们，又会在哪一季迎来属于自己的爱情呢？

第二章　曾经的爱情

对于一个单亲妈妈来说,女儿的确是她最大的牵挂和最重的责任。然而正是因为有了这份牵挂,苏清容的心才有了归处;也正是这份责任,让苏清容变成了更强、更好的人。在那些迷惘无助、失去方向的日子里,女儿的存在就是她与这个世界的连接,帮她抵御这漫长岁月里的冷漠和孤独,一次次拾起继续前行的勇气。

下了班,苏清容开车去学校接女儿。三年前,她把苏阳转到了这所有着二百多年历史的女子私校。虽然学费远远高于公立学校,但她觉得在力所能及的范围内给女儿提供最好的教育资源,远远胜过其他投资! 苏阳也很争气,学习一年比一年出色,今年还被提名角逐学校的学术奖学金。

这所学校就坐落在苏清容上下班的必经之路上,非常便于她接送女儿。想当年,她每天驶过这个校园时,都会忍不住多看几眼校门口进进出出的女学生们。她们身着墨绿色的西服套裙,举手投足间洋溢着青春的活力和快乐的气息。那一张张干净的小脸上,透着大方清雅的气质和年轻自信的光芒。那时,她就忍不住幻想自己的女儿也能穿上这么好看的校服,走进这么美丽的校园。

苏清容清楚地记得那是三年前圣诞前夕的最后一个工作日,全公司的人中午一起吃过庆功宴,就纷纷提早下班了。她那天因为得到升职加薪的通知,心情格外好,再加上难得可以偷得浮生半日闲,便在回家的路上临时兴起，决定到校园里看看。

　　车子沿着高高的院墙向深深的校园里驶进，两排高耸入云的云山松体现出这个学校饶有年头的历史。路过硕大的操场和网球场，眼前是两座风格迥异的主楼。一侧是大气敦厚，充满历史沉淀感的古英式建筑，另一侧则是纯现代感的摩登教学楼。两种截然不同的风格交相辉映，古今的完美碰撞，营造出一种独特的和谐感。

　　苏清容穿着高跟鞋走在细细的石子路上，脚下不时发出吱吱的响声。偌大的校园竟然如此静谧，虽然离繁华的主路不过一墙之隔，爬满常青藤的高墙却把外界的喧嚣统统挡在了墙外。她不知不觉地走到了一个硕大的英式花园，里面有各色的玫瑰和一个长满紫铃藤的凉亭，鸟语花香，美若童话！

　　苏清容听到花园的深处发出咕咕的声音，走近一看，原来有个大鸡笼，里面养着大约十几只肥硕的母鸡。苏清容出神地看着那些母鸡，完全没有察觉背后走来一个年轻的姑娘。待那姑娘主动跟她问好，她才回过头来。那是一个身材高挑的澳大利亚姑娘，看上去大约十几岁的模样，脸上带着纯真灿烂的笑容。她梳着高高的马尾，露出光洁的额头，眨着一双蓝色的大眼睛。

　　姑娘手里提着一个草编的篮子，一边打开鸡舍的门往里走，一边礼貌地跟苏清容自我介绍："下午好！我是 12 年级的学生，这是我们负责养的鸡。现在虽然是假期，我们还是要轮流来学校照顾它们。你看它们多肥啊！对了，您一定是学生家长吧？"姑娘说这话的工夫，已经捡了好几个鸡蛋，小心翼翼地摆到了篮子里。

　　苏清容满眼喜欢地望着这个落落大方的姑娘，微笑着说："我女儿才六岁，我是来给她看学校的。你喜欢这所学校吗？"

"非常喜欢！我刚进这个学校时也是您女儿这么大，我很感激可以在这里长大。我很喜欢我的老师和同学，我觉得自己真是个幸运的女孩！"她说到这里提着一篮子鸡蛋走了出来，挑出两个最大的递给苏清容，"如果您不介意，把这个蛋带回家给未来的小学妹吃吧！让她先尝尝咱们学校出品的大鸡蛋！"

苏清容接过热乎乎的鸡蛋，看着她那双善良清澈的大眼睛和温暖真诚的笑容，暗自感叹：这就是我希望阳阳可以长成的样子！这么阳光自信，这么清澈善良！

苏清容一到家，就上网把这家学校全方位地了解了一遍。她不仅对硬件和师资感到非常满意，更对这间学校的教育理念深感认同。她希望自己的女儿能成为一个优雅温暖的好姑娘，无须特别优秀，但要拥有乐观自信的性格和一颗懂得感恩的心。

那晚她一边给苏阳煎蛋，一边下定了决心要把女儿送去这所学校！虽然每年两万的学费又是一笔额外的负担，但苏清容为了让女儿拥有更好的教育资源，完全不介意自己多辛苦一点！而事实证明，三年前的这个决定是明智的，苏阳非常喜欢这所学校，不仅在学习和素质上都有了很大提升，还交到了许多可爱的朋友。

回忆到这里，苏清容的车正好开到了学校门口，看到刚走出校门的苏阳远远朝自己挥了挥手。九岁的苏阳有着比同班同学还略高些的身材，健康的肤色、乌黑的长发、秀气的小脸，显得聪明伶俐。她扎着两个高高的马尾辫，像小兔子一样蹦蹦跳跳地朝妈妈跑来，脸上挂着天真烂漫的笑容。

"妈妈! 你今天过得怎么样? 上班累不累? 今天我们学校有一件特别有趣的事发生, 你想知道吗? 对了, 你上学时有跟男生一起打过篮球吗? 噢, 还有! 我们今天晚餐吃什么? 我好饿! "苏阳的小嘴噼噼啪啪地说个不停。

"亲爱的, 你一下子问这么多问题, 妈妈怎么回答你啊! 先给妈妈讲讲又发生了什么好玩儿的事儿吧! "苏清容不得不打断这个小话痨。

苏阳手舞足蹈地讲了起来: "今天圣彼得男校的大哥哥们来到我们学校, 还跟我们高年级的大姐姐来了场篮球比赛! 简直太好笑了! 你知道为什么那么好笑吗? 哎呀, 你肯定猜不到。我直接告诉你吧! 他们学校的男生要穿着高跟鞋跟女生比赛! 有的人走路都走不稳, 像只大笨鹅。还有的跳起来投球时, 摔了个大跟头! 哈哈, 简直太好笑了! "

母女俩就这样有说有笑地把车开到家, 一个自觉开始写作业, 一个忙着做晚餐。晚饭后她们喜欢一起看会儿中国的电视节目, 用中文随心所欲地聊聊天。这也是苏阳的中文水平一直保持不错的原因, 除了读、写比中国同龄的孩子差一些, 听、说基本保持在了持平的水平。

和往日一样, 苏清容让女儿每天临睡前都上床读一会儿书。然后会亲亲她的小脸, 关上她床头的小灯, 轻声对她说: "晚安我的好宝贝。爱你! "从轻轻关上女儿房门的那一刻起, 苏清容才算迎来了一天当中完全属于自己的时间。在曾经那些经济窘迫的日子里, 苏清容通常会利用这段时间继续赶稿画图, 力争把每一分钟都转化为可以进账的生产力。

这两年, 随着经济上越来越宽裕, 苏清容喜欢在苏阳睡着以后, 看上一集自己喜欢的电视剧, 或者读上一会儿心爱的小说。对一个整天忙到脚不沾地的单亲妈妈来说, 可以用来独处的这两三个小时, 绝对算得上一天中的奢侈时光了。

　　然而今天的苏清容，并没有心情去看别人的故事。她需要好好回忆一下自己的故事，然后好好想想未来的路该怎么走。苏清容给自己泡上一壶淡淡的香草茶，让蓝牙音响放着她喜欢的歌单，翻出了从国内带过来的几本旧相册，静静地看着……别人的爱情故事看过很多，自己经历过的却屈指可数！今天的苏清容情不自禁想要看看当初的自己，回忆回忆爱情最初的样子。

　　一张微微泛黄的高中毕业照从相册里滑落出来，上面都是些十七八岁的少男少女，眼神青涩、笑容纯净！这张照片把她直接带回到那个年代，想起了情窦初开的自己，和最初喜欢过的那个男孩……

　　和大多数懵懂少女一样，苏清容的第一段感情经历发生在她的中学时代。不知道那算不算初恋，因为更准确地说，那只是一段没敢说出口的暗恋。三年多的时间，她一直喜欢着一个叫梁晨的男生，喜欢得很认真，也很长情。

　　每天上学，她都期待能跟梁晨多说上几句话，多看他几眼。做值日时，她会把他的桌子擦得格外干净，给他的水杯倒满酸梅汤。帮老师发苹果时，她会把最大最红的那个放在他手里，然后若无其事地嫣然一笑。上体育课时，她喜欢偷偷看他做引体向上、伏地挺身和他奋力奔跑的样子……

　　那个年代的喜欢可不像现在这么随便，没有人敢轻易把它说出口！一个女孩可能要花上几年的时间，才能鼓起勇气说出那句"喜欢你"。而"喜欢你"这三个字的分量也是沉甸甸的，绝不掺杂任何杂质，其诚意绝对值得信赖！

在十六七岁的年纪，学的都是别人总结出来的道理，唯独喜欢一个人是完全发自内心，还没来得及被陈规俗例污染的！梁晨就是苏清容最初的悸动，也是在她还没被现实和生活敲打以前，最本真的喜欢！高中三年，她一直默默守护着那份纯纯的悸动，直到高考结束才萌生出想要表白的冲动。也许有的喜欢，只有在对方转身后才敢说出口！

那天为了庆祝高考结束，几乎全班同学都聚到钱柜唱卡拉OK。他们一起笑着唱了周华健的《朋友》，一起哭着唱了水木年华的《一生有你》，还一起喝下了一瓶又一瓶的啤酒。

苏清容微红着脸问梁晨："你说我们以后还能再见面吗？你志愿填的都是哪几所大学？"

"北大是我的唯一志愿，我只去北大。"梁晨还是一如既往的自信！

紧接着，他轻轻拍了一下她的头，微笑着安慰她说："我们当然还能见面，我们是永远的好同学嘛！"

苏清容眼里是满满的崇拜和不舍，而梁晨则更像是一个乐善好施的强者，好心安慰一位明知考不上北大的小迷妹。

后来梁晨果然考上了北大的数学系，而刚够二流大学分数线的苏清容，则开始收拾行囊去澳大利亚留学。她记不清那具体是个什么日子，只记得同学们都因为某个缘由聚到了一起，泪眼婆娑地交换贺卡。苏清容给其他同学写的贺卡，结尾都是那句："祝你一切顺利、前程似锦！"唯独在给梁晨的那张贺卡上，加了"深深地"三字！

"深深地祝你一切顺利、前程似锦！"苏清容对她此生喜欢过的第一个男生，所表达过的喜欢，都蕴含在了"深深地"这三个简简单单的字里。那时候，喜欢一个人不为占有，甚至不需要回应。只要能知道他安好，只要能把他深藏在心底最干净的位置，就足够了！

苏清容看着那张全班同学的毕业合影，照片虽已微微泛黄，但那一张张久违的笑脸还是感觉格外亲切。梁晨的个子很高，站在最后一排的正中间，即便是今天看这张照片，他还是男生中最耀眼的那个！他的出众不是因为身高，而是因为他那双与众不同的眼睛。那双眼睛笃定自信、温暖谦和，带着智慧的光，仿佛整个世界都是他的游乐场，而他注定会游刃有余地过完精彩的一生！

还记得若干年后的某一天，在美国读书的梁晨突然加了苏清容的MSN。那是个初夏的傍晚，苏清容正在窗前写作业，电脑上突然跳出一个蓝绿色的小人儿，问她在澳大利亚一切可好。当她看到梁晨的名字，印在心底的那些关于他的记忆统统又浮现出来，即惊喜又欣悦！

或许梁晨对苏清容也曾有过那么一点点心照不宣的喜欢，或许那天他只是闲来无事加了全班同学的MSN，反正那句问候后来变成了默契的聊天，短短几个月的时间，苏清容和梁晨隔着网络说过的话，居然多过了整个高中的总和！

那是苏清容记忆中特别美好的一段时光，平淡的生活变得每天都充满期待。那时手机上网还没普及，苏清容每天放学后都会着急跑回家，坐在电脑前傻傻地等着梁晨上线。如今回看当年的自己，不禁觉得当年那个痴痴的小女生真是有点傻得可爱！

尽管加州和悉尼有着十七个小时的时差，他俩还是会每天相约上线，聊聊天、说说话。谈话的内容天马行空，但大多是关于学习、关乎理想的，偶尔也会冒出点小暧昧。

有一次苏清容问："上学那会儿，你对我什么印象？"

"怎么说呢……你是个非常女孩的女孩！就是很温柔、很有女人味儿的那种感觉。"梁晨回答完又反问道，"那我在你心里呢？"

"完美！你比我想象所及的完美还要完美！"苏清容不加思索地回道。

一晃十几年过去了，苏清容也不知道当初的自己为什么那么喜欢梁晨。她只知道，那个男生带给她的唯美感受至今都没有变过，什么时候想起来都还是那么地美好！

那段时间，他们在 MSN 上留下过很多对话，然而让苏清容记忆最深的，还是关于生命尽头的那段对话。

梁晨："你有没有想过，如果生命走到尽头，你希望人们在葬礼上如何评价你？"

苏清容："我人都死了，干吗还在乎别人说我什么？随便他们怎么说我好了！"

梁晨："我在乎！我希望他们会说，我梁晨是一个好老公、好爸爸、好儿子。我希望他们会说，梁晨是一个好人，他这一生有为这个世界做过点什么……"

那次对话让苏清容意识到：人和人还真是不一样！当我们中的大多数只想舒服地活着、过好自己的小日子时，还有像梁晨这样一种人，他们除了活着，还有改变世界的理想！

后来梁晨开始去华尔街实习，渐渐没有时间上线聊天了。再后来，他在美国交了女朋友，便彻底不联络了。若干年后，他带着美丽的新娘回北京举办了盛大的婚礼，给所有老同学都发了婚礼的邀请函。苏清容因为不在北京，没能赶去参加他的婚礼，只能远远送上祝福。

如今的梁晨，已经成了业内精英，名字开始出现在各大新闻网站上。

他已然成了长辈们口中，别人家的孩子；女人们口中，别人家的老公！

如今回想起来，那段时光依旧是甜的。曾经喜欢上那样一个人，在某种程度上也让苏清容成了更好的人！是他告诉她：可以利用假期去实习或做义工，为将来积累实践经验。是他鼓励她：现在多一点努力，未来就多一些选择的机会！也是他告诉她：她很温柔、很有女人味儿！

大约只有这种没能在一起的喜欢，才能永远保留住当初的唯美，留下历久弥新的香气。就像泰戈尔的那句："天空不留下鸟的痕迹，但我已飞过。"虽然没留下什么结果，却是此生珍贵的体验！

如果说，苏清容的第一段感情留下的全是美好的感觉，那么她的第二段感情大约可以用"无感"二字来形容。

那时候，苏清容刚大学毕业，留在悉尼开始工作。她在房价较为亲民的南区租了一间小小的公寓，每天早上搭乘同一班火车，准时去北悉尼上班。她的第一份工作，主要是给设计师提供各种辅助型的支持，基本属于指哪打哪，没有太大压力，也几乎不用把工作带回家。

当年那个苏清容对钱还没有过多的概念。她胸无大志，只希望能做到经济独立，对得起供她来澳大利亚读书的父母就好。第一份工作的起薪不多不少，正好够养活她自己。苏清容的父母对一毕业就能自力更生的女儿各种满意，还总提醒女儿不要给自己太大压力，千万不要工作得太累。

苏清容倒是听话，也不给自己什么压力，自得其所地过起了好山、好水、好无聊的小日子。当时的她很享受一个人的自由时光，晚上回到家就喜欢肆无忌惮地在电视里看别人的爱情，在小说里读别人的故事。周末闲来无事，她喜欢去公园骑骑脚踏车、喂喂鸭子。发了工资，就喜欢去商场逛逛，给自己添置几条新裙子。这种单身的日子过得正来劲，却毫无征兆地被一个叫孟琦的男人强行闯入，糊里糊涂地谈了人生中第一次恋爱。

有一段时间，苏清容总会在同一班火车上碰到一个年纪相仿的中国男孩。她在站台上买早点时，他会似笑非笑地冲她点头。她在火车上找不到座时，他会把他的座位让给她。每次他想要跟她说话时，她只是礼貌地点头笑笑，然后继续低头看她的小说，并不给他说话的机会。

这样偶遇了几次后的某个早上，苏清容因为睡过了头险些错过那趟火车。她一路小跑着冲进站台，刚想着来不及买早点了，就看到那个男孩站在检票口冲她招手，手里还捧着两份热腾腾的早餐。

"你好！看你今天晚了，我就帮你买好了！"他一边礼貌地护着她上车，一边微笑着把早餐递到她的手上。

"谢谢！我把钱给你！"苏清容不好意思地说。

"不用！大不了明天早上你买给我就好啦！"那个男孩一脸开心的样子。

就这样，这个叫孟琦的男孩，用那个牛角包换来了苏清容的电话号码。再后来，他们开始交往，一起逛过悉尼的大街小巷，一起吃过很多美食，也一起看过很多场电影。孟琦给苏清容的感觉很舒服，但是又好像过于舒服，总觉得缺少点什么！

这种舒服的感觉在交往一年后，终于被一个现实的问题打破了。孟琦提出要带苏清容见家长，而苏清容却觉得完全没有这个必要！

孟琦对苏清容的闪躲明显不爽："难道我们这一年多的交往不是奔着结婚去的吗？"

苏清容被这个问题问住了，支支吾吾地说："可我还没想过结婚……"

那次谈话让苏清容在心里意识到：一年多的相处并没让自己爱上这个男人！孟琦的确算是一个不错的结婚对象，苏清容虽然找不出不爱的理由，但也同样找不到爱的冲动。她觉得他们之间更像朋友，缺少点可以点燃的激情，也不具备共度一生的默契。

那是苏清容第一次看到孟琦因为自己伤心，突然感到特别内疚和心疼。她其实也听过那句别人总结出的道理：选择爱你的，比选择你爱的更容易幸福。她相信孟琦会善待自己，也知道他会是一个不错的结婚对象，可是一想到要和他一起走完漫长的人生路，心里又是抗拒多过期待……

那天苏清容一夜无眠，终于做出了分手的决定！她觉得孟琦是个好人，不该再在她身上浪费时间，他值得真正爱他的人。

苏清容把散伙饭的地点选在了唐人街的火锅店。她自欺欺人地认为：分手一定是尴尬的，而热气腾腾的火锅没准能起到化解尴尬的作用！

那天她先诚恳地阐述了他的好，批判了自己的迟钝，表达了自己的歉意。她像个做错事的孩子，不停地给孟琦的碗里加涮好的羊肉，一脸的对不住！最后，她终于鼓起勇气，说出了此番谈话的中心思想："你值得更好的！"

孟琦大约也看出了苏清容的尴尬，不忍心难为她，就只问了一个问题："你到底有没有真心喜欢过我？"

苏清容想了想，小心翼翼地说："也许是因为咱们一次次的偶遇，我以为这一切都是缘分的安排…… 其实，我也很认真想要了解你、想要爱上你，但是……"

孟琦听到这里，笑着打断了她："我知道了，不用说了！其实你以为的偶遇，不过是我刻意的安排。我难得才会坐一次你那班车，是因为注意到你，我才特意改成每天都坐那一班的！也许你本来就不是属于我的缘分，强求不来的！你是个好女孩，我祝你幸福！"

那天他们气氛融洽，举杯祝福：一别两宽，各自安好。

尽管注定只是彼此人生路上的过客，但可以如此这般好心相识，好心相知，再好心分手，也未尝不是一种善缘！一个人在分手的时候，还可以做到体谅和体面，也算是不易了！

然而，并不是每次分手都能这样好合好散。苏清容的下一个男人，也就是她的前夫，让她对"分手见人心"有了更深的理解。

有的离开是心存感激，希望对方在今后的日子里被温柔以待。

有的离开却是死里逃生，希望对方消失在自己的生命里，此生永不相见！

第三章　人生若如初见

　　回忆到这里，歌单正好播到了莫文蔚的那首《阴天》。她那淡定舒缓的声线，娓娓倾诉着一段错爱的荒唐和讽刺，带着回忆中的无奈，也带着沉淀后的清醒，还带着时过境迁的领悟和潇洒！正如那句："这歌里的细枝末节就算都体验，若想真明白，真要好几年。"

　　这首歌让苏清容联想到了自己那段不到四年的婚姻。有些人真的需要时间才能看透，而有些事也真的要花上几年才想得明白！岁月如歌，苏清容不由自主地跟着哼唱起来，一字一句唱出曾经那段穿肠的情伤：

　　阴天，在不开灯的房间

　　当所有思绪都一点一点沉淀

　　爱情究竟是精神鸦片

　　还是世纪末的无聊消遣

　　香烟，氤成一摊光圈

　　和他的照片就摆在手边

　　傻傻两个人，笑得多甜

　　开始总是分分钟都妙不可言

　　谁都以为热情它永不会减

　　除了激情褪去后的那一点点倦

也许像谁说过的贪得无厌

活该应了谁说过的不知检点

总之那几年，感性赢了理性的那一面

阴天，在不开灯的房间

当所有思绪都一点一点沉淀

爱恨情欲里的疑点、盲点

呼之欲出，那么明显

女孩，通通让到一边

这歌里的细微末节就算都体验

若想真明白，真要好几年

回想那一天，喧闹的喜宴

耳边响起的究竟是序曲或完结篇

感情不就是你情我愿

最好爱恨扯平两不相欠

感情说穿了，一人挣脱的，一人去捡

男人大可不必百口莫辩

女人实在无须楚楚可怜

总之那几年，你们两个没有缘

阴天，在不开灯的房间

当所有思绪都一点一点沉淀

爱情究竟是精神鸦片

还是世纪末的无聊消遣

香烟，氤成一摊光圈

和他的照片就摆在手边

傻傻两个人，笑得多甜

傻傻两个人，笑得多甜

唱到这里，苏清容正好翻到了当年的结婚照和几张婚礼上的合影。婚纱照被修得过于唯美，美好得有点失真，正如她当时幻想中的婚姻，一切都戴了不切实际的粉红色滤镜！再看那婚礼的照片，她身穿洁白的婚纱，一脸幸福的笑容，眼神里满是美好的期盼。

现在看起来，苏清容觉得照片里的自己特别讽刺，简直像是一个把自己卖了还浑然不知的傻瓜！可当初谁又能想到，热闹的喜宴过后，上演了那么一场苦不堪言的悲剧；谁又能猜到，照片里笑得那么甜的两个人，也会落个永不相见的下场！

如今恢复单身已经六年有余的苏清容，虽然一直是一个人，却鲜少觉得孤独。对于那些在婚姻里挨过暗无天日的冷暴力，年复一年被忽略、被漠视的人来说，婚姻里的孤独才是顶级的孤独！那里即没有爱，也没有尊重，更没有自由！相对来说，单身的孤独只是一种与幸福无缘的寂寞，并不包含背叛、撕裂和绝望，更不用面对日复一日的消耗和折磨。

至今想起那段婚姻，苏清容还有些心有余悸！那是她不愿触碰的一段回忆，也是她很久都不能原谅自己的一个选择。从她放下防备，心甘情愿地把一颗真心交到那个男人手上，她就走上了一段很难回头的崎岖险路！这条路越走越黑，她的自信和尊严渐渐被掏空，整个身心都在慢慢枯萎。那段岁月把她折磨得面目全非，以致后来需要花上好几年的时间，才能找回那个丢失的自己！

　　一个重感情的人和一个生性凉薄之人生活在一起，受伤的注定是那个重感情的人。苏清容嫁给姚天宁，也注定了是个悲剧！恋爱、结婚对苏清容来说，最大的意义在于满足情感需求。她需要的是一个知冷知热的爱人，一个可以彼此信任和托付的伴侣。她以为的婚姻是快乐时有人分享，脆弱时有人支撑，生命里因为多了这个人而变得更加温暖和更有力量！

　　然而，人和人的需求还真是大不相同呢！这世上有那么一些人，对情感根本没有什么追求，只追求那些简单肤浅的即得快感。结婚对他们来说，无非是要想找一个软硬条件俱佳，能给自己人生带来加分项的长期合作伙伴。所谓的爱人，只不过是在有限的资源里优化选择出的最佳拍档，用来满足生理需求、经济需求和繁衍后代的实际需求罢了。

　　苏清容的前夫姚天宁就是个精致的利己主义者。他谈的不是恋爱，而是项目！在他认为自己需要结婚生子的年龄，高效筛选出最合适的目标，然后像拿下他的客户一样精准攻破、迅速签约，再用孩子牢牢把对方拴住。这就是他对于婚姻的精准定位！

　　单纯的恋爱脑碰到擅用战略的情场高手，通常用不了几个回合就得沦陷。如果可以重来一次，苏清容依然不敢保证自己能从姚天宁的爱情攻势中找到任何逃脱的可能。当时的他，给苏清容撒下了一张无比甜蜜的网，而陷在网中央的人就像是戴了彩色滤镜，看什么都是一幅美好的假象。

　　如今回想起初识那会儿的姚天宁，苏清容都不由自主地佩服他的演技！真是人生若只如初见，等闲变却故人心啊！

　　那是跟孟琦分手后的第二年，苏清容离开澳大利亚回北京工作，终于有时间可以多陪陪爸妈，却也给二老带来了连环催婚的机会。在澳大利亚上大学的时候，妈妈总是提醒她要好好学习、天天向上，坚决不能因为谈恋爱耽误了学习。可这刚毕业没几年，家里又开始整天催她找对象，生怕她变成个"大龄剩女"！

苏清容独自在海外多年，好不容易培养出的独立思考能力，短时间就被父母营造的"剩女"恐怖主义瓦解，也开始萌发出愁嫁的焦虑。再加上自己的学习、工作从没让父母失望过，苏清容觉得在找对象这件事上也绝不能让父母失望。

苏清容的性格向来喜静不喜动。她那时候是典型的又乖又宅，不要说夜店了，就连人多嘈杂的地方她都不爱去。画图、追剧、看小说这些宅在家就能干的事儿才是她的最爱！苏清容亲友团担心她这性格很难遇到男人，便自发性地奔走相告、广而告之：苏家有女初长成，宅在家里要相亲！

原本对相亲遇真爱这件事，苏清容根本没抱过任何希望。但她不得不承认自己的朋友圈太小，遇到的异性也极其有限，毕竟亲戚、朋友、老同学介绍的总比网上认识的靠谱一些吧！更何况，每次一答应去相亲，父母的脸上就能展露出无比欣慰的笑容。

渐渐地，苏清容不再抗拒相亲这件事，工作之余也会跟相亲对象不咸不淡地聊上几句，再不痛不痒地礼貌告吹。在若干的相亲对象中，姚天宁的出现对她来说绝对是个意外的惊喜！

姚天宁是苏清容参加中学同学聚会时，老同学丽丽向她极力推荐的"优质"男士！当时丽丽是这么隆重介绍的："青年才俊姚天宁，今年三十四岁，本人的顶头上司，外企中层管理，事业蒸蒸日上！人家也是北京土著，名牌大学毕业，比咱大不了几岁，都混到 500 强的营销部经理了，也算得上优秀了吧！对了！据可靠消息，人家去年刚换的奔驰！据不完全可靠消息,四环内还有住房一套!此人相貌佳、身高一米八、性格外向、风趣幽默。走过、路过,不要错过,姚天宁这样的优质男,你绝对值得拥有!"

苏清容与姚天宁的第一次见面就在她办公楼下的茶餐厅。有了之前几次相亲经验,苏清容发现把相亲安排在工作日的午餐时间有个特别大的优点:如果双方没有感觉,便可以借午休时间有限为由,礼貌又体面地迅速结束尴尬!然而这次苏清容多虑了,她完全没有前几次相亲时的无感或反感,反而很喜欢姚天宁的自信幽默和侃侃而谈。

苏清容喜欢听姚天宁聊他小时候的趣事,故事里那儿时的北京让她感到特别亲切!那里有他们共同熟悉的什刹海冰场和老李烤串,还有他们共同追过的 Beyond!姚天宁曾经去过悉尼公干,关于澳大利亚的风土人情也能找到不少共同的话题。姚天宁还表示北京和悉尼都是他喜欢的城市,只要能和心爱的人在一起,哪里都是家!

第二顿饭,苏清容就被姚天宁的细心体贴打动了,暗自庆幸遇到了好男人!她赶到餐厅的时候,姚天宁已经为她点好了一例广东老火靓汤,见她姗姗来迟,一脸心疼地说:"你一个女孩子,工作这么辛苦……我也不知道你爱吃什么,就先给你点了个滋补的汤!空腹喝汤吸收得好,想着你可以边喝汤边点菜。"于是那天的那碗热汤,让苏清容暖到了心里!

第三顿饭,随着苏清容对姚天宁的好感增加,约会时间也从午餐升级到了晚餐!那天,他开车来接她下班,说要带她去吃北京最好的炸酱面。赶上堵车高峰,感觉车子开了好久,眼看就快被拉到通州了,苏清容才发觉有点奇怪!她一脸不解地问道:"这家炸酱面馆怎么这么远啊?"姚天宁神秘兮兮地说:"怎么了,还怕我把你拉到荒郊野外卖了不成?这叫酒香不怕巷子深！"

车子终于缓缓驶进一个小区，在一栋居民楼下停了下来。姚天宁对着一楼的窗户大喊了一声："妈！面好了吗？"苏清容这才恍然大悟。哪有什么面馆，姚天宁是带她来见家长的！她顿时有点惊慌失措，恨不得赶紧逃走，却已经来不及了！于是才第三次约会，她就被扣上了未来儿媳妇的身份，糊里糊涂见了家长！

后面的发展，依然延续了姚天宁快、狠、准的风格！苏清容把这种高强度、高密度的追求，理解为一个男人对一个女人的认定。她从未遇到过如此自信、热情和笃定的追求者，很快就沦陷在他的连环攻势里，感受到了前所未有的情绪波动。这种由姚天宁牵引的情绪波动，让苏清容误以为自己恋爱了，误把感动当爱情！

认识一个月的时候正好赶上了情人节，苏清容万万没想到，刚认识一个月的姚天宁居然把一枚钻戒送到了她的面前。苏清容看到那颗闪闪发光的小石头又惊又喜，但理智告诉她这一切来得有点太快了！

"我觉得，我们还需要更多时间了解……"苏清容羞涩地说。

"我们还有一辈子的时间慢慢了解！"姚天宁强势而坚定地回答。

"有很多事情，我还没来得及想……"苏清容依然不肯伸手。

"一切事物由我来想，你只负责幸福就好！"姚天宁霸气地拉起苏清容的手，把那枚戒指戴在了她的无名指上。

那一刻，苏清容觉得小时候幻想过的幸福画面终于实现了！那句每个女孩都能倒背如流的广告词"钻石恒久远，一颗永流传"更给那颗小小的石头赋予了奇妙的浪漫光环，仿佛接受它就意味着拥有了幸福，戴上它就能永远！

苏清容当然也担心过这幸福来得太快、不太真实，然而她身边的亲戚、朋友却都在羡慕她的好福气，老同学丽丽更是劝她说："真爱就是这样！认定了就在一起！千万别像我一样，跟男朋友都同居三年了，也不见他有一点要求婚的意思！当初那点感情啊，说不定哪天就耗到一拍两散了。"

那年二十六的苏清容很快就顺理成章地跟姚天宁领了结婚证，办了个温馨的小婚礼。苏清容在乎的是感情，认为谈钱伤感情，所以对房子、车子写谁的名字这类俗事，她一概不问！正好姚天宁的房子户型和位置都还不错，他提出让苏清容把她那二十多万存款用于重新装修他们的小家，苏清容爽快地答应了。

婚后，苏清容就直接搬进了新家，开始了她心目中的幸福生活。如果说婚前的苏清容还因为拿不准姚天宁的爱有多深，总有几分矜持的保留，婚后的苏清容则是毫无保留、一心一意，把老公当成了最亲的人，恨不得把全部的好都给他。讽刺的是，婚后的姚天宁却恰恰相反，他把所有的好都用在了婚前，追到手后就完全变了另一个人！

婚后的姚天宁话越来越少，应酬却越来越多。他很少再去接她下班，周末也经常一出去就是一整天！当苏清容对这种落差感到不解时，姚天宁却给了她一个无比合理的解释："亲爱的，我现在可是有老婆的人了！为了你和宝宝，我必须加倍努力，我要给你们最好的！"

苏清容不仅对老公的这个说法深信不疑，还因为心疼他工作辛苦，变得格外体贴懂事。只要她能自己搞定的事情，就绝不让老公操心。自己的工作不管多忙多累，她总是尽量把家里收拾得窗明几净，给老公一个舒适温馨的家庭环境。她还坚持每天做几道健康的家常小菜等着老公回家一起分享，然而姚天宁回家吃饭的次数却还是越来越少。

姚天宁的忙在苏清容怀孕后，又上升到了一个新的高度！他开始频繁出差，经常需要在外面过夜，有时一走就是一个星期。在怀孕初期最难挨的那几个月，苏清容为了保证肚里宝宝的营养，吐了再吃，吃了又吐。再加上还要应付忙碌的工作，操持所有家务，她的身体和心理都感到极其疲劳，几度到了快要崩溃的临界点！在她最需要陪伴和安慰的那三个月，姚天宁只总共在家住了十一天！

每当苏清容觉得委屈和无助时，她就会提醒自己：老公是为了这个家在忙。她总是要求自己多体谅、多信任，多为宝宝的未来着想。于是，苏清容独自挺着大肚子去产检，独自上网把宝宝需要的东西买齐，独自坚顾着工作和家务直到快要临盆！那一年，她无师自通地从一个弱不禁风的女孩，成长为一个独立坚强的女人！

苏阳出生的那天，姚天宁从外地赶了回来，对刚出产房的苏清容说了句："老婆辛苦了！"那时女儿还跟着爸爸的姓叫"姚苏阳"，而苏清容也还管那个男人叫"老公"。至今，苏清容的脑海里都储存着那天的画面：在一间温暖的病房里，她怀抱着粉粉嫩嫩的宝宝，老公就坐在身边，轻轻地抚摸着女儿的小手，时不时地咧着嘴笑。阳光透过玻璃窗洒向他们一家三口，画面里的每个人都发着光！

那一刻对苏清容来说，就是家、就是幸福！为了那一刻，多疼、多累都值得！从那一刻起，她愿付出所有的努力，为了这三个人的小家、这三个人的幸福！

然而姚天宁的想法却跟自己的老婆大相径庭！他脑子里在想的是："这一年我姚天宁效率太高了！娶妻、生子这两件人生大事都办完了! 以后老婆把心思放在孩子身上, 我就可以重获自由、潇洒自在了。过两年再让她给我生个儿子, 我的人生就圆满了!"

姚天宁越想越觉得自己这步棋走得漂亮, 不禁暗自得意:"看来做市场、陪客户这么多年, 老子看人的眼光就是准! 当初就看出这个女人里里外外都透着干净, 单纯贤惠、没有心机! 现在看来, 果然是块儿适合当老婆的好料!"

在这一点上, 姚天宁的确没有看错! 作为老婆, 苏清容不仅贤惠、懂事、识大体, 还总在朋友面前给足老公面子。最让姚天宁满意的是老婆很吃哄, 对他说的话深信不疑, 对他的"忙"总能做到理解和包容!

重感情的人如果跟重感情的人在一起, 通常会真心换真心, 你对我好三分, 我对你好五分, 良性循环, 越爱越深。可如果一个善于付出的人遇到一个善于索取的人, 自私的那一方就会反复试探对方的底线, 滥用对方的善良, 自私无度地实现自己的利益最大化!

姚天宁能看出苏清容照顾宝宝有多么地身心疲惫, 却依然懒得伸手帮忙。他看准了家和孩子对苏清容有着至高无上的意义, 所以他根本不担心苏清容会离开自己。姚天宁坚信女儿就是这个家庭的黏合剂, 苏清容已经被粘得死死的, 于是他更加肆无忌惮地忽视她的感受, 为所欲为地享受起自己想要的快乐!

对苏清容来说, 婚后的生活无疑是越来越难熬的…… 刚开始, 她还能找到各种理由来催眠自己, 让自己相信姚天宁是爱这个家的。但是随着老公对自己越来越明显的漠视和冷暴力, 她渐渐看清了自己的处境, 也看清了很多无奈。

曾经的姚天宁至少还会伪装, 还愿意编造各种借口来骗她, 后来的姚天宁连装都懒得装，借口都懒得找了！他开始心安理得地无视老婆的感受，而苏清容也越来越难为老公的行为找到合理的借口，继续骗自己了！

苏清容再傻都能看出，老公已经不爱自己了！假如没有女儿，苏清容会毫不犹豫地结束那段婚姻，绝不允许自己的自尊被那样无情地践踏。然而每当她看到女儿无辜的小脸，内心就无比撕扯、无比煎熬！她不想因为自己的不幸，让女儿没有爸爸；她也不想因为自己的痛苦，剥夺女儿完整的家。她不得不咽下所有的委屈和眼泪，一次次努力尝试沟通，一步步降低自己的底线。她用尽了所有的温柔和耐心，试着把这个男人的心捂热，盼着他能多给自己和女儿一点点爱。

至今回想起来，那都是苏清容人生中最难熬的日子，她能挺过来靠的全是作为母亲的责任感和使命感！她曾在无数个失眠的夜晚问自己："这样活着的意义是什么？如果姚天宁和我之间只剩下育儿，那我们还算是爱人吗？这样无爱无性的婚姻我还能撑多久？如果余生只为了女儿而活，那我还有自己吗？快乐的感觉是什么样的，我都快忘了……我快乐不快乐无所谓，女儿的快乐更重要……"

睡不着的时候，苏清容特别喜欢站在阳台上看着对面那栋楼，数着那些还亮着灯的窗户。她会想：那些还没睡的人，有几家是幸福的，又有几家是苦楚的？每当孤独到快要崩溃的时候，她就幻想着对面某个亮着灯的窗子里也同样有个被囚禁到快要窒息的女人。如果那个女人此刻也在静静地数着对面的窗子，那自己的痛不欲生，会不会也只是她眼中的一扇窗？

人在痛苦时如果能试着跳出来，站在局外人的角度审视自己的不幸，往往更容易看淡自己的遭遇，变得更加超脱。在澳大利亚读书时，每当遇到不开心的事，苏清容就喜欢开车到郊外，让自己置身于大自然中。看着那广阔田野、蓝天白云、海天一色，她会觉得世界如此之大，自己只是个渺小的存在，而自己的那点伤心事就更不算什么了！

苏清容名字里的这个"容"字，是爷爷给取的。爷爷退休前是四川大学的教授，酷爱川大的校训"海纳百川，有容乃大"，故选了这个"容"字给他的孙女！苏爸爸原本给女儿起的是"苏清"这个名字，正如苏轼那句"人间有味是清欢"，苏爸爸希望女儿可以领略人间最好的味道，拥有清淡而长久的欢愉。最后夫妻俩反复斟酌，觉得爷爷给的这个"容"字的确寓意甚好，就在"苏清"后面加上了"容"字。除了希望女儿可以生得面容姣好，更是希望她可以善良宽容，一生从容！

苏清容倒是的确没有辜负爷爷送的这个"容"字！在那段消耗折磨的婚姻里，她把宽容修炼到了极致！为了给女儿保住一个完整的家，她最大限度地咽下了婚姻里所有的不如意，容忍了姚天宁越来越没有底线的自私和无情，完全忽略了自己的尊严和感受。

然而，婚姻里那个愿意容忍和付出的人，永远不知道自私的那一方可以恶到什么程度。而自私的那个人，却很容易就能看出善的一方能有多善良好欺！在这个反复拉扯的过程中，受伤的注定是更愿意付出的一方，因为对手是一个没有下线的掠夺者，他的欲望永远都填不满。

于是，在这段耗时四年的婚姻里，姚天宁是得寸进尺，贪得无厌；苏清容是一忍再忍，忍无可忍！

第四章　结束是另一个开始

记得那一年的冬天，北京的雾霾格外严重，整个城市都像是被套上了一层悲凉的滤镜，昏昏沉沉、无精打采。早上拉开窗帘，看到外面灰蒙蒙的一片，阳光、蓝天、白云这些美好的东西统统都被灰色的雾霾隔离在外，让人的心情也随之阴郁起来。

这样的北京倒也符合苏清容的心境，那年她刚刚三十岁，却已心如死灰、开始枯萎了。曾经那个色彩斑斓的世界好似再也与她无关，曾经拥有的尊严和风骨也已经被摧残成破落的碎片，丢失在岁月的边边角角里，再难拼凑起来。如果说她的生命中还保有那么一丝丝明媚的色彩，那便是因为女儿苏阳了！

那年苏阳才满三岁，整个冬天反复发烧，每次都是由上呼吸道感染引起的支气管炎，不停地咳嗽，有时嗓子会疼到滴水不进。苏清容又着急又心疼，整个冬天都在勤力地照料女儿，早已累得心力交瘁。而姚天宁几乎整个冬天都在出差，偶尔回到家心不在焉地逗几下女儿，只要女儿哭闹就立刻交给苏清容，自己躲进书房清净去了。

经历了几年的无话可说、无爱可做的婚姻，苏清容对姚天宁的爱早已消磨殆尽，现在的她已经对老公的冷漠习以为常。失望累积到一定程度，就不会再对这个人有所期待了。但每当苏清容看到姚天宁对女儿也爱答不理，她就忍不住一阵阵心寒。作为一个父亲，连对女儿的爱都如此吝啬，他在这个世界上到底爱谁？难道除了他自己，他谁也不爱？

姚天宁某天出差回来，突然一反常态地拿出了一条心型项链。已经很久没给老婆买过礼物的他，那天突然讨好地凑上前来，色眯眯地说："老婆，情人节快乐！"

苏清容本能地回避了他的眼神，身体也自然而然地往后撤了一步，面无表情地接过那条项链，冷冷地说了声："谢谢！"

姚天宁见老婆并不搭理他，便又凑上前去，把那条项链戴在了她脖子上，然后强行解开了她盘在脑后的长发："老婆，你还是头发散下来的样子更美！"

也许是因为很久没有靠得这么近了，苏清容本能地产生了一种莫名的反感，下意识地退了几步，躲开了他的身体。

"老婆，我特意给你选的！你不喜欢吗？"姚天宁根本无视苏清容排斥的态度，再次靠了过来。

苏清容搪塞地挤出一丝礼貌的假笑："谢谢，不过我们不是早就不过情人节了吗！"

"之前都是我不好，总是忙得晕头转向！别的日子也就算了，情人节我怎么能忘呢？这可是当年我跟你求婚的日子啊！"姚天宁这次干脆把苏清容直接抱在了怀里。

姚天宁求婚时的画面是苏清容最不愿触碰的回忆。越是看清了这个男人自私的真面目，她就越是对当年那张虚伪做作的脸感到无比厌恶！当苏清容的大脑再次提取出姚天宁当年惺惺作态的嘴脸，她本能地感到一阵恶心，不想靠近，只想疏离！

苏清容一把推开了姚天宁，独自回到自己的房间。自从女儿出生后，姚天宁就嫌孩子影响睡眠，跟苏清容分房而睡了。苏清容也从一开始渴望老公的拥抱，逐步演变成对他感到陌生，再到现在开始排斥他的接触。

心死绝不是一朝一夕的事儿，累积了多年的失望，就像吸血的藤蔓，一点点把苏清容血液里那些温柔和深情都吞噬殆尽。毕竟对苏清容这样的女人来说，身体还是要跟着心走的。在情感需求一次次被无视后，她的心已经不再需要这个男人了，那么身体也一定会是诚实的。

虽然不再把姚天宁当作爱人，但苏清容依然认可姚天宁是孩子的爸爸。她多么希望姚天宁可以在家多陪陪女儿，多给女儿一点父爱。她可以接受他的心不在自己身上，但她无法接受他的心不在女儿身上！

可姚天宁的心思就根本没放在女儿身上，他觉得女儿到了该上幼儿园的年纪，是时候让苏清容再给他生个儿子了。带着繁衍后代这个目的，他这次回家明显对老婆多了几分关注。

想来已经很久没有好好看过自己的老婆了。那天晚上，姚天宁饶有兴致地端详着苏清容，发现浴后的她面色红润，白皙光滑的肌肤水嫩嫩的，湿漉漉的头发散发着淡淡的香气。浴袍下包裹着的苗条身材显然已经恢复到了少女的样子，露出洁白的香颈和紧致的小腿，散发着贤淑干净的女人特有的韵味。

那晚，姚天宁把刚出浴的苏清容按倒在床上！他把她的抗拒当成欲擒故纵，一边强吻着她紧闭的双唇，一边把手伸进了她的浴袍！苏清容在那一刻感到压在自己身上的这个男人无比陌生，像是一个毫无感情的莽夫，在以最粗暴的方式侮辱着她最后的一丝尊严！

苏清容的心里无比抵触，但身体却无力抵抗。她的大脑仿佛死机了一般，被各种自相矛盾的想法撕扯着！她不想跟不爱的人做爱，可这个男人明明就是自己的老公。曾经那么渴望老公的拥抱，但现在的她宁可姚天宁永远别碰自己的身体！她分不清他是在爱她，还是在羞辱她……她感到自己完全是麻木而混乱的！

此时，压在她身上的姚天宁在她的耳边轻声说道："老婆，配合点。再给我生个儿子吧！"苏清容的大脑瞬间恢复了运转，积压了太久的愤怒和委屈在那一刻全都迸发了出来！她用尽全身的力气把他狠狠推开，愤怒地喊道："你是怎么对女儿的！你是怎么对我的！你现在还有脸要儿子？你配吗！"

她瘫坐在地上，双臂紧紧地环抱着自己的身体。她感到浑身都在发抖，胃里一阵阵的恶心，心慌、无助得像一个迷路的小孩。多年的委屈一股脑地涌上心头，眼泪像关不掉的自来水一样夺眶而出！

姚天宁看着自己痛哭的妻子，只感到烦躁，毫无半点心疼。他愤愤地骂了一句"神经病"，就随着一声巨大的摔门声消失在她的视线里，把苏清容一个人留在冰冷的地板上，哭成个泪人。

苏清容忘了自己哭了多久，只记得她几度希望自己可以就地哭死过去，那样便再也不用面对这暗无天日的痛苦了！她意识到自己既没有勇气结束这段婚姻，也没有办法再接受他的身体，她觉得自己活得太可悲，太没有尊严了！

苏清容被困在那种绝望无助的情绪中，她本能地想到了床头柜里那瓶安眠药。她实在太累了！她好想放弃这一切无谓的挣扎，给自己一个彻底的解脱。她紧紧握着那瓶安眠药，想象着自己吃下去该有多么地舒服，可以无忧无虑地睡个好觉，从此再也不用醒来……

这种囚徒般的日子，苏清容真的是过够了！她想不出如何能让自己豁免这场无期徒刑，更想不出未来还有什么幸福的可能。她承认自己是个懦夫，想用最简单的方法自我解脱！她下意识地把所有药片都倒在了桌子上，一粒一粒地开始数。她的大脑只执着于思考一个问题：到底吃多少片安眠药，才能永远逃离这一切的痛苦？

数着数着，一丝清晨的阳光从窗帘的缝隙中钻了进来，照在了女儿熟睡的小脸上。苏清容随着光的方向，出神地望着心爱的女儿，觉得她就像是个会发光的小天使，每次鼻息都牵动她的心跳。那张小脸在晨光里显得特别柔软，嫩嫩的，需要妈妈的保护。

苏清容轻轻摸了摸女儿红润的脸蛋，突然意识到女儿的脸很烫！她立刻恢复了理智，在心里提醒自己说："女儿在发烧！她还那么小，我还不能死，我得照顾她！"苏清容抹了一把眼泪，收起了安眠药，找出了体温计。幸好体温还不算太高，物理降温应该能降下来，她便开始用冷毛巾反复给女儿擦拭、冷敷。

苏清容一直忙到早上八点，算着医院快开门了才去叫姚天宁送女儿去医院。她推开姚天宁的房门时，他还舒舒服服地酣睡在床上，均匀地打着呼噜，仿佛什么都没发生过一样。被苏清容叫醒后，姚天宁极不耐烦地说："我今天要出差！你自己带她去医院吧！"

苏清容已经没有力气跟这个男人再废话了，显然哭泣的老婆和生病的女儿都不足以影响他的睡意！苏清容叫了一辆出租车，自己带女儿去了医院，抱着她验血、打针、雾化，忙完已经是中午了。苏清容拖着疲惫的身躯回到家，发现姚天宁已经走了，只在厨房的池子里留下一堆用过的碗筷，在卧室的地上留下了一堆要洗的脏衣服。

之后的日子里，苏清容把全部心思都放在女儿身上，没日没夜地照顾着，根本顾不上自己，也没力气再去想她和姚天宁的关系。几天后，女儿的病情终于开始好转，精神和胃口也都恢复了正常。几天几夜几乎都没合眼的苏清容也总算能松口气了，虽然累得随时都可能倒下，但她还是想要洗个热水澡。她要把身上的疲惫统统冲走，让每个毛孔能清爽地呼吸。

淋浴里弥漫着热腾腾的水蒸气，温暖的洗澡水抚慰着苏清容的每一寸肌肤，青柠味的沐浴露让她紧绷的神经感到些许舒缓，她沉浸在这个私密的小空间里，听着哗哗的水声，感到了一丝丝温暖。然而，刚刚放松下来的苏清容，突然觉得一阵天旋地转，双腿一软晕倒在浴室里，脑袋里发出嗡嗡的声音。

苏清容也不知道自己是怎么从浴室爬回到床上的，只记得平躺了一会儿身体才慢慢恢复了知觉，大脑也慢慢恢复了意识。她怀疑自己是疲劳过度犯了低血糖了，便赶紧往嘴里塞了几块女儿的水果糖，不久眩晕的症状果然消失了，但随之而来的是头疼欲裂和喉咙跟火烧一样痛。苏清容给自己量了一下体温，果然已经是 39 度高烧！想到女儿病刚好点，自己又病成了这副模样，苏清容不得不拨通了姚天宁的电话。

如往常一样，姚天宁并没在第一时间接电话。苏清容想着已经十点了，也许他已经睡了，便发了条短信："我高烧 39 度，实在没力气照顾女儿了，你能不能先回来一下？"大约一个小时以后，她收到了姚天宁的回复："我这边实在没法请假。你多受累，把自己和女儿照顾好！我忙完就赶回去！"

苏清容吃了两天退烧药还是高烧不退，身体实在顶不住了，只好把苏阳送到姥姥家，自己去医院看病。病来如山倒，再加上几天都没有胃口吃东西，她整个人面色惨白，虚弱到随时都会晕倒。就连抽血的护士都能看出，这病人面无血色，已经虚得有点走不稳了，便好心问道："你家属呢? 让他去楼上产科隔壁的窗口等验血报告, 你自己最好先去旁边的休息室坐会儿。"

苏清容心想着: "说是有个老公, 其实连病了都得靠自己。"独自硬撑着走进电梯, 越想心里越觉得委屈。然而, 当电梯门打开的那一刻, 眼前的一幕使她怔住了! 电梯的正对面有一个跟姚天宁一模一样的背影, 跟一个年轻的长发女孩坐在妇产科门口, 一只手还搭在她的肩头。苏清容觉得自己一定是烧糊涂了! 自己的老公明明正在外地出差, 怎么可能会出现在这里, 还搂着别的女人?

虽然反复告诉自己: 那个背影只是恰巧相似而已, 苏清容还是忍不住朝那个方向多望了几眼, 想要看清那对男女。起初她只能看到那女孩的侧脸, 一头茂密的直发高高系在脑后, 高挺的鼻梁、浓艳的五官。她在跟身边的男人亲密地聊着天, 时而把头依在他肩头, 时而凑到他耳边轻声说着什么。

直到那女孩站起身来, 面朝那个男人跺脚撒娇, 苏清容才彻底看清楚她的样子! 那是个二十出头的年轻女孩, 画着浓艳的妆, 灰蓝色的眼影下耸立着一排厚实的假睫毛, 橘红色的口红勾勒出略显夸张的唇色。她穿着黑色高跟长靴, 漆红色束身羽绒服, 长靴和羽绒服中间露出一截白花花的大腿。那娇柔的表情和任性的肢体语言, 透着年轻女孩特有的放肆!

苏清容觉得自己一定是想多了, 那个男人应该只是长得跟自己的老公很像而已! 姚天宁也是快四十的人了, 而这个女孩看上也就二十出头, 再怎么说也跟姚天宁差着个辈分呢! 苏清容正暗自嘲笑自己多心, 忽而听到妇产科门诊的护士叫了一声: "下一个, 蒋霏霏!"只见那对男女同时应声往里走, 那男人无意间回了一下头, 正好望向苏清容这个方向!

这次，苏清容清清楚楚地看到了那张脸！那张让她无比熟悉，又让她无比诧异的脸！那明明就是她的老公姚天宁，那个在外地出差赶不回来的姚天宁！

苏清容在与姚天宁目光相对的那一刻晕倒了！当她醒来的时候，发现自己已经躺在了家里的床上，而姚天宁就坐在她的床边。苏清容感到一阵恶心，她觉得姚天宁脸上每一个虚伪的表情都像是在侮辱她的智商！在她的眼里，他越来越像一个演技拙劣的演员，继续用惺惺作态浪费着观众的审美，再怎么装腔作势也是一个大反派！

见苏清容醒来时表情淡定，并没要死要活、大喊大叫，姚天宁有点如释重负，一脸歉意地低声说道："容儿，你听我解释，不是你想的那样！"

苏清容并不去看他，只冷冷地问："你觉得我是怎么想的？"

姚天宁赶紧说道："我知道，一定是误会我了！那是我好兄弟的妞儿，被搞大肚子了！江湖告急，我只是帮朋友处理一下！我这个人向来讲义气，你是知道的！"

苏清容冷笑一声："编，继续编！你可真够义气，自己的老婆孩子病着，你倒帮别人的女人看产科！"

"我错了，我这不是为了照顾你特意请了假吗！我就想着回来想帮哥们把这事搞定，就能踏踏实实回家照顾你们母女俩了！不过我说的都是真的，你要怎样才肯相信我啊？"姚天宁继续辩解道。

苏清容忍无可忍，一字一句地说道："那我问问你，你打算怎么帮你那个朋友？是让那女人生还是不生？"

"当然是打掉了！外面这种女人玩玩还行，怎么能真跟她们生孩子呢！生孩子这种事，还是得跟自己的亲老婆嘛！"姚天宁边说边伸手想要抱苏清容，却被她一把推开。

苏清容一想到他们两个人在医院亲密的样子就感到恶心，现在听到姚天宁满嘴谎言更是觉得厌恶至极！那女人是他的情人，她怀的是他的孩子，如此显而易见的事实，苏清容怎么可能看不出来？最让苏清容心寒的是，姚天宁明知老婆孩子生病需要照顾，却还是选择陪在别的女人身边！

如果说苏清容和姚天宁之间早已没了爱情，至少也该落下点夫妻情分吧！让苏清容承受了那么多年的痛苦，坚守了那么多年的感情，原来竟是如此地不堪和荒唐！有句话在她心里已经说过无数次，却从未有勇气说出口。今天，她终于可以把它大声地说出口了！

"我们离婚吧！"苏清容坚定而平静地说。

"你先冷静冷静！你也是个当妈的人了，凡事不能只想着自己，应该多为女儿想想！"姚天宁只当苏清容在说气话。

其实这些年姚天宁之所以敢一次次挑战老婆的底线，也是因为他心里有底，拿准了苏清容会为了孩子把委屈咽下！他知道苏清容太爱女儿了，她不会舍得让女儿离开爸爸。他相信等老婆的气消了，她还会乖乖做他姚天宁的老婆，给他姚家生个儿子。

至于外面那个女人，她的确怀了他的孩子，也愿意去做人流，拿点钱当补偿。姚天宁心里明白，外面的玩玩就好，不宜过多纠缠。家里的老婆无论是人品还是学历，都更适合生育和养育下一代，也更能教育好子女，照顾好家庭！所以姚天宁并不想离婚。对他来说，离婚劳民伤财，还丢面子。更何况像苏清容这么懂事又体面的老婆，也不是那么好找的！

苏清容又一次被姚天宁的无耻震撼到了！在他的嘴里，她从无辜的受害者变成了一个自私的怨妇。难道自己不是一直在为了女儿着想吗？难道愧对女儿的不是姚天宁吗？！回想这些年，姚天宁最擅长的就是责任转嫁。生活中只要出现任何问题，他总能把责任都转嫁到她的身上：

自私的那个人是她！

缺乏理解和信任的那个人也是她！

总不能把日子过好的那个人还是她！

苏清容知道自己不完美，但扪心自问，她太对得起姚天宁了！她曾经拿出所有的诚意去沟通，去理解。为了这个家，她早已把自己的快乐抛在脑后，只求能保住女儿的快乐就好！她慢慢枯萎，失去了自己，内心变得一片荒芜。这些年，她唯一对不起的人，就是自己！

到底需要多少年才能看清一个人的心？如今的苏清容终于把这个共同生活了四年的男人看清楚了！他不爱老婆，不爱外面的女人，甚至连孩子都不爱。他爱的，只有他自己！所有的一切对他来说都是附属品，他这种精致的利己主义者，对自己和对别人从来都是两套标准。他把她囚禁在婚姻道德的牢笼里，自己却可以为所欲为，毫无顾忌，自由放任！

分手见人心，姚天宁在最后的日子里把他的狡辩、欺骗、自私表演得淋漓尽致！离婚的过程是漫长而磨人的，太多的嘶吼、谩骂、指责，如今苏清容已经记不起那些细枝末节了。或许她的大脑产生了应激机制，把最痛苦的那部分记忆屏蔽，好让曾经的创伤不要反复爬出来侵蚀她的意志。

苏清容只记得大致的经过是：姚天宁先是谎话连篇，实在骗不下去就上演苦情戏码，悔不当初！见苏清容还是不肯原谅，就开始责任转嫁，指责苏清容在弄散这个家！待招数用尽，低劣的本性才彻底暴露，本色出演威胁、恐吓和耍无赖的低劣戏码！

任凭姚天宁如何表演，苏清容只是铁了心地要求离婚，再无其他！她明白，面对这么一个自私到极点的男人，根本无须赘述自己这些年的付出和坚持。在这段婚姻里，她承受过多少委屈，付出过多少努力，就有多问心无愧！她已经不在乎姚天宁明不明白自己的好，她只在乎他能不能放她走！

如今回想起来，苏清容觉得姚天宁其实有点可悲。他根本不懂爱，也不需要爱！他的灵魂是空虚的，只需要寻欢作乐和即得快感，并不需要长情的相守。这样的人表面上不懂付出，占尽便宜，实际上他们永远都收获不了长久的关怀和真心的陪伴，也永远体会不到爱的感觉。

大约拉扯了三个月以后，姚天宁总算意识到了苏清容离婚的决心，开始懊恼自己看错了人。他觉得苏清容没有他想象中那么贤惠懂事，反而变得有点麻烦和不好对付。当离婚变成一个不可逃避的结局，他没有一丁点儿内疚，反而满脑子都是对苏清容的愤恨：

"我又没亏待过你，你凭什么管我在外面干了些什么！

"逮着一次就抓着不放，这个家说不要就不要了，你这个狠心的女人！

"你不肯给我生儿子，还不许我跟别人生！你这个自私的女人！"

苏清容还能隐约记得跟姚天宁离婚前的最后一次对话。准确地说，那是他最后一次对她嘶吼：

"你不要搞错了，这房子是我姚天宁的，要滚也是你滚！

"做人不要太自私！我体谅你带孩子辛苦，我才自己去外面解决的！

"我是个正常男人，我也需要性生活！

"连给老公生儿子都不愿意，你是怎么当老婆的？

"我告诉你，外面能给我生儿子的女人多得是！

"你要是非放着好日子不过，我也留不住你！"

苏清容知道跟这种人多说无益，他们用的根本不是同一种逻辑，讲的也根本不是同一种语言！为了让女儿远离那些人性的丑恶，她只得带着女儿回到娘家。因为怕爸妈担心，更怕爸妈劝她不要离婚，苏清容什么都没对二老说，偷偷咽下了所有的难处。

接下来她委托律师跟姚天宁交涉离婚协议，主要诉求就是争取孩子的抚养权。她的底线是房子、车子都可以归姚天宁，自己只带走家里的二十万存款。那也是结婚时带过来的嫁妆，没有占他姚天宁一分钱的便宜！

在等待离婚的日子里，苏清容几乎夜夜无眠！她总是在夜深人静的时候焦虑到发抖，必须把女儿紧紧地搂在怀里、感受着她的体温，才能勉强让自己平静下来，鼓足勇气迎接下一次太阳升起。

她担心自己一个人不能抚养好女儿，难以胜任一份稳定的工作，赚不到足够的钱养家糊口。但在这所有的焦虑之中，她最害怕的还是：姚天宁会争夺女儿的抚养权！姚天宁绝不会是个好父亲，他从未真正宠爱过女儿，还明显有重男轻女的思想。更何况，妇产科门口的那个女人已经怀了他的孩子，她断然不能让自己的女儿跟那样的女人长大！

让苏清容出乎意料的是，经历了几番周折，律师终于给她带来了一个好消息：姚天宁自愿放弃抚养权！姚天宁还提出苏清容诉求的那二十万元将被视为一次性支付的抚养费，以后不再予以支付！

尽管律师建议苏清容就财产分配继续交涉，以求帮她争取到更多的经济权益，苏清容却表示不用再争，就此同意！对苏清容来说，女儿的抚养权胜过一切！姚天宁不想付抚养费其实就是不愿承担养育责任。这样也好！他的绝情正好成全了从此不拖不欠、两不相见的结局！

离婚并没有想象中那么可怕，过不了又离不了的婚，才是真的可怕！办理离婚那天还算顺利，双方基本全程零交流。苏清容从民政局走出来时，突然感觉天好蓝，风好清，仿佛整个世界都明媚了起来！被困在婚姻里这些年，她就像个溺水的女人，每当快要窒息时就会挣扎到水面，勉强吸上几口续命的氧气，很快又被拖入水底。周而复始，苦不堪言！

如今，苏清容终于跨出了这一步，又可以痛痛快快地呼吸了！重新走在阳光里是一种久违了的感觉，苏清容觉得头脑清爽、心跳有力，浑身的血液又开始顺畅地流淌。曾经的那个苏清容，已经随着作废的结婚证死去了。此刻的苏清容，脚踏实地、面朝太阳、满血复活！

她知道未来还有很多困难等着她披荆斩棘，独自抚养女儿注定是条艰辛的路。但她坚信这是她该走的路，她为自己和女儿跨出了勇敢的一步，让人生又重新回到自己的掌控。

经历过这场死里逃生，苏清容比任何时候都更加珍惜生活。过去的，已然过去。那些经历不仅没能压垮她，反而让她变得更坚强、更坦荡！她愿意怀着一颗敬畏的心去拥抱未来，做回那个自己喜欢的自己，过出自己喜欢的人生！

也许，结束只是另一个开始。

在绝望中酝酿希望，在希望中孕育新的开始……

第五章 三个女人的火锅

　　合上旧相册，苏清容也把她生命中那些与爱情有关的记忆，复盘整理了一遍。曾经的温馨甜蜜也好，撕心裂肺也好，如今都已成为过眼云烟。她已经可以坦然地直视那些经历，不怨不艾，不悲不喜。

　　比起回忆过往，她更期待明天。从明天开始，她就是一个无债一身轻的女人了！离婚后这整整六年的努力，帮她赢回了尊严和安全感，一想到之后赚的每一分钱，都可以直接用于改善自己和女儿的生活，她就感到前所未有的轻松！最艰难的日子已经过去了，明天一定会更好，不过现在她需要先安安心心睡上个好觉。

　　第二天早晨，当苏清容睁开双眼的时候，她感觉自己身处于一个与以往截然不同的世界。这个世界温暖可爱，充满了妥妥的踏实感和稳稳的幸福感！她望着天花板，肆意地伸了个懒腰，骄傲地对自己说："从今天起，这个房子就完完全全属于我苏清容啦！"对于这样一个单身女人来说，房子带来的安全感远远超过男人。这是她一砖一瓦给自己和女儿建起的家！

　　苏清容翻了个身，幸福地望着床边的那扇窗。闭合着的湖蓝色窗帘，被太阳投影出轻快的波浪，微微映透着温柔的晨光。墙角的那棵散尾葵绿油油的，散发着健康的生命力和盎然的生机。床头柜上的相框里，是女儿向日葵般的笑脸。整个房间都洋溢着幸福的味道，淡淡的、甜甜的……

　　苏清容披上睡袍，下楼给自己煮了杯咖啡，厨房里立刻飘满了咖啡香。

她双手捧着热腾腾的咖啡,开始环顾起她的这个小家。这是一座不算大的房子,被苏清容收拾得温馨舒适,每个角落都干净妥帖,很有家的味道!

一楼的客厅整整两面墙都是明亮的落地窗,可以把后院的美好尽收眼底。无论从客厅的哪个角落望出去,都能看到后院的苹果树、粉红色的蔷薇花和常来院子里闲逛的小鸟。苏清容喜欢这样通透的设计,可以在每一个日子里感受到家与四季的关联,享受大自然带给人类的恩惠。

苏清容和女儿的卧室都在二楼,两个房间各占房子的一端。虽然房间都不算大,但好在阳光充足,且各带一个独立的卫生间。当初决定买下这栋小房子,也是因为看重了这一点。难得这栋房子没有超出她的预算,两个卧室刚好够她们各占一间,而且彼此还都能拥有一个互不打扰的休息空间。

除了楼上的两间卧室,房子的一楼还有一个略小一些的房间。苏清容把它用作书房,在窗前摆了一个长长的写字台。写字台前的这扇窗正对着房子的前院,几年前种下的两排玫瑰,如今都已长到一米多高,在阳光下肆意地开满了纯白色的玫瑰花。

苏清容每天都要在这里画设计图,处理各种账单,给女儿辅导功课。眼看着窗外的玫瑰一天天长高,女儿也一天天长大,生活也过得越来越有起色。偶尔闲暇,她也会沏壶淡淡的茶,坐在窗前写写日记、刷刷新闻,抑或是跟她的好朋友发发微信、聊聊天。

苏清容性格安静内敛,不喜无谓的社交,朋友自然也不算多。但是她在这个城市有两个极好的朋友,一起哭过、笑过、经历过,俨然如亲人一般!恰逢周末,苏清容决定请这两个好闺蜜一起来家里吃火锅,就当是庆祝一下自己喜提无债一身轻的好日子吧!

　　她们三人有一个微信群，群名叫"你丑你先睡"。其实最早建群时用的是一个挺优雅的名字，具体是什么时候改成了这么个不怀好意的群名，大家也记不起来了。只记得某日聊到夜深，犯困的表示要先撤，能熬的却还没聊够，某人便使坏改了这么个群名！索性大家沿用至今，也都懒得改了。

　　苏清容在群里发了条微信："今晚来我家吃饭、喝酒！可有空？"

　　好友吴文静秒回："有酒、有肉、有朋友！必须有空啊！"

　　紧接着，好友 Jenny 霸气地回复道："容管肉，静管酒，姐只负责带上好心情！"

　　苏清容笑着回复了一个唇印："亲们晚上见！爱你们！"

　　苏清容真的很爱她这两个好朋友！吴文静是她的大学同学，学的是会计专业，但是并没上过几天班。她来自杭州一个小康之家，人生得清秀干净，自带恬静的淑女气。吴文静毕业后就嫁给了一个家里做建材生意的男人，生了一对聪明可爱的儿女，从此在家相夫教子，当起了幸福的小主妇。

　　吴文静的老公是在澳大利亚长大的二代华人，出生于殷实家庭，中文略有退化。他为人踏实稳重，非常有家庭观念，对老婆、孩子更是宠爱有加！夫妻俩如今已经结婚十二载，依然相看两不厌，过着知足常乐的小日子。

　　苏清容觉得吴文静是她认识的姑娘里，最善良、最清澈的那一种！像她这么简单美好的性情，就该过上这种不用着急、不用着慌的生活！吴文静是绝对的贤妻体质，仿佛天生就修炼了以柔克刚的独门秘籍，虽然自己温柔如水，却能成为刚强之人的绕指柔。

　　苏清容常常觉得如果自己是一个男人，大约也会爱上吴文静这样的姑娘。跟那些刻意在老公面前表演贤妻人设的女人不同，吴文静的好是发自内心的。她无时无刻不在用一个女人最柔软的方式，宠爱着她的家人。对她来说，照顾好她爱的人，就是此生最大的爱好！她的共情和细腻使她可以给予对方很多爱，并且无师自通地懂得如何以对方需要的方式去给予爱。

吴文静就像这个嘈杂世界的减噪器，她温暖的眼神和温柔的话语，拥有一种宁静的力量。她从不认为"爱"是一种付出，反而无比享受"爱"这个行为本身。她相信茫茫人海，可以找到那个值得她爱的人，是这辈子最大的幸运。当然，她身上这种美好的特质一直能得以延续，也是因为她所遇良人。

吴文静的老公叫 Morgan Fan，中文名叫范默。苏清容和 Jenny 都一致认可：范默是个模范老公！再加上澳大利亚本来就习惯把姓放到后面来读，她俩索性就管吴文静的老公叫"模范"，张口闭口都是"你家模范老公最近怎样？"

范默把吴文静保护得很好，就像一棵罩着她的大树，不舍得她经受外面的风吹雨打。吴文静也把老公视为自己的天空，仰视着他的存在，给他最好的爱和照顾。吴文静至今都还保留着几分青涩的少女感，眼神里有种干净赤诚的感染力。

跟吴文静的简单清澈形成鲜明对比的，是 Jenny•唐身上满满的故事感！她比苏清容大几岁，原来在北京是某大牌广告公司的创意总监。当年电视上那个耳熟能详的卫生巾广告就是她的大作。后来，那个牌子的卫生巾销量一发不可收拾，拿下了国内最高的市场份额，Jenny 的名字也就在国内的广告界有了一席之地！

据 Jenny 说，那些年她的兴趣就是：拼事业、买名牌、换男友！直到某一天，她突然就觉得过腻了那样的生活，觉得是时候换个活法了。人生中很多顿悟，看上去是一下子想明白的，其实都是经过时间漫长的沉淀，潜意识的深思熟虑，再加上某个催化剂的作用，才最终生成的！

或许爱开快车的 Jenny，受够了北京拥堵的交通；或许追逐名利的 Jenny，厌倦了尔虞我诈的职场斗争；又或许敢爱敢恨的 Jenny，在那座城市有过太多无疾而终的伤心恋情。几年前，Jenny 毅然决然地卖掉了位于北京东三环的公寓，用那笔已经翻了五倍的卖房款在澳大利亚买了个别墅，读了个硕士，办了个移民！

Jenny 长得并不算很美，但她身上有一种稀缺的自信和性感。这种对任何事情和各种男人都能游刃有余的从容魅力，来源于她对自己生命的绝对掌控力！男人可以在她身上同时看到真挚热烈的风情和不拖不欠的潇洒。Jenny 这种女人，最不缺的就是底气。她在投入爱情时，不会计较得失；决定离场时，也从不过多留恋。爱，她拿得起；不爱，她也放得下！

不了解 Jenny 的人可能会觉得她有点游戏人生。而真正了解她的朋友都知道，恰恰是因为她爱得太纯粹，才不肯妥协和凑合。当爱情和婚姻不可兼得时，她宁愿选择爱情。虽然 Jenny 身边从来不缺欣赏她的异性，但她绝不滥情，对每一段感情都认真专注，一次只爱一个人。

得益于那些年北京疯涨的房价，Jenny 一来澳大利亚就过上了开奔驰、住豪宅的生活。虽不算大富大贵，也绝对属于那种没体验过民间疾苦的新移民了。她表面上一副御姐范儿，能言善道、人脉甚广，其实骨子里是个仗义倔强的北京姑娘，真正能走进她内心的不过三两知己。

Jenny 在北京的广告圈摸爬滚打多年，见多了各种厉害角色，这让她觉得吴文静身上的美好纯良特别难得！她是通过苏清容认识吴文静的，但从第一眼看见她，Jenny 就对这个拥有清澈眼神和真诚笑容的杭州姑娘，产生了极度的好感。而文静与范默那种琴瑟和鸣的爱情也是她羡慕和向往的。

而苏清容对 Jenny 来说，已经早早超越了朋友，已然成了亲人！在苏清容身上，Jenny 看到了自己当年的笃定、坚毅和倔强，她心疼容儿就像心疼自己的亲妹妹一样。再加上 Jenny 这个人讲义气，重感情，有恩必报，所以对苏清容这个援她于危时的朋友，格外珍惜！

Jenny 和苏清容是大约在十年前因为工作上的合作认识的。当时俩人一拍即合、相见恨晚！如果女人和女人之间也存在一见钟情，她俩绝对算得上这种情况了。仅仅是相互欣赏、志同道合还算不上情深义重的友谊，真正难得的朋友还得是患难见真情，肯在关键时刻拉你一把！

在 Jenny 的事业最风生水起的时候，招来圈里同行的嫉妒和陷害，险些毁掉她打拼多年的事业。见 Jenny 出了事，曾经那些酒肉朋友不是避之不及，就是恨不得背地里踩她一脚！Jenny 万万没想到，肯顶着风口浪尖站出来帮她的，竟然是当时刚认识不久的苏清容！从那时起，Jenny 在心里就认定了这个仗义疏财的好朋友。

这些年，Jenny 见证了苏清容结婚、离婚，失败、重启。在苏清容最低谷的时候，她也狠狠拉过她几把！她们都曾靠在彼此的肩头哭泣，也都把对方的名字写在自己紧急联系人那一栏。走进彼此生命十年的朋友，其实已与亲人无异！

当 Jenny 得知苏清容这么快就还清了房贷，她发自内心地为这个好妹妹感到高兴和骄傲！这些年，她眼看着苏清容从故作坚强，变成真的坚强，从怀疑自己，到笃定自信。苏清容能过上今天的好日子靠的完全是她自己，这背后的艰辛和付出 Jenny 都看在眼里! Jenny 恨不得能立刻给她一个大大的拥抱，为她的坚强和成就欢呼喝彩!

转眼到了傍晚时分，天气不冷不热，落日像喝得微醺的姑娘泛着红霞。苏清容在后院的凉亭下支起了火锅，摆上了羊肉片、腌制好的肥牛，还有各色菜蔬。苏阳像只雀跃的小鸟，在屋里屋外跑来跑去，忙不迭地帮妈妈拿碗筷。

"妈! 妈妈! 文静阿姨会不会给我带蛋糕啊? 我好喜欢她做的樱桃蛋糕! 还有，Jenny 阿姨上次说要给我一个卷发棒，可以做小公主卷发那种，你说她不会忘了吧?"阳阳一脸兴奋地问道。

苏清容一边准备东来顺的火锅调料，一边笑道:"你文静阿姨哪次忘过你这个爱吃蛋糕的小馋猫啊! 你说你整天怎么除了想着吃，就是想着臭美? 你刚多大就用卷发棒? 你以为烫个卷就是公主了? 就你这傻样，顶多也就是个卷毛羊!"

"哟! 谁敢说我们阳阳是卷毛羊啊? 你见过这么漂亮的卷毛羊吗!"随着一阵爽朗的笑声，Jenny 出现在后院，手里拿着一瓶红酒和满满一袋子的礼物。苏阳立刻像见到亲人一般扑到 Jenny 的怀里:"Jenny 阿姨今天真漂亮! 我可想你了!"

Jenny 把红酒往桌子上一放，霸气地吩咐了一声"开酒"，就跟苏阳有说有笑地翻看起她的礼物。几件漂亮的连衣裙、《哈利·波特》全集，果然还有苏阳心心念的卷发棒! 苏阳迫不及待地拉着 Jenny 进屋给她做卷发，还嘱咐妈妈不许偷看。

Jenny 自己没有孩子，所以格外宠溺苏阳，总喜欢给她买各种女孩子喜欢的小礼物。她一边给苏阳做卷发，一边问道："阳阳，知道你妈妈今天为什么这么开心吗？"苏阳点点头："嗯！因为妈妈把我们的家 100% 买下来了，妈妈说以后再也不用担心我们没有家了！你说我妈妈是不是特别棒啊？"

"嗯，你妈妈特别特别棒！她是因为爱你才变得这么棒的。她之前跟你一样，也是个小女孩，怕这怕那。可当了阳阳的妈妈以后啊，她总想保护阳阳，给阳阳最好的，就慢慢变成了一个什么都能做到的大女人了！"

Jenny 一边梳理着阳阳光泽的长发，一边对着镜子里的阳阳说："咱们阳阳真是长大了，很快也可以保护妈妈了，对吗？"

镜子里的苏阳使劲儿地点了点头，小眼神无比坚定！她好像突然想到了什么，眨着大眼睛问道："Jenny 阿姨，我爱妈妈，可我该怎么做才能再多爱妈妈一些呢？我现在能帮她洗碗、叠衣服，还会清理院子里的杂草，你帮我想想，我还能帮她做点什么呢？反正我就是喜欢看妈妈高兴！比如……我每次拿 A，妈妈都特别高兴，所以我就好好学习，让自己总能拿 A！"

Jenny 觉得苏阳真是个懂事的好孩子，有时候她甚至希望自己也能有这么个贴心的好女儿。她把苏阳搂到怀里说："阳阳，你做得已经很好了。你妈妈其实也不需要你做什么，她就希望你能快快乐乐地长大！不过，等你长大了，你妈妈就要变老了……Jenny 阿姨希望你妈妈在变老以前，还能多享受一些女孩子的快乐！如果你真想让妈妈更快乐，就给她更多空间，让她去做她自己喜欢的事儿吧！"

看苏阳有点没听懂，Jenny 又用英文总结了一遍自己想要表达的意思："总之，你把自己照顾得越好，她就有越多时间去找寻她的快乐，懂吗？"

苏阳这次总算听懂了，爽快地比了个 ok："懂了！我照顾好自己，妈妈就有更多的时间和空间去做让她开心的事了！没问题！"

没多会儿，苏阳就顶着一头公主卷得意扬扬地出现在苏清容面前。Jenny 像个骄傲的造型师跟在后面，指着自己的作品振振有词："怎么样？这个造型闪瞎你的眼吧！您倒是看看清楚，这是卷毛羊还是青春无敌小美女！"

苏清容扑哧一声笑了："这么一弄还真有点好看呢！咱们这没有卷毛羊，只有羊肉卷！"苏清容边说着，边拉 Jenny 入座，给她倒上了一杯红酒。

Jenny 也被逗得哈哈大笑："容儿，今天这酒我得好好喝！热烈欢迎苏女士加入姐的行列，咱们都是不欠银行钱的人啦！从此，去他的银行！"

"别呀，我还不能去他的银行呢！我还得为了投资房继续努力呢！目前只是取得了阶段性的胜利。"苏清容调侃着举起酒杯，"来！革命尚未成功，同志仍需努力！"

苏清容跟 Jenny 在一起总是特别开心，自然而然就充满了正能量。她相信她们会是一辈子的朋友，因为她们的友谊基于对彼此人格的欣赏，与身份、地位、金钱无关，不管对方的外在发生何种变化，灵魂上的共鸣永远都在！两个人嬉笑调侃间，对视的目光里流露出满满的爱和心照不宣的心疼与关心。

这时吴文静也到了，果然给苏阳做了一个又大又好看的蛋糕。上面用樱桃点缀出一个笑脸太阳，还用金黄的奶油写上苏阳的英文名 Sunny。苏阳高兴地跳了起来，连喊了好几声"谢谢文静阿姨"。

热腾腾的火锅、Jenny 爽朗的笑声、文静温暖的笑容和女儿沾着蛋糕的笑脸，这大概就是苏清容心中幸福的模样！可以跟真心喜欢的人在一起，不慌不忙地浪费着时间，共享着人生中简单的小美好。

苏清容情不自禁地举起酒杯，有点激动地说："Jenny、文静，我敬你们一杯！有时候我真的觉得自己何德何能，能交到你们这么好的朋友。有你们和阳阳，我这辈子知足了！"

文静泪点极低，眼睛瞬间湿润了："容儿，能有你这样的朋友才是我的幸运呢！你老说，你要是个男人就娶我，我告诉你，我要是个男人，其实你才是我最想娶的那种女人！我真的挺佩服你的，你让我觉得，哪怕命运抛出来的难题一道比一道难，也没有什么是过不去的！"

Jenny 也举起了酒杯对苏清容说："要我说，你这辈子还有大把时光呢，只有我俩和阳阳，你可不该知足！今天的一切都是你自己挣来的，我相信老天爷能看得见，你做人做得够格了！要我说，苍天若有眼，也该给你发一个好男人了。等你遇到那个真正懂你、爱你的男人，再说这句：这辈子知足了！"

吴文静极力表示同意："对！这女人啊，再能干也有累的时候，也需要有个温暖的肩膀靠靠。以后，你可别净想着占我俩便宜，只紧着我俩这柔弱的小肩膀靠啦！也该换个男人的肩膀靠靠才是！"

"祝我们容儿早日找到靠得住的肩膀！"两个人异口同声地举杯祝愿，逗得苏清容有点不好意思地笑了。她撒娇着往 Jenny 肩膀上硬靠，嘴里喃喃着："我就靠你怎么了！我看你敢不让我靠！"

这时，苏阳的一句话把大家都逗乐了。只见她站起身来认真地说："妈妈！Jenny 阿姨不让你靠，我的肩膀给你靠！"说毕，她满脸自信地拍了拍自己的小肩膀，露出了一副得意的小表情。

今晚的一切对苏清容来说都是那么地美好。也许是因为卸下肩头扛了多年的压力，今天的她感觉格外轻松和快乐。有时候压力会让人忘记如何心无旁贷地感受生活，让人忽略掉那些本来可以让人快乐的小美好。当苏清容卸下了心里的负担，她才惊喜地发现：其实快乐可以如此简单、如此轻松、如此自然！

美好的时光总是过得特别快，火锅的热气还没散去，天空已经挂上了几颗闪亮的星星。夜晚的微风让人略感凉意，苏阳已经先上楼睡觉了，只剩下三个女人围着那锅还散发着余温的火锅，不舍得散去……

Jenny 说："今晚的月色这么美，不如你拿条毯子出来，我们就挤在秋千上聊聊天吧！"文静也表示同意："我家模范老公特意嘱咐我，今晚不用着急回家，让我多陪陪好朋友！"于是，三个女人挤在同一个长椅上，分享着同一条厚厚的毯子，仰望着同一片静谧的夜空。

她们就这样在月夜里轻轻地摇呀摇，仿佛可以摇走一切烦恼，摇来更多希望。当她们在这清凉的夜色中抛开一切世俗的纷扰，女人的心思就像天上那些静谧的小星星，总是毫无悬念地落回到"爱情"这个话题上。

吴文静说她相信人来到这个世界就是为了爱和感受爱。她已经找到了那个她爱的男人，一旦认定了彼此，就无惧命运的考验！她明白这世界上没有完美的婚姻，再多的激情也难逃边际效益递减的定律，再好的感情终会归于平淡，但她相信，认定了彼此的人会愿意在这漫长的婚姻里，一次次地跟同一个人重新相爱，永不放弃！这种认定就是她幸福的底气！

Jenny 说她年轻的时候也曾以为"不以结婚为目的的恋爱都是耍流氓"，但是长大以后她更认同"为了结婚而结婚，才是真正的耍流氓"！婚姻这个东西，早已在她心里被请下了神坛。看看身边有几对夫妻是像吴文静那样嫁给了爱情，相濡以沫、相爱相惜，又有多少夫妻日复一日在孩子面前上演着貌合神离，活成了身体和心理都零交流的漠然室友。

Jenny 把手里的红酒一饮而尽，有点愤慨地说："前几年我爸还老催我结婚，现在估计是绝望了，提都不提了！老娘不是没人追，结婚不难，难的是爱！太多人结婚是为了省钱，不敢离婚是因为离不起，我这辈子都不想活成那样！老娘姿色尚可，经济独立，基本实现财务自由，老娘凭什么要委曲求全找个男人回来添堵？我要的是心动、是爱，跟不爱的人在一起才是浪费生命！我还就死磕到底了！"

她又转过脸对苏清容说："容儿，我告诉你！为了过日子，找个男人照顾你很容易。为了性生活，找个男人睡觉更容易！我就是因为寂寞，全试过了！我跟你说，你要是不爱他，他对你再好都是折磨。你要是对他没感情，就算他身材再好，嘴再甜，活儿再爽，那充其量也只能叫性，根本都不配叫'做爱'！没爱的性就像是去健身房做了场运动，身体爽完了，这心里还是空的！"

说到这里，Jenny 又给自己倒了一杯酒："别相信老人说的'凑合'，这凑合的日子真不是人过的！也别相信什么新女性宣扬的性解放，都是骗人的！你怕空虚说试试吧，结果试完了就一个感觉：更空虚！"

苏清容完全明白 Jenny 想说的。她们活到这个年纪，如果还没活明白什么是想要的，那至少也该明白什么是不想要的了。她不想要毫无意义的感情，也深知缺爱的婚姻有多消耗人。岁月已经把她打磨成一个不畏惧孤独的人，不再轻易给人靠近，不再轻易掏心。

然而，她内心深处依然渴望遇到那个他，那个独一无二的、命中注定的他！他应该会有着让她心动的眼睛，与她相似的灵魂和能彼此照见的心。苏清容相信这世上一定还有那么一个人，能让她有想去了解的冲动，和再次拥抱的勇气！她借着微醺的酒意，对着浩瀚的夜空肆意大喊："你到底在哪儿啊？你知道我在找你吗？能让我快点遇见你吗？"

那一刻，她恍惚觉得夜空中有一颗星星对她眨了下眼睛，仿佛在回应她对爱情的渴望！也许在这浩瀚宇宙的某一个角落，也有一个人在喊着同样的话，在努力找寻着她的存在，在期待着缘分能让相似的灵魂遇见彼此，摆脱掉这漫长的孤单与等待……

然而苏清容那颗受过伤的心又会忍不住怀疑：也许这世上根本没有什么灵魂伴侣；又或者是自己不受命运的眷顾，不配找到那个灵魂伴侣！也许自己注定只是一颗孤星，再怎么奋力闪烁，也终将被吞没在这无边无际的黑夜里……

南风和煦，夜色撩人，三位佳人依偎着彼此，尽情发泄着心底的情绪，温柔消化着生活的泥泞与芬芳，直到酒意渐渐模糊了记忆，灵魂渐渐趋于沉静，她们才沉默不语地相视一笑，眼神里藏着对岁月的沉淀、对人生的体会、对未来的期待和对爱情的渴望。

怀着对爱的希望，孤独才是可以忍受的。冥冥中隐约感到另一个匹配灵魂的存在，期待着相遇、相认、相知的那一天，生命便因此有了光，平凡人生才活出了芬芳馥郁的香气。

但愿相似的灵魂终将相遇，他能看到她笑容背后的眼泪，她能读懂他藏在眼角的忧伤，他们能成为治愈彼此的良药、照亮彼此的暖光！

第六章 意料之外的惊喜和惊吓

转眼又到了周一的早晨，Norah Jones 的那首 *Sunrise* 准时在清晨七点响起。按下闹钟、拉开窗帘，苏清容的心情就像窗外那个洒满阳光的世界，元气满满！热水澡唤醒了她身上的每一个细胞，刚吹干的长发散发着淡淡的清香。她穿上驼粉色的丝质衬衫、白色西装上衣，再搭配一条樱花粉的百褶裙，用明亮的好心情迎接这崭新的一天！

心情好的时候，天显得格外蓝，路边的行道树也变得亲切可爱起来，就连堵车也完全影响不了苏清容的好心情。因为爱生活、爱世界，就会觉得整个宇宙都是友好的，不由自主地想要感恩：活着真好！想来也是神奇，眼前这个阳光明媚、充满善意的世界，跟曾经那个灰蒙蒙、囚牢一般的世界，明明就是同一个世界，不同的只是人的心境罢了！

自由的感觉真好！如果说情感上的自由让苏清容走出阴霾、走进阳光，经济上的自由则给她带来了更多从容和选择。她觉得自己就像插上了隐形的翅膀，可以安心在地面生活，也可以随时飞到高空领略更美的风景。

一进公司，苏清容就跟前台要了张年假申请表。整整五年了，她从没主动休过年假，也没有填过这张表。对苏清容来说，除了不得不因故离开的病假和事假，她一直都认为无故休上十几天的年假过于奢侈！看在钱的分上，只要有活干就不休假，是她一直秉承的原则。但这个原则在她还完房贷后，开始动摇了！

至于公司里的那些澳大利亚同事，他们每年不管多忙，都会雷打不动地休满二十天的年假！看他们每次休假归来，拿着世界各地的旅游纪念品跟大家分享时，苏清容内心都特别羡慕。她多希望有一天，自己可以放下工作，带着女儿开开心心地去度假啊！

人只有跳出紧绷状态回头看，才能看出自己曾经有多紧绷。此时的苏清容实在太需要一个无忧无虑的假期来犒劳一下自己了。而且女儿期盼去迪士尼乐园已经很久了，她现在迫切地想要实现女儿的这个愿望！于是，入职以来她第一次递交了年假申请表，下定决心要带女儿去东京的迪士尼乐园好好玩玩。

老板 Bob 在收到休假申请表的那一刻，感到非常诧异。在他的印象中，苏清容是公司里最任劳任怨的员工，而且现在是一年中最忙的时候，本来还指望她能多分担一些工作量呢！往年的这个时候，苏清容都会主动接更多的单，别人不愿意做的项目，她也从不推托。更何况，现在离圣诞节也就一个多月了，为什么不趁着这会儿多赚点佣金，然后等到圣诞假期再休息呢？

Bob 觉得以他多年的用人经验，苏清容如此一反常态的举动，绝不仅仅是想去度假那么简单！他立刻让助理整理出苏清容过去两年的工作业绩，客户满意度和给公司带来的合计利润。又把过去五年，由她经手的华人客户群的业务量、利润率等做了个增幅统计。

量化分析很清楚地给出了一份漂亮的答卷。这个平日里只会埋头干活的姑娘，不仅给公司带来了相当可观的利润，而且还无形中帮公司拓展出一个日渐成熟的华人客户群。自从有了这个会讲中文的设计师加入，今年签约的华人客户已经较五年前翻了七倍！

众所周知，澳大利亚华人群体即使是在低迷的经济环境下，也有着较稳定的消费力。在 Bob 眼中，华人客户是最不差钱的客户！眼看着自己手下有这么个宝藏员工，利用语言和文化上的优势，不声不响地做起了华人这个市场，他无论如何也不能放跑这条大鱼！

Bob 越想越觉得苏清容很有可能是被竞争对手看上了，明则休假，暗则面试。眼看这边的合约年底又该续签了，一旦有其他公司开出更好的条件，她正好可以赶在年前辞职，年后跳槽去新的公司。

Bob 暗自庆幸自己的洞察能力实在不凡，幸好及时发现了端倪！为了防止优秀员工流失，Bob 决定在别人下手之前，摸出她的薪酬预期，把她踏踏实实地攥在自己的手里。毕竟通过这些年的观察，他相信苏清容对自己的公司还是有感情的。如果真想跳槽，无非也就是冲着钱！Bob 有信心，只要能给出更符合她预期的条件，就应该能留住她。

午休过后，苏清容收到 Bob 助理的邮件，约她一小时后跟老板面谈。苏清容心里有点紧张，觉得一定是自己这个时候请假引起了老板的不满。想想这些年虽然没有休过年假，但是因为女儿的事也没少请假，老板也一直都很体谅自己。

苏清容越想越觉得，自己应该对老板和公司怀着感恩之心，尽量配合公司的工作安排。一会儿，但凡老板提出这个时候休假不好安排，自己就绝不再坚持！

当苏清容走进总裁办公室时，她眼神里明显流露出几分内疚之情，对老板的目光有点躲闪。Bob 再一次肯定了自己之前的判断，把苏清容的眼神误读成准备跳槽的员工难以掩饰的心虚！

"Rong，最近一切都好吗？工作上有什么问题需要和我沟通吗？"Bob

微笑着问道。

"谢谢老板关心。我一切都好，工作上也很顺利。手上的两个项目也在收尾中，本周内都能完成交付。"苏清容只是想表达自己手上的工作都已进入收尾，绝对不会因为休假影响进度。

Bob 却把苏清容的回答解读为：这个员工已经着急完事走人了！他觉得这个节骨眼儿，自己应该先打打感情牌，唤起员工对公司的感情，再摸清她的底线，给出让她不能拒绝的条件，彻底打消她要跳槽的念头！

"我本来也是准备在年底约你谈一谈的，既然今天收到了你的休假申请，我想，不如现在就提前跟你谈谈吧！"Bob 继续说道，"你来公司已经五年有余，这些年我是看着你成长的！你的勤奋好学和业务上的进步，都是有目共睹的。作为你的老板，我很欣慰自己的公司又培养出了一名优秀的设计师。作为一个父亲，我也很敬佩你这样的单亲妈妈，在照顾好女儿的同时，还能在事业上取得这么大的进步！"

苏清容听到老板对自己的肯定，内心很是感动！她本想借这个机会好好表达一些感谢，但话到嘴边，又羞于表达，只说出一句："谢谢！"

Bob 点了点头接着说："不过，作为一个在这个行业里打拼了三十多年的前辈，我也有义务提醒你。我希望你能明白，你个人的成绩跟公司这个平台是分不开的！如果没有我们品牌的信誉和地位，没有公司这么好的共同成长的氛围，再聪明的设计师也很难在这么短的时间内，取得这么好的发展！这一点，我希望你不要忘记。"

"是。我明白。我很感激公司，也很感谢您！"苏清容打心底认同老板的教诲，也真心感激公司对自己的扶持。她知道自己今天取得的一切，都跟这份工作密不可分。没有公司这么好的平台，她也绝不会取得这么好的经济回报。

"当然，我也明白，工作是为了更好的生活。如果你真是需要好好放松一下，我也是可以理解的。只是我注意到，你已经累积了五年的年假都没休过了，可以问问你为什么这个时候提出休假吗？"Bob 抛出这个问题，暗自希望苏清容可以开诚布公地告知对手开出的条件，或者是她对薪酬待遇的心理预期。

苏清容一脸歉意地回答："完全是因为我的个人原因，我很需要一个假期带女儿去迪士尼玩玩。如果您不希望我这个时候休假，我可以……"

Bob 怕苏清容直接提出辞职，立刻打断了她，亮出了底牌："我非常支持你休假！因为等你放松回来后，我这会有更重要的工作等着你！我刚才也说过，本来就想找时间跟你谈谈新的工作安排了，不如现在就提前告诉你吧！

"你应该知道，咱们公司目前有九位高级设计师，十一名普通设计师和十三位助理设计师。我想你也了解，在我下面还有四名合伙人级别的设计师。你是从助理设计师做起来的，但是因为接的项目体量大，客户满意度高，已经在最短时间内升到了高级设计师的水平。虽然从专业角度、工作年份上，你都离合伙人级别还有很大差距，但是我准备破格晋升你为合伙人，因为我非常看好你的潜力！"

苏清容万万没想到这才是老板谈话的核心内容。她简直有点不敢相信自己的耳朵！之前的晋升都是按公司统一的评估标准，根据业绩和年限做出的评级。而这次破格晋升，完全出乎苏清容的意料，着实有点让她受宠若惊！

Bob 此时已经看出苏清容脸上流露出的惊喜，继续补充道："作为合伙人级别的设计师，你享有更好的经济回报和更优先的选择权。每个项目的个人佣金分成从 20% 提高到 35%，更重要的是：以后你直接向我汇报，直接跟我申请资源。我希望，你可以帮公司把华裔客户这块儿市场做起来。我很看好这部分市场，未来如果能在体量上取得显著的增长，你还有机会带领一个自己的团队来专攻这部分业务。不知道你对公司的这个安排还满意吗？”

苏清容想都没敢想过，自己有一天也可以享有合伙人待遇! 她更加没敢奢望，自己有一天也可以带领团队，在公司享有更多的选择权和话语权! 她激动地握住了 Bob 伸出来的手，充满感激地说：“非常感谢您的赏识! 我一定好好努力，绝不辜负您对我的期望! ”

Bob 也露出了欣慰的笑容：“好! 一言为定! 等一下我会让人事把你的晋职合同和准假证明准备好。我希望你签完合同，开开心心地带女儿去迪士尼休假，然后给我精神饱满地回来上班! 你说好吗？”

“好的! 谢谢 Bob! 您对我有知遇之恩，又这么器重我。等我回来，一定好好努力，给公司创造更多价值! ”苏清容真诚地给老板深深鞠了一躬，眼神里满是感激的神情。

就这样，不争不抢的苏清容，如此意外地得到了她想都没敢想过的薪酬条件! 之前的她没有后路，只能埋头苦干，没有时间和本钱去尝试是否还有其他可能。她可能永远也不知道，当别人认为你别无它选的时候，他们只会专注于剥削你的剩余价值，只有当别人认为你有更多选择时，才会真正开始正视你的价值，从而愿意为了拥有你而付出更多。

苏清容如愿以偿地带苏阳去了东京的迪士尼。她在米老鼠和唐老鸭的童话世界里，像个孩子一样无忧无虑地笑。她在银座琳琅满目的商场里，随心所欲地刷卡购物。她在华灯初上的傍晚，随意走进间热气腾腾的居酒屋,吃着串烧、喝着清酒。她站在富士山上眺望远方,感恩生活原来可以如此美好,饱含善意,充满惊喜!

当人离开了自己每天习惯的轨道,置身于截然不同的风景里,大多会有一种跳出日常琐事的抽离感。苏清容试着站在一个旁观者的角度看自己,才发觉生活表面的丰盈,并不能掩盖内心的孤独。生活的确越来越美好,但摆脱了生存的压力后,她反而更期待灵魂的关照。生活里的那些美好的瞬间,除了苏阳,她还希望能有个懂她的人,跟她一起分享。她看不清那个人的样子,但是她却越来越相信那个人的存在。

曾经的她,在无助和绝望时,期待的是有人可以分忧。而现在的她,却是在确幸和满足时,想要有个人跟自己分享。如果一个人的内心可以投射给宇宙自己最纯粹的渴望,她想从心里对世界呐喊:"苏清容已经变成了更好的自己,她值得更好的爱情!"她多么希望宇宙能给她一点回音,指引她去靠近那个属于她的爱人。

离开东京前,苏清容临时决定,趁着最后半日的工夫,拜访一个当地人很敬仰的小寺院。要不是在酒店遇到一对久居美国,特意回来还愿的老夫妇,她这个外国人是绝对找不到这么有灵气的好地方的。

这座寺庙离东京市区并不算远,藏在静谧的小巷中,很有点大隐隐于市的意境。庙宇不大,来祈福的香客也不算多,但目光所及,处处充满禅意,一草一木都很有灵气。在寺院深处,有一口井,几个出家人在井边的凉亭里打坐,低声诵读着经文。井边有一棵歪脖松,像一把大伞支在井口上方。

待苏清容走近,才看清那树上系着许多写着心愿的木牌。大部分都是日文的,也有极少几个写的是英文和其他文字。有的一看就是新许的心愿,有的却已墨迹斑驳,饶有年头。正看着,旁边一位老僧人朝苏清容走来,像是要对她说些什么。

苏清容连忙礼貌地迎了上去，双手合十给那老僧人行礼。只见那老人看上去非常清瘦，布满皱纹的脸透着智慧和慈祥。他拿着一个木舀子，弯身从井里舀出些井水，轻轻地放在井边上。老僧人冲苏清容笑笑，双手做出洗手的动作，示意她用那水洗手。

当井水划过她纤细的手指，一股清凉的感觉直彻心扉。如果这世上真有忘忧水可以洗刷掉所有伤痕，那之前受过的伤，是不是就真的可以忽略不计了？然而就像小时候学走路一样，人生其实就是个跌倒了又爬起来的过程。疼过方知苦，有苦才有甜。世间万物都有其自己的规律，就像手脏了可以用水冲干净，心乱了自会有时间把它抚平。

洗好手，那僧人又递给她一个木牌和一根毛笔。他指了指旁边的墨台，用慈祥的目光看着她，双手合十鞠了个躬，用生涩的英文说了句："请许愿"。

假如除了自己的心，还想找个地方来安放愿望的话，苏清容觉得这里真是再合适不过了！这棵树上承载的美好愿望，每天可以沐浴着日月的精华，沾染着清冽的井水，听着僧人诵读的经文，静候着天地间花开有时的回应。如果可以把自己的愿望安放于此，也算不枉此行了。

苏清容认真写下了"遇见你"三个字。她满怀虔诚地把木牌小心翼翼地系在那棵松上，还打了个特别精致的蝴蝶结。苏清容站在树下，闭上眼睛，默默地祈祷："此生哭过、笑过、经历过，但是偏偏还没遇见你！请你不要成为我今生唯一的遗憾，请你一定要出现在我生命里！"

不知道是幻觉还是心理作用，忽而清风拂过，瞬间拨云见日！"遇见你"三个字在阳光的照耀下，折射出金灿灿的光芒！那一刻，苏清容感到自己心底的声音，仿佛真的被这个世界接收到了。她轻轻地拉起苏阳的小手，心满意足地说："是时候跟东京说再见了。我们回家！"

回到悉尼后，日子又恢复了本来的模样，不同的是苏清容的心境。她越发热爱工作，热爱生活了。认识她的人都说她变漂亮了。连苏阳也觉得妈妈笑起来越发好看了。Jenny对苏清容的状态给出了最好的总结："女人活成这个状态，就是万事俱备，只欠桃花了！"

然而，苏清容并没能遇到什么像样的桃花！为了实现"遇见你"这个愿望，她也开始尝试朋友安排的相亲，也认真赴过几次约会，但就是找不到半点心动的感觉。也许是一个人把日子过独了，哪怕对方身上能找到80%的合适，她也总是忍不住放大那20%的不合适。而这20%就足以让她得出结论："这不是我想找的人！"

在这些约会对象中，综合实力最强的，就要数Jenny力荐的郭先生了。郭先生在悉尼拥有一间建筑公司，也算和苏清容是半个同行，而且同是北京土著，有着类似的成长背景。他言谈举止自信大方，人也风趣幽默，不管是生活上，还是专业上，都能跟苏清容侃侃而谈！

苏清容也觉得郭先生确实是全方位的优秀，优秀到自己都觉得有点配不上人家。可即使是这么优秀的男士摆在眼前，她还是没有一丁点儿心动的感觉，表示完全没有再约会的必要。

Jenny听到这个反馈，一脸不爽地说："我说容儿啊……这位可是我压箱底的男神了！是你对他没感觉，还是对所有男人都没感觉啊？我拜托你，自己先搞搞清楚好吧！你要是压根儿对男的就没感觉了，给句痛快话，我们也省得跟这儿瞎忙活了！"

"你还别说，我有时候也怀疑，自己是不是已经丧失心动的能力了！

还真没准儿是我自己出了问题! 我现在对男人有点排异反应, 一眼就能看出我们哪里不合适! "

"行! 那你就给我说说! 我们这位德、智、体、美、劳样样俱佳的男神, 你看出哪里跟姑奶奶您不合适了? "Jenny 没好气地说。

"他的确特别优秀 …… 但我觉得 …… 他有点浮夸! 反正我俩肯定不是一路人! 我追求的是灵魂上的契合, 你懂吗? 那种一个眼神, 一个微笑都充满默契的感觉 ……"

Jenny 不耐烦地打断了她: "行了, 行了! 我明白啦! 我衷心祝您老人家早日遇到你的灵魂伴侣! 我非常迫切地想看看, 你跟你的那个真命天子, 是怎么跳过肉体, 直接用灵魂沟通的! "

"你也不用挖苦我。我自己也总想知道, 到底能不能遇到他, 遇到了又能不能认出他, 认出他又能不能产生牵绊 ……"苏清容一脸茫然, 自顾自地说着, 克制着心底想要遇到那个人的强烈渴望。

打那以后, Jenny 再没张罗过给苏清容介绍对象。她大约觉得苏清容在等的缘分, 还得靠她自己遇到, 便在圣诞节的时候, 送了一条粉水晶的手链给她: "招桃花的, 好好戴着! 姐只能帮你到这里了! "

接下来便是澳大利亚节日最密集的两个月, 也是单身的人最容易感到寂寞的两个月! 新年、国庆节、情人节, 苏清容都是单身度过的, 注意力也慢慢从男人转向了美食。再加上吴文静逢年过节总请她来家里聚餐, 还总是奉上各色美食调侃她: "每逢佳节倍儿能吃! 咱遇不到喜欢的人, 还遇不到喜欢的菜吗! "

反正生活就是这样, 慰藉不了灵魂, 先慰藉一下胃也是好的。苏清容没事就去文静家吃她烧的杭州菜, 然后再回请她下馆子。有来有往、不亦乐乎! 不知不觉,节日过后的苏清容似乎微微胖了一些。

转眼就过完了整个夏天,悉尼的初秋已略显寒意。某个周六的中午,苏清容带着苏阳在吴文静家吃烧烤,不知不觉吃到天气有些微凉。饭后,吴文静把苏清容叫到书房喝茶,孩子们则在后院逗着小狗乱跑。苏清容随手从吴文静的书柜上取下一本张恨水的《金粉世家》,趁着午后的阳光,坐在靠窗的沙发上翻看着。

"喜欢就拿回去读吧。想当年,我还认真追过这部电视剧呢。董洁演得真好,冷清秋太让人心疼了!"吴文静递给苏清容一杯她们家乡的西湖龙井。

"是呀。当年追剧,我还因为心疼冷清秋所托非人,掉过不少眼泪呢! 那时候年轻,完全无法理解这世上怎么会有金燕西这样的男人。费尽心思把自己心爱的女人娶回家,却又对她那般薄情寡义!"苏清容不由得感叹。

"是呀,男人有时候就是这么无情! 他们也不知道自己到底想要什么。看到好的就想占有,娶到手了又不懂珍惜。原本像百合花一样美好的姑娘,就那样被婚姻消磨殆尽、香消玉殒了……"吴文静悻悻地说。

苏清容合上书若有所思:"文静,你发现没有…… 当年我会觉得:金燕西便是这天底下最无情的男人了! 如今真的经历了人生,才发现其实金燕西还算是好的!"

"还真是! 放到如今,这金燕西在'渣男'界顶多也就算是个青铜级! 我觉得,你那个前夫就连他还不如! 看来,现实生活比书里还要残酷好几倍啊……"文静表示同意。

不知不觉,阳光的温度已没有正午那么暖了。从文静家出来时,一阵初秋的小风扑面而来,让苏清容略感凉意。看着这清冷的秋天,又想到书里"冷清秋"的名字，苏清容不禁想起了柳永的词句：

多情自古伤离别，更哪堪，冷落清秋节！

今宵酒醒何处？杨柳岸，晓风残月。

此去经年，应是良辰好景虚设。

便纵有千种风情，更与何人说！

开车回家的路上，苏清容还一直在想："是呀，良辰美景奈何天！心中纵有千种风情，又能与谁人分享呢！"她很快又嘲笑自己，"人大概就是如此，当一切都很糟糕的时候，只想努力让一切变好！而当一切都好了，却又开始自寻烦恼！"

傍晚回到家，苏清容隐约感觉到肚子阵阵发疼，紧接着腰部、背部也疼痛起来。想着也许是吃完烤肉有点受凉，应该并无大碍，便强忍着疼，去卫生间洗澡。刚洗到一半的时候，后腰突然一阵钻心地疼，俩腿一软，竟瘫坐在了地上！

苏清容慌了，她觉得自己好像从来没这么疼过！她拼尽全力想要站起来，但身体却疼得蜷缩成一团，根本动弹不得。她基本靠着双臂的力量，勉强爬出淋浴，想用浴巾包裹上自己赤裸的身体。那浴巾就挂在离她不到一米的墙上，她却连伸手去拿的力气都没有，疼得快要窒息了。

那一刻，苏清容真的以为自己快要死了！她意识不清地提醒自己："我还有苏阳，我不能死！"她咬紧牙关，用尽最后一点力气，把身体挪到了浴室的门口。然后用最后一口力气，拼尽全力喊了一声："苏阳！"

隐约间，她看到苏阳朝自己跑来，嘴里不停地喊着："妈妈你怎么了？"

她想让苏阳打电话叫救护车，但眼前突然一黑，就什么也不知道了。

第七章　斯人若彩虹　遇上方知有

当苏清容醒来的时候，她发现自己躺在医院的病床上。她的手上插着输液的管子，身边有个显示屏发出嘟嘟的声响，画着一条起起伏伏的曲线。目光所及，都是惨白的墙壁和天花板，鼻腔里充斥着医院特有的消毒酒精的味道。

关于医院的一切都显得那么陌生和可怕，让苏清容感到一阵恐惧。她好想找个人问问，自己是怎么来的，得了什么病，什么时候可以回家！可当她试图挪动身体时，腰部又是一阵剧痛，好像被刀划过一般。

苏清容想要叫人，但是根本没有力气喊出声来。她突然想到看过的电视剧里，病床上都配有一个按铃，于是用手摸了摸床的两侧。右手果然摸到了一个按键，拼命按下去，看到病房门口有盏灯亮了起来。不一会儿，一个身着蓝色护士服的年轻姑娘走了进来，一边检查输液的瓶子，一边询问她感觉如何。

苏清容苦不堪言地表示还是疼。那个护士便轻轻托起苏清容的左手，把它举到她的眼前说：“你看，你左手的大拇指连着一个止痛泵。如果你感觉特别疼，就按一下。这个止痛泵会帮你减轻疼痛，让你立刻感觉舒服一些。”

苏清容试了一下，果然感觉没那么疼了。她着急地把脑子里所有的疑问，都一股脑儿地抛给了护士：“请问我得了什么病？我是怎么来医院的？外面有我的家人吗？我需要知道我女儿现在如何！我可以给她打个电话吗？"

护士小姐一边给她量血压，一边不紧不慢地说："你先别着急。你现在是在圣保罗医院的急诊病房，是你的朋友叫救护车把你送来的。她们现在应该还在外面的休息室等你的消息，我等一下就会叫她们进来看你。至于你的病情，我不是很清楚，需要等医生来给你检查。"

未知的恐惧让苏清容觉得更害怕了，如果是小病，三句两句就可以说清楚，何必非得等医生来了才肯告诉她！她胆战心惊地试探道："那医生什么时候会来见我？我应该不需要手术吧？"

那个护士小姐把她床前的病例拿在手里翻了翻，然后摇摇头说："对不起，这个我真的不知道，需要等医生来跟你沟通。你现在各项指标还算稳定，按医嘱我需要先带你去做 CT 扫描，然后就可以让家属进来陪你了。"

紧接着，苏清容被推进了一个巨大的房间。房间的正中央，有一台像太空舱一样的大型仪器，让她觉得有点可怕！两个护士把她抬到了那台冰冷的机器上，嘱咐她要按语音提示做深呼吸，静脉里还会被注射造影剂，如果不适感无法忍受可以随时喊出来。由于 CT 机会产生辐射，护士们嘱咐完就先后离开了，只留下苏清容一个人躺在那台陌生的机器上。

当巨大的环形仪器来来回回从她身上扫过，她闭上眼睛听着那哄哄的响声，感觉那像是个怪物长着血盆大口，随时会把她吞掉。幸好 CT 很快就做完了，她又被推回到那个病房，手指被重新套上了止痛泵。

在止痛剂的作用下，苏清容感觉自己清醒了不少！大脑刚开始恢复运作，她就开始了各种担心：

如果需要手术，那女儿谁来照顾？

电视剧里做手术都是需要家属签字的，我绝不能让远在北京的父母担心！

我得告诉医院千万不要通知家属，有什么事可以通知 Jenny。

为什么到现在都没人告诉我到底得了什么病？

我不会那么倒霉，得了什么不治之症吧！

正胡思乱想着，只见 Jenny 带着苏阳走了进来。苏阳一下子扑到了妈妈的怀里，满眼泪光地问："妈妈，你还疼吗？"苏清容看到女儿担心的样子，心里一酸，也差点流出眼泪。但她迅速开启了多年来练就的坚强模式，故作镇定地安慰女儿："好孩子，不疼了！到了医院就不用怕了。医生很快就会把妈妈治好，妈妈很快就能跟阳阳回家了。"

Jenny 抚摸着苏清容的额头，心疼地说："亲爱的，你别怕！刚才有个年轻医生来叫我们，还跟我简单沟通了一下你的情况。他说你的剧痛是肾结石引起的，可能需要马上手术。不过你不用太担心，现在都是微创手术，很快就可以回家了。苏阳你放心，我会帮你照顾好！"

"我不想手术……你没问问可不可以保守治疗？我能不能先回家吃药？我得送阳阳上学！工作上我也离不开，下周有个特别重要的会！我现在根本没时间住院！"苏清容完全不想面对需要手术这个无法逃避的现实。

"我的傻妹妹啊！肾结石，听名字就知道啦！肾里有小石头嘛。你知不知道你今天疼得都晕过去了？！幸好阳阳懂事，及时给我打电话！你还想不手术就回家？下次再疼起来会要命的！乖，听医生的，该手术就手术。阳阳跟着我，你有什么可不放心的！"Jenny 赶紧劝道。

苏阳这时候已经哭得泪流满面，但还是鼓起勇气加入了劝妈妈手术的行列："妈妈，我不要再看到你那么疼了！刚才 Jenny 阿姨都和我说好了，这几天我跟她住，妈妈就放心在医院做手术。妈妈你别怕，等你出院就再也不会疼了。我一定乖乖听话，每天按时写作业，把自己照顾好！我等你回家！"

苏清容看着心爱的女儿，心里特别不是滋味。自打女儿出生那天起，不管遇到什么难事，她都没离开过女儿一天。苏清容之前从未想到，有一天自己也会病倒，不得不把女儿交给别人照顾。幸好有 Jenny 这么信得过的朋友，不然她可如何安心啊！

这时，一位身材高大的年轻医生大步走了进来。他看上去也就是二十多岁的样子，金发碧眼，甚是英俊。他简单跟苏清容沟通了一下病情，告诉她 CT 显示左肾有结石，明天一早就可以安排手术。紧接着，他又言简意赅地把手术方案、手术风险和恢复期讲了一遍。还没等苏清容来得及消化完这么多信息，他便拿出一套需要签字的文件，让她有什么疑问尽管问，没有问题就签字。

Jenny 用中文小声提醒苏清容："这个帅哥长得倒是真帅，但看上去也太年轻了吧？他行不行啊？"苏清容也有一样的担忧，小心翼翼地问道："请问是你给我手术吗？"

那个年轻医生笑笑说："给你手术的不是我，我是本院的 registrar，负责你的术前和术后检查。你很幸运，明天给你手术的是 Dr.Hung！他是我院最棒的泌尿科医生，在本市都是屈指可数的外科手术专家！不过他真的超忙，现在还在另一台手术上。他下了手术会来看你。"

Jenny 用中文小声对苏清容说："Registrar 是什么级别？是不是就是咱国内说的实习医生啊？幸好不是这实习生给你做手术！"她见苏清容

没搭理自己，又补充道，"小帅哥颜值高有什么用，做手术嘛，还是得找个临床经验多的老医生！估计他说的这个 Dr.Hung 已经是个老头了，你这种小手术估计都做过无数台了，没什么可担心的啦！"

苏清容签好手术表格已经快九点了，还没有见到传说中的 Dr.Hung。Jenny 帮她把充好电的手机放在床头，嘱咐她有什么事随时联系，就带苏阳先回去休息了。苏清容看到女儿临走时投来的关切小眼神，既心疼又不舍，但是她知道自己现在唯一能做的就是勇敢面对手术，争取早日出院与女儿团聚。

一个人躺在病床上，恐惧和疼痛交替来袭。这种冰冷的无助感似曾相识，让她又忍不住想起离婚前的那些无眠长夜。她不想让自己的意志被恐惧吞没，于是强行给自己灌输各种正能量的想法：

就是个小手术，又不会死人，有什么可怕的！

大风大浪都过来了，还能让几个小结石给绊住？

好不容易把生活过成了想要的样子，后面还有大把的好日子等着我呢！

也许因为身心都太疲惫了，苏清容竟然昏昏沉沉地睡着了。似梦非梦间，她仿佛觉得病房的门被谁推开了，隐约看到一个男人站在门口，轻声呼唤她的名字。苏清容努力张开双眼，想要看清他的样子。但他身后是明亮的走廊，逆着光根本看不清他的样子，只觉得他浑身都在发光。

待那人走到病床前，调亮了病房里的灯光，苏清容才看清他的样子。他看上去是个华人，中等身材，四十多岁的模样，穿着外科医生的蓝色制服。苏清容这才意识到，他大概就是传说中的 Dr.Hung！她揉了揉眼睛，努力坐起身来，想要好好看看这位即将给自己开刀的外科医生。

那是一张善良、斯文、温润的脸，给人带来莫名的安全感。他看上去略显疲惫，但依然沉着冷静，散发着满满的掌控感和智感。他还自带一种专业人士特有的自信笃定的气场和医者仁心低调儒雅的气质！

待他俯下身来与她四目相对的那一刻，苏清容第一次看清那双藏在镜片后面的眼睛，她瞬间怔住了！她感觉那对镜片就像是封印，压制住那双眼睛动人的魅力，隔离着眼眸里摄人心魄的光芒。她感觉自己被击中了，一时竟呆在那里，不知所措。

苏清容从没见过如此深邃迷人的眼睛，那里有无数星光，好似藏着一条神秘的银河！那双眼睛又好像似曾相识，给她难以言喻的亲切感，让她感到舒服和安全。她觉得连这个陌生而又冰冷的病房，都被瞬间点亮了，变得亲切和温暖起来。她那颗原本瑟瑟发抖的心，也瞬间觉得踏实了许多。

难道这世上真有这么一个人，让你第一眼望去，就觉得可以放下所有防备，只去信任就好？

难道这世上真有这样一双眼睛，让你可以跃过所有表象，直接看到眼底深处的那道光？

苏清容曾经无数次幻想，在哪里能遇到这样一双眼睛。然而她万万没有想到，这双让她怦然心动的眼睛，竟然会出现在这样的时间和这样的地点！在她最狼狈的时候，在最不适合浪漫的医院里，这双眼睛出乎意料却又无比和谐地出现在她的面前，出现在这位即将给她做手术的外科医生的脸上！

这时，苏清容听到了他充满磁性的声音。他用礼貌谦和的语调耐心询问起病情，一字一句都像是美妙的音符，拨动着苏清容的心弦。她努力控制住自己内心的悸动，尽量礼貌体面地回答着他的问题，眼睛却时不时瞄向身边的心率监测仪，生怕屏幕上的那条曲线会暴露自己怦怦加速的心跳！

还好，他好像并没察觉到什么异样，只是专业地询问完病情，开始耐心地讲解手术方案。遇到她听不懂的，还在纸上画出肾的图案，然后对着图给她讲解结石的位置和处理手段。苏清容注意到他的手长得特别好看，手掌厚实，手指修长，骨节分明。

见病人对肾结石手术没有什么疑问了，他又拿出她的 CT 报告补充道："我发现你的 CT 扫描上可以看到左肾还有个几厘米的囊性包块。目前从影像学的角度看，大概率是良性的，你不必过于担心。我建议在手术后再安排你做一个穿刺活检取样，化验一下这个肿瘤的病理。"

"良性就是说……它肯定不是癌吧？"苏清容似懂非懂地问道。虽然不能完全听懂那些医学术语，但她明白医生的意思是：为了保险，顺便化验一下这个囊肿，就可以更放心了！在此之前，苏清容连自己的肾在哪儿都搞不清楚，更别说这些关于肾脏的医学名词了。她觉得现在最明智的就是相信医生，好好配合治疗，保持积极乐观的心态。

"通常增强 CT 可以比较准确地显示出肿瘤的大小、质地，以及是否具备良性的特征。你这个囊肿虽然不大，但是属于复杂型囊肿，可见微小的分割和钙化特征，需要穿刺活检才能对病理做出更准确的检测。当然了，这毕竟是个侵入性的小手术，估计大多数医生现阶段会建议先定期扫描监测。但我的意见是，既然你需要住院做肾结石的手术，不如顺便检查一下这个小肿瘤的病理，只要不含癌细胞就可以放心了！毕竟肾癌的特点是早期发现，治愈率高；越晚干涉，风险越大。"

苏清容感激地点点头。"好的，谢谢您。那明天就拜托您了。另外还想麻烦您一件事……"她迟疑了一下，有点不好意思地说，"麻烦您能帮我把伤口缝合得漂亮点,我不想留下难看的伤疤……"

医生见病人的心态明显好转了许多,都有心情考虑到美观的问题了,也露出了欣慰的笑容。他假装在病历上画了两笔,嘴里念道:"备注!病人苏女士的缝合由我亲自来做,要确保漂亮,做到完全不留疤痕!"然后眼神里带着几分调皮地说,"好了,我都记下了。这下可以放心了吗?"

苏清容睁大眼睛,惊讶地说:"您真能缝得那么好?真的一点疤都不留?"

Dr.Hung 觉得眼前这位女病人真是糊涂得有点可爱,忍不住又笑了。"可能之前跟你沟通微创手术方案时,你没完全听懂。肾结石手术不用开刀。我会用头发丝那么细的激光光纤通过输尿管进入肾脏碎石,然后直接取出体外。这样讲你能听懂了吗?"他这次尽量避开医学术语,用更简单易懂的语言便于病人理解。

"嗯。这次听懂了!真不好意思,我的英文词汇量平常还算够用,但是医学术语是我的盲区,让您见笑了。"苏清容不好意思地低下了头。

"没关系,你的英文已经很好了。我常提醒我的同事,不要笑那些英语讲得没你好的人,因为人家至少会两门语言!"他依然保持着善良温暖的笑容,看上去是那么地真诚和美好。

当他笑的时候,苏清容能感到自己原本冰凉的身体涌过一阵暖流,大脑瞬间释放出大量的多巴胺,连病痛似乎都得到了暂时的缓解!他眼睛里的光芒有一种神奇的力量,点亮了她心里荒芜已久的那个角落,让她的身体产生了一种强烈的化学反应。

苏清容知道医生刚下手术一定已经非常疲惫,更何况时间已经很晚了,不知他这一天已经在手术台上奋战了多少小时!理智告诉她:不应该过多占用他宝贵的时间，更不该放纵自己被瞬间点燃的一厢情愿！

　　然而，身体的反应是最诚实的！心动的感觉已经唤醒了她的每一个细胞，麻木已久的心也好像复苏了！她实在太贪恋这种感觉了，她不舍得让他从自己的视线里消失，哪怕能再跟他多待一分钟也是好的……

　　苏清容试探着问道："Dr.Hung，看你的姓像是华语发音，不知道您会讲中文吗？"

　　他笑着用蹩脚的中文说了句"只会一点点"，然后又用回英文笑着说，"小时候跟家里人讲过中文，不过中文还停留在幼儿园水平啦。"边说着，他随手拿起一张废纸，在上面写下了一个"洪"字。

　　"原来 Dr.Hung 是洪医生啊！"苏清容用普通话读了一遍他的姓，有点花痴地望着他笑。

　　洪医生见病人的情绪明显乐观了起来，便微笑着站起身，一边调暗病房的灯光，一边对苏清容说："好了，你该休息了。好好睡一觉，我们明天见！"

　　苏清容目送着洪医生走出病房，直到他轻轻关上了身后的那道门。那一刻，那道温暖的光也随之一起消失了，把苏清容留在了冰冷的黑暗中。她静静地躺在病床上，眼睛里像过电影一样，一遍遍回放着所有与洪医生有关的画面。她反复想着他温暖的笑容和那双迷人的眼睛，想着想着，就不知不觉地睡着了。

　　第二天醒来的时候，天已经蒙蒙亮了。她回想起昨晚的一切，分不清那是梦境还是现实。洪医生给她的感觉太美好了，美好到有点不真实！她甚至不知道，这个洪医生是真实存在的，还是自己的大脑虚构出的理想形象。想到自己下一秒就得躺在手术台上任人宰割，这一秒却还像花痴一样想着一个男人，她觉得这样的自己，着实有点可笑！

　　她伸手去拿手机，想看看有没有 Jenny 的信息，却摸到了一张纸。拿过来一看，上面写着一个大大的"洪"字。

　　"是真的，洪医生是真的！他是真实存在的！"她内心激动地翻滚！好像他的存在本身，就是一个奇迹，一缕希望的曙光。

　　她现在无比期待可以快点见到洪医生，这种期待甚至战胜了她对手术本身的恐惧。

　　整个早上，护士、麻醉师、住院医生纷纷来到病房给她做各种检查，偏偏就是没有洪医生！每当有人走进来，她都暗自期望那个人会是洪医生。当看到的是别人的脸，她的内心都会一阵小失落。

　　放在平常，如果遇到这么喜欢的人，苏清容一定不想让对方看到自己如此狼狈的样子。然而她真的太需要他了！她已经完全顾不上自己是不是漂亮、有没有打扮，就像怕黑的孩子，想要紧紧抱着自己那只心爱的小熊！对苏清容来说，洪医生就是她的那只小熊！

　　苏清容终于在手术室外面见到了她的小熊！只是远远地看到他一眼，她就已经觉得心里踏实了许多，生出了几分安全感。当洪医生朝她的方向走过来，她又看到了和昨晚一模一样的温暖光芒。

　　洪医生微笑着走到她的床边，站在离她很近的地方。白天的光线不同于夜晚，她可以更清楚地看到那双动人的眼睛和眼里迷人的光。那一刻，她的世界仿佛静止了，她完全感觉不到疼痛或害怕，只觉得安全和温暖！

　　当洪医生轻轻地对她说："别怕，一会儿进去睡一觉就好了。"那温柔的声线又一次毫无征兆地刺激到了苏清容的神经，释放出一种让她感到快乐的化学物质，对冲掉了她对手术的恐惧！她面露微笑，轻声对他说："有你在，我不怕。"

苏清容在麻醉的作用下睡着了。临睡前的那一刻，她把洪医生的那双眼睛定格在自己的脑海里，直到重新苏醒。于是，对于苏清容来说，本该是一个恐怖的经历，却变成一场奇妙的相遇。

命运仿佛跟她开了一个大大的玩笑，让她不得不生一场大病，才有幸遇到那个让她心动的人。当她寻寻觅觅、望穿秋水，该遇到的人却迟迟不肯出现。当对"遇到你"这个愿望几乎不抱希望的时候，反而遇到了她的一眼万年。心动的感觉如此强烈，连苏清容自己都无法理解。前所未有，仅此一人！

遇到他，她才明白为何之前从未心动。

遇到他，她才知道自己还能为了一个人如此炙热地燃烧。

遇到他，她才体会诗中的那句"斯人若彩虹，遇上方知有"！

第八章 生活需要一点甜

术后的苏清容觉得自己像是渡劫成功的小仙，恨不得立刻为自己平安跨过这道坎开瓶好酒！她仰卧在病床上，望着窗外的蓝天，脑子里挥之不去的依然是洪医生的那双眼睛。喜欢一个人的感觉真好！哪怕这喜欢只是自己的一厢情愿，哪怕这喜欢只是毫无根据的缥缈幻想，它对苏清容来说仍然意义深远！已经很久没有一件东西能让她这么喜欢，已经太久没有一个人能让她这么心动了。

想想也是可笑！小时候，能为了一个布娃娃高兴上好几天，仿佛得到它就是得到了全世界。长大以后，也曾为了橱窗里的一只香奈儿包包，不惜节衣缩食也要带它回家。成家立业后，她发现能让她特别喜欢的东西渐渐变得越来越贵、越来越少，最后好像就只剩下房子和车子了。

当年心爱的洋娃娃，早已被遗忘在垃圾箱。当年爱不释手的香奈儿，也被闲置在角落里失去了往日的光彩。而每天忙忙碌碌、起早贪黑换来的房子也成了抵御中年危机的基本标配。之后的自己，好像对物质的欲望日渐麻木，很难再对一件东西产生那样强烈的欲望和兴趣了。

也许人只有在拥有了物质的满足后，才会更容易看清心灵的诉求！苏清容已经对那些工业化批量生产的东西失去了兴趣，对所谓的限量款奢侈品也变得越来越无所谓。活到了人生的下半场，摆脱了物质的匮乏，她才更真切地感受到：真正值得珍视的东西应该是浑然天成的，独一无二的，直指心灵的。

苏清容从小就是个懂事听话的好孩子，离了婚以后更是每一步都走得谨慎小心，不敢有半点任性！按部就班、小心翼翼地活着大约是最安全稳妥的活法，但仅仅活着还是不够的，生活总还得有点爱的芬芳。

如果平淡是生活的底色，那么喜欢上一个人，就是平淡中的那点甜！它不仅可遇不可求，还需要点运气和缘分的加持。随着年龄和阅历的增长，喜欢的人变得越来越稀缺，喜欢的感觉变得越来越珍贵。只有这种感觉能让你觉得，自己不仅仅是活着，还活得生机勃勃！

Jenny 进来的时候，就是一副生机勃勃的喜庆样子，像极了她手里的那束黄澄澄的向日葵！Jenny·唐绝对属于那种把日子活得很漂亮的女人，她身上的正能量不仅能自给自足，还富余到能满溢出来，不知不觉就能感染到她身边的人！

"你今天气色不错嘛！哪像刚做完手术的人，小脸红扑扑的，比之前疼到惨白的模样可顺眼多了！"Jenny 把花摆在窗前的柜子上，一边整理着花束，一边说，"我想着你这几天肯定想苏阳，就给你买的向日葵。你看见这太阳花，就当看见阳阳了啊！"

"真漂亮。谢谢亲爱的！"苏清容看着 Jenny 活力四射的样子，不由得露出了微笑，"阳阳乖吗？我做完手术感觉还挺好的，应该很快就能出院了。你再辛苦几天啊！"

"你给我踏踏实实在医院待着，不许着急出院！阳阳可乖了，比你乖！我难得有机会弄个闺女回家玩玩，你行行好，借我多玩两天行吗？"

苏清容知道 Jenny 是想让她安心养病，不过她也知道 Jenny 和苏阳是真合得来，把女儿交给她的确没什么可担心的！"好！那就借你多玩两天。不过，下次我可不借啦！喜欢闺女自己生去！”

　　苏清容本来恨不得能以最快时间出院，回家跟女儿团聚。见到洪医生以后，她就开始在心里暗自想着：不着急出院也是好的。多住两天不仅对术后恢复有好处，还有个好处就是：能有更多机会见到洪医生！

　　“对了，你手术做完后，有个叫 James Hung 的医生给我过打电话，说是通知家属，手术顺利！他听上去可不像什么老头哟，声音还挺年轻有磁性的！怎么样？你这医生多大岁数？长得帅吗？”

　　“人家才不是什么老头呢，也就四十多岁的样子吧。人可好了！”苏清容说这句话时，表情管理没做好，略显花痴状。

　　“哎哟……快给我讲讲人怎么好了？我猜长得一定挺帅吧！我怎么觉得你一提到他，就一脸春心荡漾啊！”Jenny 一脸坏笑。

　　“你怎么这么不善良，连个刚做完手术的病人也要取笑！我又不是颜控，没关注过人家的颜值。你先查一下通话记录，把他电话号码给我！”

　　“哎哟……还着急要人家的电话！看来你这位 Dr.Hung 有点意思。你该不会对人家有什么邪恶的想法吧？”

　　“我又不是你，你自己满脑子邪念，就以为别人都跟你一样！少废话，快把他号码给我！早知道你这么讨厌，我家属联系栏就不填你了！”

　　“哎哟……了不得了！为了一个医生的电话，跟自己闺蜜都要翻脸了！你还敢说没情况？你说你一个病人，不想着好好养病，老想着要男人的电话，这正常吗！”

　　“我一个病人，想知道自己医生的电话，这有什么不正常呀？你再废话咱俩就此友尽！快给我！立刻！马上！”苏清容边说着，边忍着疼伸手抢Jenny 手里的电话。

Jenny看她这般着急的模样，也不舍得再逗她，连忙说："我给你，我给你！你刚做完手术给我小心点！为了个男人的电话，再伤着自己的病体就不值当了！反正这次我成全你，等你出院请我一顿火锅就行啦！"

"没问题，想吃几顿请几顿！绝对管够！"苏清容觉得就算用一百顿火锅才能换到洪医生的电话号码，这买卖也一点都不亏！

Jenny打开手机，开始翻找通话记录，然后一脸遗憾地说："不好！他那通电话是用未知号码打过来的。"

Jenny把通话记录在苏清容眼前晃了晃，见她一脸失望，连忙劝她道："我的傻妹妹，你也不想想，外科医生得有多忙啊！人家怎么可能随便让病人知道自己的手机号啊！再说了，保不齐哪位女病人就有点不良企图，打着问病情的幌子，整天电话骚扰。这哪个医生能受得了啊！"

苏清容没好气地说："行啦！你就想说我有不良企图呗！你到底是来关心我的，还是来欺负我的？不说给我带点好吃的，就知道拿话来噎我！你没什么事儿赶紧走吧，我一个人还能清静会儿！"

Jenny依旧嬉皮笑脸地不肯放过她："看看！这态度转变得也太明显了！跟我要电话时，还说请我吃饭，这会儿看我没利用价值了，就着急赶我走！咱俩到底是谁比较无情啊？你也知道我不会做饭，外面打包的那些汤呀、粥啊的，我又怕有味精。人家吴文静在家给你熬粥呢！她听护士说你中午还不能吃东西，所以她晚上再给你送来！"

"我开玩笑的，知道你们最疼我了。据说这家医院的病号饭挺好的，你让文静别麻烦了。还有，你今天晚上就别往医院跑了，在家照顾苏阳吧，睡前让她跟我微信。"苏清容知道Jenny是个心肠好，但嘴上不饶人的家伙。她只是没想到自己的小心思，一眼就被Jenny看了出来，看来自己还是太藏不住事儿了!

Jenny临出门时突然回过头,抛来了一个狡黠的坏笑:"我明早来看你时,用不用把你的招桃花手链也一起带来啊?"说罢,不等苏清容回答,又甩给她一个坏笑,便直接关门离开了!苏清容被一个人晒在那里,有点哭笑不得。

下午,她昏昏沉沉地做了一个梦,一个特别不愿醒来的梦!梦里是个阳光正好的午后,她坐着一个轮椅,被人推着在医院楼下的花园晒太阳。那人在身后缓缓地推着她,绕着一片开满雏菊的花圃一圈圈转着。一阵微风吹乱了她的长发,那人便俯下身,轻轻帮她把头发捋到耳后,然后凑到她的耳旁温柔地说:"亲爱的,你冷吗?"

梦里的苏清容的确感到了一丝凉意,于是她轻轻地点了点头。那人立刻脱下身上的外套,温柔地帮她盖好,然后在她的额头轻轻一吻。她可以清楚地感觉到他嘴唇的温暖,于是甜甜地抬起头冲他笑。那一刻,她看到了洪医生的眼睛!那眼里干干净净、温柔似水!那双眼眸里,只有她一个人!

她额头被他吻过的地方还是热的。她离他那么近,可以真真切切感受到他的体温和他的鼻息。那种感觉太幸福了,仿佛空气都是甜的!两个人什么也不做,就只是这样静静地陪着彼此,便已胜过一切美好!恰到好处的微风,开满雏菊的背景,饱含爱意的眼神,这一切的一切构成了一个让苏清容痴迷的梦境。她多想让时间永远静止在那一刻,她不舍得从如此幸福的感觉中醒来!那幸福感是对一个人最好的奖励,它可以证明:你不仅仅是活着,还是在幸福地活着。

这时,走廊里传来一阵嘈杂的声音,把苏清容从梦境拉回到现实。她张开双眼，洪医生和雏菊都消失不见了，只能看到一片惨白色的天花板。梦的余温还没完全散去，她仿佛还可以感觉到他嘴唇的温度。

苏清容闭上眼睛，想让梦里的感觉再多停留一会儿，却清楚地听到病房外传来一阵撕心裂肺的哭声。她好奇地走到病房门口往外看了看，走廊里并没有人，只有个斜对面的房间半开着房门。哭声好像就是从那里传来的，像是一个男人在痛苦哀号。

都说男儿有泪不轻弹，苏清容不知道那个男人到底遇到什么过不去的难事了，竟会发出如此痛苦的哭声。她只能隐约听到那人在泣不成声地重复着这几句话：

"我真的不能失去她！"

"求求你，再想想办法好吗？"

"我真的好爱她……"

那哭声断断续续地持续了好久，直到有人关上了那道门……

当痛哭被关在了门内，整个走廊又恢复了平静，仿佛什么都不曾发生过一般。然而，听到过如此惨痛哀号后的苏清容，却久久不能平静。她不敢想象一个人到底经历了什么，才会发出如此绝望的声音！

后来，她从护士那里得知，那男人的妻子得了肾癌。查出来已经是晚期，大约活不过下个秋天了。他们还有一对上高中的儿女，一套贷款新买的房子和一只不久前刚刚收养的小猫。原本美好向上的生活，一下被死亡的阴影无情地吞没，所有人都再也回不到以前的样子了！

护士说在医院这个地方，这样让人心碎的故事几乎每天都会出现。她原本以为看多了就不会痛了，但一转眼已经干了十几年，心里还是会感到揪心的难过。在医院工作的人，虽然理智上已经接受了人生无常，但心理和生理上还是会控制不住地难受，为每一个即将结束的生命感到精神颓丧。

苏清容一想到那个男人的哭声，心里就一阵阵发紧。无论是被判了死刑的病人，还是那活着的亲人，都要面临何种的恐惧和痛苦啊！苏清容庆幸自己得的不是癌症，至少不用考虑生死的问题，不用离开自己挚爱的人。

想来，自己一个人带女儿在悉尼生活了六年，几乎没怎么看过医生。偶尔头疼脑热，也只是随便买点药对付过去，连处方药都很少开过。这些年，连老天爷都好像跟她商量好了似的，体谅她生不起病，所以也一直没太为难过她。

苏清容觉得这次生病住院，也算是给自己敲了个警钟。以后可不能把自己用得太狠了，要时刻提醒自己注意劳逸结合。她暗下决心，出院以后一定要好好爱惜身体，坚持锻炼，健康饮食。她还年轻，还要看着女儿长大，还要体验爱情的甜，还要有温度地活着！

傍晚时分，吴文静给她送来了清粥和小菜，还有一套旅行装大小的沐浴露和洗发液。她轻手轻脚地简单收拾了一下病房，拉了把椅子坐在苏清容的床边，拿出一个红苹果削了起来。

吴文静今天穿了一件柠檬黄的薄针织上衣和一条驼色的宽摆长裙。她把光泽的长发梳成一个发卷挽在脑后，露出了长长的脖颈和光洁的额头。吴文静只是静静地坐在那里，就自带温柔恬淡的氛围，让人看上去就特别舒服。

这时，吴文静灵巧的手指捏着一条长长的果皮，准备扔到桌上的废纸上。她看到那张纸上写了个大大的"洪"字，便随口问道："谁的字这么难看？我放苹果皮了啊！"

苏清容听到，连忙大喊一声："不许碰！"她噌地一下伸出手，抢救下那张纸，把它紧紧地按在了胸前。

吴文静吓了一跳，一脸茫然地说："一张废纸而已！干吗这么紧张？"

苏清容默不作声地把那张纸转移到了更安全的枕头下面，假装什么也没有发生过一般，指着保温桶里的粥说："亲爱的，我饿了。"

吴文静见她明显在转移话题，反而更好奇了！她追着不放，非要问出那"洪"字的来历！

"其实也没什么啦，我的医生姓洪。他随手写的！"苏清容装作若无其事地说。

"你医生是华人啊！长得帅吗？同胞给你做手术，一定平添几分安全感吧！"

"你怎么跟 Jenny 一样肤浅，只知道关心医生的颜值！医生看的是医术，不是脸！"苏清容没好气地说。

"你这不是好好地躺在这儿吗，说明医术没问题啊。再说了，医术再好，你也犯不着把他写的字当个宝吧？就他这两笔破字，写得还不如我儿子呢！"吴文静接着打趣道。

"怎么说话呢！怎么还跟你儿子比上了？人家洪医生跟你家模范老公一样，都是大字不识几个的水平，能写得这么端正，已经不错！昨天他下了手术已经很晚了，还对我这种医学白痴特有耐心，一笔一画给我讲解手术方案，真是医者仁心啊！你说，这么好的医生写下的笔记，咱拿它放苹果皮合适吗？"

"不合适，太不合适了！这么伟大的字迹必须得裱起来，摆在家里供着！"吴文静多少察觉出这个洪医生在苏清容的心里有点不一般。

苏清容闷头喝粥，不敢再招惹她。原来一起上学那会儿，吴文静就有个习惯：但凡她那颗八卦的心对什么事产生了兴趣，不问个明白是绝不罢休的。吴文静身上这种锲而不舍的精神仅限于八卦，压根儿就没用在过学习上！

果不其然，吴文静又试探着问道："容儿，你实话告诉我，你这个洪医生是不是很帅啊？我怎么觉得你一提到他，眼睛里就冒小星星啊？他一般什么时间查房，让我俩也瞻仰一下你心中的男神呗！"

苏清容听到吴文静用"男神"这个词指代洪医生，心里顿时有点美滋滋的。在苏清容心里，洪医生绝对配得上男神的称号，他就是这个世界上最美好的存在！眼看自己的小心事也藏不住了，苏清容索性把自己对洪医生的迷恋全盘托出。

"怎么说呢……用帅这个词来形容洪医生，未免有点过于单薄！他整个人有一种更深层次的美，一种由内到外散发的全方位的美。而且……这个人身上有光，眼里有星辰！还有，他微笑的时候，整个病房就会温暖起来，连我身上都会觉得热热的！你知道吗，我第一眼看到他，就觉得这个人似曾相识、特别面善！特别是他那双眼睛，真的好像在哪里见过似的……"

"这个妹妹我曾见过！"吴文静忍不住拿《红楼梦》里贾宝玉第一眼看到林黛玉时的桥段调侃苏清容。见她并没生气，便越发调皮起来："我看啊，如果不是在梦里见过，那就一定是上辈子见过啦！这位洪医生的眼睛里有没有星辰，我不知道，但你这一脸的花痴，倒是挺显而易见的！亲爱的，我可真佩服你！在如此恶劣的身体状况下，你竟然还能对一位素未谋面的医生产生如此强烈的感觉，真是身残志坚啊！这难道就是传说中的命中注定、一见钟情？"

听吴文静这么一说，苏清容也觉得自己有点奇怪。虽然时间、地点都不尽如人意，但对洪医生的感觉却是如此强烈，一发不可收拾！难道遇到他真的是命中注定，缘分的安排？

然而苏清容又转念一想，到目前为止，这一切都只不过是单方面的心动，在洪医生眼里，自己只不过是一个普通得不能再普通的病人而已！人家可是穿着制服飒爽英姿的医生，自己这会儿却是个蓬头垢面病恹恹的病人。想到这里，她一脸茫然地喃喃自语道："你说……医生会喜欢上病人吗？"

"我觉得，这医生是人，病人也是人，是人就有可能产生感觉。感觉这东西其实也控制不了，能控制的只是行为。现在重要的是，你得先控制好你的行为，不要乱发花痴，给你的医生造成压力！你最好先搞清楚，你是真的对他这个人一见钟情，还是对救治你的医生产生了某种特别的依恋。"吴文静认真地说。

"这个问题我也想过。其实我第一眼看到他就已经沦陷了，跟他是不是救治我的医生无关。这是我有生以来第一次遇到一个人，看到眼睛里就拔不出来了。第一眼心动，第二眼、第三眼还是心动。他的一颦一笑、一举一动都让我心动！"苏清容一脸花痴地说。

吴文静知道苏清容已经太多年没有过心动的感觉了，而此时此刻，她却能从她的眼中看到痴情与认真。文静也不忍心再取笑她了，关切地说："亲爱的，我相信你是遇到让你心动的人了。但你得做好心理准备，一般这个年龄的医生都已婚了！就算是单身，还有那么多近水楼台的女医生和女护士惦记着呢，哪轮得到你这个女病人啊！"

　　见苏清容满脸都是难掩的失望，文静又安慰道："这样吧，你搞清楚这位洪医生一般什么时候查房，我和Jenny明天也赶在那个时候过来，帮你会会这位男神！Jenny那么会聊天，估计三言两语就能探出来他是不是单身。要是人家有主了，你也好早点死心，省得老这么惦记了！"

　　苏清容想想也有道理："那好吧。等一下我问问护士，再把他的查房时间告诉你们。不过你俩得保证，绝不能胡说八道让我难堪，更不能让他察觉出我对他有非分之想！你可千万嘱咐好Jenny，要在完全不泄露我方动机的基础上，神不知鬼不觉地探取到对方的情报！"

　　"哈哈！看在你身残志坚、卧病在床依然不乏追求爱情的勇气上，我俩坚决不能辜负你的期望啊！请你放心，以我对Jenny同志的了解，她一定会不辱使命，超额完成任务的！"吴文静这还是第一次看苏清容犯花痴，不由得有点激动。

　　黄昏时分，透过病房的窗，可以看到马路对面那排高大的桉树。鸟雀们忙着归巢前的最后一次捕食，在树与树之间叽叽喳喳地穿梭不停。马路上车来车往，承载着着急归家的人们。不管是人，还是鸟兽，大家都在努力过好这平凡而又简单的一天，体验着平淡生活中的点滴幸福和温暖。然而生活平常却又无常，能打破平淡的，往往都是那些意料之外的酸甜苦辣。

　　对于苏清容来说，洪医生的出现是她意料之外的惊喜。仅仅是他的存在本身，就已经给苏清容的世界平添了几分色彩，带来了一丝甜意。这个人唤醒了她心动的能力，让她相信人生还有遇见的可能！

　　苏清容那晚早早就睡下了，她盼着自己可以再次在梦里与洪医生相遇。然而那晚，她只做了一个奇怪的梦，梦中并没有洪医生。

她梦到自己是一个失去部分味觉的病人，可以尝出苦、辣、酸，但就是尝不出甜！她试了许多方法想寻回甜的味觉，却屡屡失败。几乎就要认命的时候，她的眼前出现了一剂神奇的药水！那药水是蓝色的，被装在一个晶莹剔透的水晶瓶里。它像被施了魔法的精灵，飘在半空，抓不住也摸不着。

她抬头仰望着它的荣光，迷恋着它折射出的耀眼光芒。仿佛有一股无形的力量推着她的身体，一步步朝它靠近，可怎么伸手终究还是触摸不到。这时，水晶瓶口落下一滴亮晶晶的甘露，她赶紧张开双唇接住了它！虽然只是那么一小滴，却让她尝到了满口的香甜！甜的感觉真好！

梦里的她回味着那沁人心脾的甜味，傻傻地笑了。虽然还是没能拥有那瓶药水，但至少她再也不用怀疑自己了。她依然可以尝到甜的味道，这世上真的有属于她的甜！

第二天早上醒来的时候，苏清容对新的一天充满了期待。当生活中有了期盼，醒来就不再只是醒来！

她期待快点见到她的洪医生。虽然她并不知道他们会有怎样的对白，更不知道命运会有怎样的安排，但她知道：生活需要一点甜，而洪医生就是她想要的甜！

第九章 最黑的夜 最亮的光

期待是一种很美的心情，美在它的未知，美在它的可能。虽然结局无外乎愿望成真或希望落空，期待本身都依然美好。它是一种为了靠近幸福而存在的情绪，唤起内心深处的渴望，释放出心动的信号。

苏清容的目光在房门和挂钟之间来回切换，期待着可以在下一秒见到洪医生推门而入。这个早上，送报纸的、送早餐的、抽血的、送药的，前前后后来过几个人，她的心就坐了几次过山车！

不知不觉，墙上的挂钟显示时间已经是早上九点了。苏清容可以清楚地听到走廊里医生查房的声音了。她有种强烈的预感，下一个走进来的一定会是洪医生！

正想着，病房的门果然被推开了！苏清容紧张地望向门口，眼神里是满满的期待！当她看到走进来的是 Jenny 和吴文静，期望的眼神立刻变成了失望，酸溜溜地蹦出一句："原来是你们俩啊！"

"哟，看把你失望的！你希望是谁啊？不带这么重色轻友的啊！"吴文静坏笑道。

Jenny 拉着吴文静的手，装作要离开的样子说："你看她对咱俩一脸嫌弃的样子！咱们还是赶紧走吧，别耽误了她见她想见的人！"

苏清容觉得自己有点失态，赶快说："好啦，你俩快别笑我了！你们根本理解不了我现在的心情，我这一早上都心神不宁，就等着他出现呢。"

"理解，怎么会不理解呢！我们完全理解你此刻花痴泛滥的心情！我们就是来支持你的！"Jenny 在窗前的沙发上坐下，跷起二郎腿对苏清容说，"本来呢，文静说你是认真的，我还真有点不理解。你来医院是干吗的？你是来治病的，不是来找病的！医生爱上病人的几率微乎其微，你这不是没事找事吗？所以对你的花痴想法，我本来是持否定态度的！"

说到这里，Jenny 突然很夸张地冒出个"但是"来强调她的转折："但是，因为我太爱你了，我深知咱们容儿犯一次花痴，比太阳打西边出来都难！于是本美女牺牲了宝贵的睡眠时间，挑灯夜战，给你这位洪医生来了个360度全方位无死角的背景调查！上次本美女这么努力调查一个人，可是为了死磕下来千万级订单的大客户呢！你说说我有多疼你！"

苏清容觉得 Jenny 这人，有时候真是让人哭笑不得！不过她也着实好奇，想看看 Jenny 到底能调查出点什么。她接过 Jenny 递过来的一沓资料，立刻被里面图文并茂的内容吸引了。只见那份资料上不仅清晰罗列了洪医生就读过的院校、历年来的工作经历，还附有他参加各种活动的照片和新闻简报。

James Hung，年龄四十五岁，毕业于悉尼大学医学院，荣誉学位，本硕连读。从医二十一年，在公立医院有三年住院医、三年外科医生和五年主治医师经验。其间曾先后赴新西兰及英、美等国培训交流。于十年前成为圣保罗私立医院泌尿科专家级主治医师。

他曾为南非贫困落后的地区捐赠医疗器材，并亲临指导当地医生了解使用更新的医疗技术。他的名字还多次出现在相关领域科研机构的捐款名单上。Dr.Hung 为人低调，只参加一些业内的学术交流活动，鲜少在其他社交场合出现。业内口碑极好，光是网上整理出来的患者好评，就整整打印了七页。有感谢他医术精湛的，有感谢他妙手仁心的，还有感谢他免除贫困患者手术费的。

最后两页全是洪医生的照片，也不知道 Jenny 都是上哪儿搜罗到的。其中有一张他身着蓝色手术服的单人照，显得尤其英俊。照片里，洪医生的双眼望着镜头的方向，儒雅谦逊地浅笑，眼神里充满了温暖的光。苏清容看着这些照片爱不释手，简直不知道该怎么感谢 Jenny 才好。

"亲爱的，你太牛了！我真服了你了！"苏清容觉得 Jenny 真不愧是北京广告圈培养出来的人才，做事就是快、狠、准！

Jenny 故作谦虚地笑道："这算什么！领英、业内门户网站、相关报刊，搜集整理一下就行啦！只可惜你这位洪医生太低调，在社交网站上没留下什么痕迹可循，对他的私生活和兴趣爱好这些方面没有什么收获。"

这时候，吴文静已经忍不住笑出了声："我真是服了你们俩了！一个身残志坚，花痴泛滥；另一个二话不说，就把人家查了个底朝天！"

她又转过脸对着苏清容说："本来 Jenny 还笑你犯花痴也不挑个好地方，但她查完洪医生的信息后，态度立马来了个 360 度大转弯！昨天大半夜的，给我发了好几个信息，赞你眼光好！"

苏清容一脸得意地说："那是！我的洪医生就是特别好！全方位的好！天下第一好！"不过她骄傲的神情并没能坚持多久，就徒增了几分惆怅，"可惜呀，这么好的男人肯定已经结婚了。就算万幸还是个单身，估计也不会给我这个病人了解他的机会……"

"没有机会，创造机会也要上啊！在追求真爱的路上，就得有点西方人常说的 'Can do attitude'，也就是咱们中国人说的 '舍我其谁' 的态度！别急，让姐先帮你摸清楚他是不是单身！只要此人可追，我和文静一定全力支持你追他！"Jenny一副斗志昂扬的样子，仿佛终于接到了一个能燃起她激情的大项目一样。

苏清容刚想问Jenny打算怎么跟洪医生打探消息，就传来了几声轻轻的敲门声。她立刻意识到，一定是洪医生来查房了，便赶紧整理了一下头发，温柔地说声"请进"。Jenny和吴文静也迅速摆出一副优雅得体的样子，微笑着端坐在那里，表面上波澜不惊，内心却无比兴奋地等着看好戏开场！

门打开的那一刻，苏清容又看到了那个带着光的洪医生。当他张口对她说话的时候，周遭的一切仿佛都被静音了，她的大脑只能接收到来自他一个人的声音，她的眼睛里也只有他！她听到他在问自己："今天感觉好点吗？"那声音充满磁性，仿佛来自宇宙间独一无二的波段，直接撩拨着她的心扉。

苏清容温柔地点点头，说："感觉好多了。"脸上露出了少女般甜甜的笑容。看到他，她就不由自主地感到开心，眼神里散发着喜爱的光，像极了一个小女孩望着自己心爱的糖果！虽然之前已经反复提醒自己要矜持、要得体，但在看到他的那一刻，她的眼神却完完全全地出卖了她的心思。

洪医生被这个女病人炙热的眼神看得有点不好意思，下意识地避开了她的目光，开始低头翻看挂在她床头的病历。他一边看一边询问苏清容饮食和排尿的情况，弄得她很是不好意思。要跟自己喜欢的人聊这么尴尬的话题，让苏清容的脸上泛起了一阵阵红霞。

Jenny和吴文静坐在半米开外的地方，都能完全感觉到苏清容炙热的目光和她内心拼命燃烧的小宇宙。看来喜欢一个人真的是藏不住的。虽然言语和行为并无不妥，但眼神里的含情脉脉早就泄露了心底的秘密，释放出了心动的信号。

这时还是 Jenny 打破了尴尬，主动跟洪医生打起了招呼："Dr. Hung，您好！我们是容儿的朋友，非常感谢您对她的照顾。她说她很幸运，能有您这么好的医生给她手术。"

"不客气，这是我应该做的。手术很顺利，相信她很快就可以回家了。"洪医生微笑着说。

Jenny 从包里拿出一个信封，一脸真诚地双手奉上："真的非常感谢！我朋友开的 spa 会所，环境非常好，离您医院也不远，这是几张 VIP 护理券，您有空可以去做做护理和按摩。一点小心意不成敬意，您一定要收下。"

虽说在澳大利亚，病人也会送一些价值不高的小礼物表示感谢，但大多是礼篮或红酒，洪医生这还是第一次遇到送按摩券的，忍不住笑了："你的好意我心领了，可我从来不做什么 spa 或者按摩，给了我也是浪费。"

"是我不好，应该想到男士一般不太爱做 spa。那您可以拿回家给您太太用啊！两小时至尊 VIP 套餐是女宾的最爱，她一定会喜欢的！"Jenny 一边说着，一边把那个信封往洪医生的手里塞。

"真的不用了，我没有太太。你把这好东西给了我，可就真的是浪费了！你们的好意我心领了，救治病人是我分内的工作，真的不用这么客气！"洪医生显得有点手足无措，但能看出他心里还是开心的。毕竟懂得感恩的病人在医生的眼里都是可爱的。

见 Jenny 终于不再坚持了，洪医生转过来对苏清容说：“我看你今天状态不错，一会儿会安排你去做活检穿刺。穿刺不会有过多的不适，大约后天就能出结果。到时候只要结果正常，你就可以安心回家了。”

苏清容刚得知洪医生没有太太，还沉浸在极度的喜悦中不能自拔，完全没把什么活检穿刺放在心上。她此刻只想抓紧时间多看洪医生两眼，好好把他的一颦一笑印在脑海里，以备这一天的思念之用。

从洪医生进来到离开，不过几分钟的时间里，苏清容经历了她人生中的高光时刻：可以跟喜欢的人四目相对！得知他没有太太的惊喜瞬间！

而 Jenny 和吴文静也有幸目睹了这场激烈的化学反应，不得不承认缘分的确是一种很玄妙的东西。这么多年，她们眼中的苏清容总是在男人面前保持着一种清冷的疏离感，从未对谁多看过几眼。今天她们第一次见识到，她也有执着热烈的一面。原来她也会对一个男人怦然心动，一往情深！

确定洪医生已经走远后，这个病房里响起了来自三个女人的快乐欢呼声！“我没有太太”这句话对苏清容来说，就像是追求幸福路上的入场券，至少给了她可以合法入场的权利。Jenny 那自然精湛的演技让苏清容和吴文静佩服得五体投地！而苏清容看到洪医生时，眼睛里迸射出的炙热火花，也让 Jenny 和吴文静真真切切感受到了心动的力量。

苏清容觉得属于自己的缘分也许真的来了，洪医生的出现让之前所有的等待都显得那么值得！那一天，她觉得自己像是飘上了云端，整个肉身都失去了重力，变得和灵魂一样轻盈起来。周遭的一切都显得那么可爱，整个世界都充满了善意！

她对护士小姐笑，对给她做活检穿刺的医生笑，对窗前的那束太阳花也笑。她的身体分泌出大量让她感到快乐的化学物质，可以中和掉病痛的不适，疗效堪比止痛药！

那一天，她反复回忆着跟洪医生相处的那几分钟，一遍遍地看着Jenny打印的那些洪医生的照片。当生活中有了喜欢的人，活着就被赋予了更饱满的意义。单单是知道有这么美好的人存在于这世间，已远远好过那些枯竭荒芜、无念无想的日子。

苏清容觉得内心重新燃起了希望！天地之大，最难的莫过于能在茫茫人海中相逢。如今她已经遇到了他，最难的部分已经做到了！现在的她，只要闭上双眼，就能看到洪医生的脸。她不再害怕医院的病房，反而有点喜欢可以这样静静躺在床上，肆意想着洪医生的时间。

那天晚上她做了个梦，梦到自己又来到了那个东京的小寺院。那口井和那棵歪脖树都还在，只是不见诵经的僧人。她走到树下，想要找到自己亲手写上"遇见你"的那个心愿牌，却怎么也找不到。

难道自己许下的心愿就这么被弄丢了？她越想越委屈，一个人在树下呆呆地坐着，有点想哭。直到天色渐晚，一位僧人开始打扫落叶，像是要关闭院门的样子。他的背影像极了那位让她"许愿"的老僧人，只是这次他穿着件特别厚实的冬衣，遮住了他清瘦的身形。

待那僧人走近前来，苏清容认出了他，眼泪"哗"地一下流了下来。

老僧人见她一脸泪水，不解地问道："为何难过？"

苏清容指着那棵许愿树哭着说道："我的愿望不见了！"

那老僧人摇摇头说道："愿心已誓，何以丢失。"

苏清容一听，更委屈了："我把愿望留在这棵树上，如今却怎么也找不到了！你们怎么可以这么轻易弄丢我的心愿！"

那僧人笑笑说："只要许愿的人没有放弃，心愿之树是不会舍弃任何一个孕育中的心愿的。它只会让那些修成正果的心愿瓜熟蒂落，从挂在树上的心愿变成现实中的圆满。何为愿，何为真？当愿已成真，那便不再是愿，而是真。"

苏清容脸上的泪痕还没干就破涕为笑了。对啊！实现了的愿望就不再是愿望，而变成了现实。难怪心愿树上找不到自己的心愿牌了，看来它已经从愿望变成现实了！

人生中又有多少次，我们明明遇到了，却全然不知，因而擦肩而过。明明靠近幸福，却又任凭它从指缝间流走。当愿望成为现实，我们在现实中又是否拥有足够的勇气去拥抱、去紧握，不负遇见，不留遗憾？

苏清容谢过那位僧人，在暮色中转身离开。站在寺院的门口，她一面感恩，一面感叹："早知道这地方如此灵验，当初不如贪心一点。除了'遇见你'，还应该写上'相知、相识、相守'！"

可转念又一想，如果遇见的这个人真是命中注定的缘分，那么即使再多的阻难，再多的兜兜转转，该是你的，最后还是你的！正所谓，缘起缘灭自有时，又何苦所求太多，自寻烦恼。

身后缓缓关上的那道木门看上去平淡无奇，谁又能想到有那么多赤诚的心愿被安放在这里，静候岁月的佳音。在这里，每一个人都是有故事的，每一个愿望都是沉甸甸的，正如她！

独自面对生活这么多年，她总是把责任摆在前面，从来不敢让自己的欲望插队。经过这么多年的努力，她终于给自己攒足了直视欲望的勇气和重新去爱的底气！她终于敢把自己的愿望晒在月光下，许给这个世界听！从未被命运眷顾过的她简直不敢相信，自己的愿望也许真的被听到了，也许真的已经实现了！

医院里一天中最繁忙的时间是早晨，苏清容也是刚刚才熟悉了住院部早晨的流程。七点会有人进来给她抽血，七点半会有人来送药和量血压，八点会开始供应早餐和报纸，八点半医生陆陆续续开始查房。但对于苏清容来说，八点半更像是她一天中用来约会的时间，因为她可以见到喜欢的人，还能跟喜欢的人聊聊天。

要想知道一个女人对她的约会对象感不感兴趣，就得看她出门前会不会洗澡洗头！苏清容今天早上一醒来，就非常迫切地想要冲个热水澡。她必须在见到洪医生之前，把自己洗得香香的，把头发洗得顺顺的！

苏清容的单人病房里就有一个带淋浴的卫生间，但是她并不确定自己的身体状况，是否会被容许洗澡。正好一个慈眉善目的小护士进来给她量血压，她连忙问道："请问，我今天可不可以洗个澡？"

护士爽快地说："当然可以！我马上给你拿套换洗的衣服。如果你有需要，我也可以帮你洗！"

苏清容没想到私立医院的服务这么好，连忙说："不用了，我自己可以洗。你帮我拿套新的病号服就行了。谢谢！"

不一会儿，护士就拿来了一套衣服和浴巾，把她带到卫生间里嘱咐道："你洗澡时要是觉得不舒服，就按墙上这个铃，我马上就可以进来帮你。祝你洗个舒服的热水澡！"

洗完澡的苏清容感觉自己活过来了！皮肤经过热水的抚慰恢复了滋润的光泽，脸上也泛起了红润的气色，不用任何化妆品的修饰，就显现出清新脱俗的素颜美。洗过的长发又恢复了往日的丝滑，半干不湿地散落在肩头，散发着淡淡的洗发水的香气。

　　浴室里溢出的沐浴露的清香，飘满了整个病房。阳光恰到好处地洒进来，给一切都罩上一层暖色的滤镜。光线、湿度、味道都刚刚好，营造出温馨浪漫的氛围，一切就绪，就差男主角的到来了。

　　苏清容已经嘱咐了Jenny和文静今天不要来，好给自己制造和洪医生独处的机会。她盼着洪医生今天能多停留一会儿，多跟自己说上几句话。她觉得他就是她的充电器。充电两分钟，快乐一整天！昨天的电显然已经快用完了，现在只能眼巴巴地等着她的充电器快点出现！

　　洪医生打开门的那一刻，苏清容觉得自己像见到了亲人一样开心！她好喜欢他温文尔雅的笑容和他的眼睛里不经意间流露出的温柔。她不知道那温柔只对自己，还是对所有病人都有，她只知道这双温柔的眼睛对她来说，就是这个世界上最美好的存在。

　　洪医生一进门就看到苏清容用近乎欣喜的目光望着自己，那双眼睛亮晶晶的，可爱中带着几分痴情的感觉。他不难看出这个女病人对自己有好感，但他以为那好感纯粹是出于患者对医生的感激。

　　他觉得她今天看上去有点不一样，又说不清到底是哪里不一样。她看上去好像有种说不出的漂亮，清丽干净，从容舒服。她的眉眼间有种历经世事后的清冷通透，但同时又散发着纯真和赤诚。她身上有种有态度的坚定和执着，但同时又带着点散漫悠然的随心所欲。总之，这个女病人身上有种特别的气势，让洪医生觉得有点与众不同。

　　"你今天看上去气色好多了！很高兴能看到你恢复得这么好。"洪医生由衷地为病人的好状态表示高兴。

　　"我的确感觉好多了，早上还洗了个澡呢！"苏清容下意识地用手捋了一下自己还没干透的长发，眨着亮晶晶的大眼睛。

"您看到自己的病人恢复得这么好，一定很有成就感吧！"她又有点调皮地说道。

洪医生这时才注意到，她的头发的确还有点湿漉漉的，隐约散发出淡淡的香气。她的脸庞也多了几分红润的光泽，五官有种清新脱俗的美。但他马上就把注意力挪回到病历上，一本正经地说："你的血尿都正常了，状态也很好，其实已经可以出院了。现在有两个方案，看你想多住一天等病理结果出来，还是今天就出院回家等结果？"

"如果我多住一天，你还会来看我吗？"苏清容觉得出院与否，实在取决于还能不能见到洪医生，竟忽略了这问题问得有点不太得体。

"你是我的病人，你住院期间我当然每天都会来看你了。"洪医生好像并没察觉到有什么不妥，依然保持着微笑。

"那我住！"苏清容毫不犹豫地回答道。她见洪医生并没流露出不高兴的神情，便越发顽皮起来，恋恋不舍地望着他说："出了院就不能每天都见到你了。"

这次洪医生终于察觉出了点什么，有点不好意思地笑道："不用再见到我，你应该高兴才对！"他说这话时，眼睛特意回避开苏清容的目光，只低头看着手里的病历本。

苏清容看出了他眼神的躲闪，但是从他嘴角上扬的角度又迅速判断出他并没有觉得被冒犯，心里应该还是开心的。看着他那略显害羞的可爱笑脸，她多想说出那句"我会想你的"，但终究还是克制住了。

跟喜欢的人在一起，连空气都是甜的！多年的心如止水，更加衬托出这一刻的珍贵。她觉得和他在一起的每一秒都是对她灵魂的嘉赏，对快乐最好的诠释。

洪医生临走时，指了指窗外的好天气："今天阳光很好，你可以去咱们楼下的花园晒晒太阳。"

苏清容乖乖地点了点头，眼神温柔得像只不舍得离开主人的小病猫。

其实对大多数人来说，人与人相处中的善意和好感都是不难察觉的，就像厌恶和排斥的情绪也很难隐藏一样。洪医生可以感受到这个女病人对自己的好感，但他也会专业地提醒自己，那仅仅代表病患对医生的肯定，并无其他。

喜欢一个人的时候，总少不了那些揣测、推理、试探和想靠近又不忍打扰的心机。苏清容经过反复思量，至少可以肯定洪医生并不讨厌自己。不让对方感到打扰，对她来说非常重要，因为喜欢一个人是真的希望让他开心，不忍心给他带来哪怕一丁点儿的困扰。

那天，苏清容在医院楼下的小花园里，真的看到了和梦境里一样的一片雏菊。阳光正好，微风不燥，一切都如想象般美好，唯独缺了洪医生。她绕着花坛一圈圈走着，脑海里不停思索着一个问题："他会不会喜欢我？"

苏清容很快就意识到，如果明天出院，很可能就再也见不到洪医生了！虽然他给了她独一无二、无可复制的感觉，但她对他来说，只是一个普通的病人而已。如果就此告别，他大概不会想起她的存在，更不会知道他对她的重要意义。

为了不负人海里的相遇，为了不再错过他的轨迹，为了听到那句"我也喜欢你"，苏清容决定心甘情愿交出一颗真心，去换取那个她想要的谜底！虽然结果很可能是剩自己独自一人，去收拾希望破灭外加丢脸的残局，她依然愿意放下矜持，去尽可能地靠近这世上唯一能让她心动的男人！

那一刻，苏清容才清楚地意识到：矜持跟喜欢一个人的程度绝对成反比！你越是喜欢一个人，就越舍得放下自己的面子。跟靠近他的机会相比，丢脸又算得了什么！只要这喜欢不至于让他觉得被冒犯或困扰，她就能拿出一切勇气去深深爱他。

苏清容有生以来第一次这么靠近爱情，她觉得自己必须给爱情一次机会。真爱就是一场心甘情愿，她愿意把自己的真心摆到他的面前，然后把选择的权利交到他的手上。她甚至并不奢望一定要得到这个人，她只是想给自己争取到一个爱他的机会，看看自己到底会不会是那个能给他幸福的人。

她希望他知道，有人会深深地被他吸引，觉得他的眼睛像银河一样美！假如他不喜欢她，她至少可以衷心祝他幸福，接受他的幸福跟自己无关。但是但凡他有一点点迟疑，一点点动心，她就会拿出所有的真心对他好，直到他也爱上自己。

毕竟，爱或者被爱都不如相爱。如果最后还是不能相爱，至少曾经努力靠近过，也算是给了自己一个交代。苏清容下定决心，再见到洪医生的时候，要勇敢说出自己的想法。就当是给自己一个机会，给爱情一个机会，给缘分一个机会！

然而她万万没有想到，再次见到洪医生的时候，那句"喜欢你"却活生生被吞了回去！一个可怕的消息打碎了她所有的幻想，吞噬掉她所有的希望，毫无征兆地把她重新推回到无底的深渊！

她感觉自己被命运扇了一记重重的耳光，被狠狠抛弃在恐怖的黑夜，无依无靠！然而，也是在那至暗的夜，她才得以见到至亮的光……

第十章 除了生死都是小事

除了生死都是小事，貌似很有道理，其实是一句彻头彻尾的废话！我们没法选择如何生，也没法选择如何死。不管我们多小心翼翼地活着，也依然不能保证明天和意外哪一个会先来临。也许上一刻还在爱人的怀里拥吻，下一刻就会被一场意外分离；也许今天还以为会有大把时间，明天就发现想做的事、相爱的人，都已经来不及。

只有那些直面过死亡的人才会真正明白，在死神到来的那一刻，一切都已来不及。生死固然是大事，但却是让人无能为力的大事。我们左右不了生死，我们能掌控的只有那些活着的日子。

把那些平凡的小日子活出滋味，用心体会那些生命中的小美好，记住那些心动和感动的瞬间，珍惜每一个清晨和傍晚，好好爱与被爱……这些才是人生中的大事。正所谓：人生得意须尽欢，莫使金樽空对月。这仅此一次的生命何其珍贵！我们不该在慌张胆怯中老去，我们应该活得从容坦然，有滋有味，尽情尽兴。把日常的感受活成享受，这才是我们真正该为自己做到的大事！

苏清容在接近幸福的路上，给自己的表白设想了各种结果。其中最坏的一种，无非就是被拒绝！她鼓足了勇气，像一朵等待着太阳升起的向日葵，翘首期盼着洪医生的到来。她多么希望被他那温暖的笑容照耀，在他面前绽放出自己的美丽。

　　然而当洪医生出现的时候，他的脸上却没有带着往日的笑容。今天的他看上去愁眉紧锁，一副忧心忡忡的样子。

　　他走到她的床前，关切地望着她说："你还好吗？"那感觉像极了一个善良的路人在可怜街头一只受伤的小猫。

　　"我很好，你呢？"苏清容感受到了洪医生的低压气场，顿时有点不知所措。

　　"不太好，因为我需要告诉你一个坏消息。"洪医生面色凝重地说。

　　"有多坏？你别吓我好吗！"苏清容有一种不祥的预感，她大概已经猜出坏消息一定跟那个小肿瘤的化验结果有关。

　　"需要叫你的家人来陪着你吗？你不必非得独自承受这个坏消息，我希望你能叫家人过来陪着你。"洪医生说这话时，眼睛里充满了担忧，还流露出几分心疼。

　　苏清容深吸了一口气，坚定地说："在这个城市，女儿是我唯一的亲人，她还小。有什么你就直接跟我说吧。"

　　"你确定吗？要不要叫你的朋友过来陪你？我还是希望能有人陪着你。"洪医生还是很担心的样子。

　　"我确定！这些年所有好的、坏的，我都是一个人扛过来的！我可以的。"

　　洪医生满眼怜惜地凝视着她的眼睛，仿佛在担心她会不会不够坚强，又仿佛在心疼她会不会过于坚强。他终于还是说出了那个他不忍说出的词：癌症！

　　当苏清容得知她的病理结果显示出癌细胞，而且还是种恶性度很强的一种亚型时，她顿时觉得天旋地转！癌症这个词像是个可怕的魔咒，在她的脑袋里嗡嗡作响！她之前从未想过，癌这么可怕的字眼儿会跟自己扯上关系！她不愿相信自己的耳朵，她多希望这只是个玩笑，或者是医生搞错了病理结果。

苏清容茫然地看着洪医生，颤抖着双唇说："怎么会是癌⋯⋯ 是不是你们搞错了？"

洪医生遗憾地摇摇头："我也很意外，但病理结果确实发现了一种恶性度很高的肾癌细胞，我需要再给你做一次 Partial nephrectomy 手术，把肿瘤彻底切除干净。我准备用达芬奇机器人给你进行最微创的肿瘤切除，已经让护士去协调最快的手术时间了。"

苏清容听不懂 Partial nephrectomy 是保肾切除术，更不知道达芬奇机器人到底是个什么东西。她只听懂了：她得了癌症。而癌症这个词在她的字典里就等同于：死亡！

今天的内容本来应该是：表白、出院、回家跟女儿团聚，可现在却变成：癌症、绝望和第二次手术。才刚感受到这世界的善意，却又要遭受如此残忍的暴击！她感觉之前所有的努力都被打回到原点，只剩下命运对自己的无情嘲讽。

"为什么是我？！"苏清容望着洪医生，双眼涌出绝望的泪水，"我的女儿才九岁，她只有我。我死了，她可怎么办？"她下意识地点开手机保屏，泪眼婆娑地看着女儿的照片，泣不成声地自言自语道，"她还这么小⋯⋯ 离开妈妈的保护，她可怎么长大？看她笑得多好看，像朵向日葵⋯⋯ 我怎么可以丢下她！"

洪医生看着无助到发抖的苏清容，能感觉到她此时此刻多么需要一个温暖的拥抱！但是作为她的医生，他必须控制住自己对病人的同情，尽量保持冷静。他递给她一张纸巾，试图去安慰她："我明白你的痛苦。请听我说，这个病……"

洪医生还没来得及说完，苏清容就哭着打断了他："你怎么会明白我的痛苦！命运对我太不公平了！你知道吗？我一个人带着女儿整整六年了！我想着，曾经不管多苦多累，我都撑过来了。日子刚刚变成我喜欢的样子，一切终于好起来了！我本来还以为，我的努力终于被老天爷看到了，也该轮到我过过好日子了！我到底做错了什么，这世界非要对我这么狠！"

"你没有错，我相信你是一个值得幸福的好人。但这是一种疾病，它会随机发生在任何人的身上，它不管你是坏人还是好人。我理解你现在很生气，但是命运有时就是这么不公，既然它已经发生了，我们就只能勇敢面对。你先冷静下来，听我给你讲讲病情好吗？"

"对，我很生气，你没过过我的人生，你根本理解不了我为什么生气！所有的责任，所有的努力……都白费了！我拼尽全力却换来这么个结果。我真的累了，我斗不过命运……"苏清容哭到浑身发抖，她不相信一个名声显赫的外科医生能理解一个单亲妈妈经历过的兵荒马乱、劫后余生！

"你听我说，我真的可以理解你的愤怒，因为我自己也经历过……小时候，家里很困难，但妈妈不管多难都没有放弃，她也是拼尽全力把我养大的！我呢，拼命地学习，努力考上医学院，不分昼夜地工作。我为了能保护妈妈，让她过上好日子，也拼尽了全力。"

他顿了顿接着说："我当上住院医那年，生活终于好起来了，我也有能力让妈妈过上无忧无虑的生活了。可偏偏就在那年，她被诊断出胃癌。查出来已经是晚期，她很快就走了……我妈妈这辈子很辛苦、很辛苦，几乎没有享受过什么。而我一直都很努力、很努力，拼尽全力跟时间赛跑，可结果还是没能来得及！"

洪医生想起自己的妈妈声音有点哽咽，当年的绝望和痛苦还历历在目："我那时候也很气愤，我不能接受命运如此的不公！我不明白，为什么上帝不肯多给妈妈一点时间，让她也能好好享受一些快乐的时光！为什么非要那么无情地把她从我身边夺走，不给我照顾妈妈的机会！那种无力感和挫败感至今一直折磨着我。明明拼尽全力靠近幸福，眼看就要到达，却被命运堵上了一道高墙，再也跨不过去了……"

苏清容看得出洪医生在努力抑制着眼里的泪水。那一刻，她可以完全感受到他的痛跟自己的有多么相似。她可以感受到他的痛点，同时她也相信他可以对自己的痛处感同身受。当她知道这个世界上也有人经历着相似的痛苦，忽然觉得自己的痛苦好像没有那么不堪忍受了。

"你妈妈在天上看到你成为这么优秀的医生，她一定会为你感到骄傲的。"苏清容是发自内心地这么想，因为她想到了自己的女儿苏阳。面对死亡的时候，她最放不下的就是女儿。"其实我不怕死，我是放不下我爱的人。你妈妈离开的时候，她知道你已经成为一个可以克服困难，独立坚强的男人，她至少不用担心和牵挂。如果没有牵挂，我也可以接受死亡，死亡本身并没有那么可怕。但是我的女儿还太小，而且她只有我。哪怕能让我再活十年，等我把她养大再来取我的命，那时候我至少可以放心离开。"

她看着洪医生的眼睛说："当生命走到尽头的时候，能安心离开也是一种福气。你的努力没有白费！你妈妈走的时候，看到自己的儿子已经成了这么好的外科医生，她一定感到很欣慰！在生命的尽头，她才可以放心地离开这个世界,安详地安息……"

"也许吧……但是命运有时候真的很残忍。"他偷偷抹去眼角的一滴泪,接着说,"相信我,我真的可以理解你的愤怒。"

"嗯,我相信你。"苏清容坚定地望着洪医生,而洪医生的眼睛也坚定地望着她。那一刻,彼此确认过的眼神让两个人的灵魂产生了微妙的共振,相似的悲痛击中了彼此内心深处的黑洞,昭示着灵魂深处相似的坚强。唯独那伤痛背后隐藏的孤独,却依然是无人知晓。

看似完全没有交集的两个人,就像宇宙中的两颗孤星,终于找到了彼此,划入同一个轨道。人在最脆弱的时候,真的很需要一个懂你的人,跟你有着相似的经历,和你说着相同的语言。他也曾到过那里,感受过你的感受,痛过你的痛。那个人不会劝你"别哭",而是会说"哭吧,我陪着你"。

洪医生耐心地陪着苏清容,她哭了多久,他就陪了多久。每当她用尽一张纸巾,他就会给她递上一张新的,直到一整盒纸巾都被她哭完了。他望着她无处安放的泪水,有点不知所措。他急匆匆地跑出去给她找纸巾,又急匆匆地跑回来,急得不像是个外科医生,倒像是个心疼她的亲人或朋友。

苏清容好久没有看过一个男人这样为自己着急了,她终于止住了泪水,望着他善良的脸庞,用近乎哀求的口吻说:"帮我再活十年可以吗?别让癌症现在就带我走!求求你了!"

洪医生看到自己的病人终于恢复了跟病魔斗争的理智,有点欣慰地说:"好,只要你愿意战胜它,我就会尽全力帮你!幸好肿瘤发现得早,目前应该还没出现扩散和转移,很大几率是可以治愈的。我们明天就再进一次手术室,把它彻底切除干净,术后只要不再复发,我相信你不仅能再活十年，还能活成一个满脸皱纹的老太太呢！但是首先，你必须勇敢，要让我帮你把它切掉！OK？"

"满脸皱纹一定很难看，其实我不是非得活到那么老。只要能让我活着把女儿养大成人，我就知足了。明天的手术就交给你了，请你一定要帮我把那个可恶的肿瘤切干净！"恢复了理智的苏清容仿佛又找回了跟命运过招的勇气，恨不得立刻把身体里那个邪恶的东西剔除掉！

"这么容易就知足了？你还年轻，你要相信自己一定能战胜那个小小的肿瘤！你要相信自己会康复，会看着女儿长大，看到她结婚生子，看到你想看到的一切！OK？"洪医生的目光中充满了坚定的正能量，活活把绝望无助的苏清容拉回到正轨。

"OK！"苏清容咬紧嘴唇，用力地点了点头。洪医生的耐心和理解帮她重新拾起了勇气，把那个被恐惧瓦解掉的自己又一点一点地拼凑回来。虽然没人能保证癌细胞绝不会复发，但至少洪医生给了她生的希望和可以治愈的可能！想活下去就必须勇敢面对。切掉这个可恶的家伙，正如当年必须勇敢结束那段婚姻，才能给自己挣来一个重生的机会！

待苏清容终于可以冷静理智地面对第二次手术，重新拾起对抗病魔的勇气和信心后，洪医生才放心离开。当他走出病房的时候，墙上的时钟已经指向十点半的方向。苏清容不敢相信，洪医生竟然已经陪了自己整整两个小时！他是她的医生，不是她的家人，他根本没有义务安慰她、开解她。她凭什么占用他两个小时的宝贵时间？她又凭什么要求他坐在这里听她的哭诉，帮她擦眼泪……？

苏清容明白，洪医生完全可以只告诉她诊断结果，然后把她一个人扔在黑暗里。然而，在她最脆弱的时候，他却没有丢下她不管。他那么耐心地倾听、理解、陪伴，甚至拿自己母亲的离世来共情和开导她。为了缓解她的痛苦，他不惜剥开自己的伤口给她看；为了帮她找回勇气，他也红了自己的眼眶。他那么忙，却陪她哭了整整两个小时！

如果癌症像一个魔鬼要夺去苏清容的生命，而命运像一个走不到尽头的黑暗隧道，那洪医生就是那个拯救她的英雄，就是隧道尽头的那一束光！在她最孤助无援的时候，是他用力地拉了她一把。在她险些被黑暗吞没的时候，是他照亮了她求生的路。

随着洪医生的离开，那束光也随之消失了，病房里又恢复了彻骨的冰冷。幸好苏清容已经恢复了理智，找回了跟命运战斗的勇气！她意志坚强地做起了术前准备，安排好女儿，嘱咐好 Jenny，请好了病假，还装出一切都好的语气跟父母报了平安。

即使是癌症这么可怕的东西，也没能改变苏清容想要保护好家人的意志。她依然把最好的一面留给家人，把最坏的结果留给自己承担。把一切都安排好，她才拿出一张纸，在上面罗列了自己的房产、存款和保险信息，并注明：如有不测，请 Jenny 协助律师将所有财产交由父母代管，日后留给女儿苏阳。

那一天很长，长到痛苦一遍遍钻出来，恐吓她的灵魂、耗尽她的泪水！那一天又很短，短到来不及回忆生命中那些美好的瞬间，来不及去爱她想爱的人。那一天同时让她意识到：自己的肉体远比想象中脆弱，但自己的内心却远比想象中坚强！

苏清容最后的思绪，还是落到了洪医生那双宛若银河的眼睛上。她闭上眼睛，追随着他目光中的温暖安宁，才能勉强入眠。她感激他发现了那个小小的肿瘤，感激他可以把它从自己身上剔除掉，更感激他陪她扛过了她人生中的至暗时刻。她想着洪医生的恩情恐怕这辈子都还不上了，想着想着竟睡着了。

第二天早上，苏清容在手术室见到了洪医生。他已经换好了手术服，头上还戴着一顶蓝色的手术帽，微笑的样子有点可爱。

"你昨晚有睡着吗？"洪医生温柔地问。

"嗯，睡了一会儿。你呢，睡得好吗？"苏清容希望她的外科医生昨晚能睡个好觉，好有足够精神给她做好这个手术。

"还好。放心，我会精力充沛地完成你这台手术的！"洪医生就好像能猜透她的心思，完全知道她脑子里在想些什么。

这种默契无形中让苏清容有了更多的安全感，她相信洪医生一定可以帮她把癌细胞都消灭掉。她的嘴角随之露出了一丝微笑，眼睛里也多了几分信任的目光。

"别害怕，要对我有信心，对自己有信心。要相信自己一定可以活到满脸皱纹，很丑很丑的样子！好吗？"洪医生微笑鼓励她。

苏清容太喜欢看到他的微笑了。那微笑太美好、太治愈，就像是一剂甜甜的麻醉药，让她瞬间觉得轻松了不少。她望着他的眼睛，坚定地说："好！我相信！"

苏清容记得洪医生跟她说的最后一句话是："好了，现在一切都交给我，你可以好好睡一觉了。"之后，她还没来得及害怕就失去了知觉，沉沉地睡着了。

第二次手术持续了三个多小时，洪医生需要把病灶和周围的组织彻底切除干净，在尽量保留健康肾单位的前提下，切除掉左肾的部分肾脏。

苏清容醒来的时候发现自己躺在重症监护病房里，身上插着管子，手上又被套上了止痛泵。这次手术不同于上次，她感到腰部和后背一阵阵剧痛，浑身都动弹不得。

Jenny 和吴文静就在她的身边，见她醒来立刻告诉她手术很成功！还说洪医生已经把切下来的组织送去做进一步的病理化验了，他特意嘱咐病人要保持乐观积极的心态，争取早日康复。

Jenny 按照苏清容的意思，并没把她得癌症的事情告诉苏阳。她抚摸着苏清容的肩头，安慰她说："放心，知道你怕阳阳担心，我什么都没跟她说。相信我，最难的已经过去了，你很快就可以回家了。"

吴文静用纸巾蘸着水，轻轻地润着苏清容干干的嘴唇，心疼地说："容儿，你是最棒的！我佩服你，够勇敢！你一定会好起来的！"

苏清容看到泪水在这两个好朋友的眼里打转，反过来安慰她们说："我没事！肿瘤切掉就好啦。等我出院，还得请你们吃火锅呢！"

吴文静紧紧地握着她的手说："我相信，你吃的苦到这里就都结束了！以后就只剩下甜了！"

"对，先苦后甜！你渡完这个劫，绝对够格享福了！赶紧把身体养好，快点出来跟我们一起吃火锅。"Jenny 一脸严肃地说。

苏清容眨了眨眼睛表示同意，她强忍着疼痛有气无力地说："我也觉得总不能老让我这么倒霉吧！老天爷也该把好日子给我安排上了吧？等我病好了，我一定要好好享受生活，再也不委屈自己了！"

经历了这一遭，苏清容真的意识到了时间的宝贵。也许某天，在毫无征兆的情况下，一个噩耗就能宣布你的大限已到。到那一刻，做什么都来不及了，想爱谁都太晚了！如果一个人在生命的尽头能不留遗憾地放手，能觉得这辈子过得很值，这才是人生最大的福气！

　　想尝的都尝了，想爱的也爱了，想要的也都争取过了，至少不用唏嘘这辈子没有过好，不用责怪自己辜负了岁月。我们在追求幸福的路上总是畏手畏尾怕走错，然而当我们临死前回看自己的一生时，错过、哭过、被拒绝过又算得了什么，那恰恰说明我们曾畅快淋漓地生活过！

　　躺在病床上的苏清容可以清楚地感受到身体的每一次疼痛。然而灵魂的疼痛呢？只是因为没有血淋淋的伤口，灵魂就不会疼吗？如果身体的伤需要医治，那灵魂的伤又该怎么疗愈呢？

　　哪个女人不希望在自己有限的生命里，除了做一个好女儿、好妈妈，还能真真正正做一回女人？哪个女人不希望自己也能有一个温暖的怀抱可以撒娇，有一个安全的港湾可以停靠？哪个女人不希望自己这辈子也能被真正懂得，真心爱过？

　　苏清容相信人生中的这次劫难一定有它的意义！它在提醒她真的该注意身体，别把自己用得太狠了。它在提醒她是时候看清楚生命中真正重要的东西，别再把时间浪费在那些无谓的小事上。它在提醒她每个人的时间都是有限的，在有限的生命里把无限的幸福感最大化，这才是人生中的大事！

　　生与死这两个时间节点并不由我们说了算。与其在不能左右的事情上纠结，不如把精力放在我们可以掌控的事情上。我们可以过好的是每一个当下，我们可以追求的是每一天的幸福体验。而在人生所有的体验中，能带给我们最大滋养的，还是爱与被爱。

　　这次经历让苏清容认识了那个叫生命尽头的东西！她意识到，只有知道为何而活，才能真正活好。焦虑、压力、束缚、痛苦这些东西都是生命的负面体验，不能避免但要尽快消化掉！生命太有限了，我们要把时间尽量留给那些正面的体验，多多感受美好和爱，才算没有白活一遭！

如果生命还肯给她更多的期限，她要重新活一回。做爱做的事，爱想爱的人，走想走的路！她相信生命中最珍贵的体验是亲情、友情和即将到来的爱情！是的，她比任何时候都更期待爱情！因为她知道如果真能活到满脸皱纹，却偏偏没有体验过真正的爱情，那将会是她今生最大的遗憾！

跟死神打了个照面，苏清容才第一次发现：原来死亡本身并没有那么可怕！让它显得可怕的，其实无非两样东西：不舍和遗憾。

生而为人就会有感情，有感情就会舍不得离开自己爱的人。既然不舍是无法避免的，那就把生命的最后只留给不舍吧！至于遗憾，有生之年还是尽量少留些遗憾吧！尽量做到：心之所向，身之所往；爱我所爱，人生无悔！

往后余生，愿我们都可以真诚坦白地面对自己的内心，勇敢坚定地追求幸福，清澈温暖地爱与被爱，不负岁月亦不负己！

第十一章　只要活着　就有希望

　　只要活着，就有希望！从重症监护室出来的人，往往更能体会时间的意义。直面过"死"，反而让他们能更通透地看待"生"。意识到时间的宝贵并没有让苏清容变得更贪婪，反而让她变得更柔软和宽容了。贪婪是种永远不会满足的欲望，让人把时间都浪费在欲求不满的戾气中，离幸福的状态渐行渐远。而宽容和感恩反而让一个人更通透和快乐，离幸福的状态越来越近。

　　现在的苏清容，觉得阳光和空气，清晨和傍晚，朋友和亲人统统都是命运的恩赐，接下来的每一天都是赚来的！如果只是忙忙碌碌地活着，小心翼翼地延长着生命线，那才是对生命无谓的浪费。仅仅活着是不够的，她还要活得快活，活出点颜色，活得充满希望！

　　再次见到洪医生已是次日的早上，虽然她的身体还很虚弱，但心却比以往强健了许多。她的心里住进了一个人，这个人跟她有着过命的交情，对她有着重要的意义。如果说之前的感觉还只是喜欢，那么现在她能清楚地感觉到：自己已经深深地爱上了这个男人。

　　喜欢一个人的时候，往往更重视自己的感受，想去享受他的温柔，靠近他的身体，得到他的时间。她贪恋他带给她的快乐和心动，她想去撩拨他内心柔软的地方，钻进他的心里看看那里有没有自己的位置。喜欢是种不确定的情愫，需要通过试探、猜测和相处去慢慢探究那感情到底能有多深，能走多远。

然而现在的苏清容比任何时候都确定，眼前这个男人就是她要找的那个人！据说真正的灵魂伴侣，只需一个眼神就能认出彼此，无须语言就能读懂彼此的灵魂。见到洪医生以后，苏清容终于信了！她对他的感觉已经远远超出了喜欢，升华成了一种非他莫属的认定和疼爱。

洪医生对苏清容来说，无疑是一种前所未有、无可替代的存在。只有他的眼神能直击她的内心，照亮她心底的荒芜。也只有他的笑容能融化掉她的铠甲，温暖她冰封已久的身心。虽然母语不同，他们的灵魂却讲着相同的语言。虽然有着不同的人生轨迹，他们却默契地懂得彼此的人生。

不知为何，苏清容就是能察觉到他坚强背后隐藏的柔软，能窥见他看似完整却又缺失的角落。当他微笑时，她能捕捉到藏在他眼角的那丝淡淡的忧伤，让她觉得爱慕又心疼。她还能从他谦和礼貌、克制自持的举止背后，看出些许放荡不羁的赤子之心。从他外科医生的光鲜外表下品出几分忧郁的沧桑。她迷恋关于他的一切，她觉得他简直是这世上最神奇的存在，他值得世间最好的一切！

真爱一个人就是想把最好的给他！越是爱他，苏清容就越是觉得自己对洪医生来说根本算不上最好的。她不知道她的癌症会不会复发，但她知道一个带着复发可能性的病人，是没有资格去打扰他的生活的。虽然她无法克制自己的情感，但她可以克制自己的行为。在她能彻底摆脱癌症的阴影以前，她只能默默地把爱藏在心里。从此，爱他是她自己的事，他无须知道。

其实对苏清容来说，知道有这样一个人，真真切切存在于这茫茫宇宙间，冥冥中已经印证了她对爱情的信仰。心里住进这么一个人，从此便不再是一颗茫然无期的孤星。她现在更像是一颗找到轨道的行星，向着恒星，心有所向。

第二次手术后，苏清容一共在医院住了三天。每天早晨洪医生都会来查房，陪她待上几分钟，跟她说上几句话。那是一天中最美妙的几分钟，她可以尽情地沉浸在他温暖的光芒中，解读着他眼里深邃的星河。

不需要得到，也就不会计较得失。只是单纯地去爱，反而使苏清容变得更坦然。她不再试探他的心思，不再猜测他们之间的可能，也不再患得患失。他在，她便快乐。他离开，她便思念。那思念不是痛苦的求而不得，而是淡藏于心的长久芬芳。

三天的时间，她把跟他相处过的每一分钟都熟记于心，把他说过的每一句话都深藏于脑海！有的时候，片刻即是永恒。遇见他，感受过他，知道能跟他行走于同样的城市，呼吸着同样的空气，抬头仰望着同一片蓝天，也不失为一种浪漫。

记得那天洪医生来查房，正好看到苏清容的皮蛋瘦肉粥。他告诉她这是他最喜欢的早餐，因为小时候妈妈常做给他吃。于是，苏清容便特意嘱咐吴文静明天多做一份带来。当她看着洪医生津津有味地吃完那碗粥，那一刻她感到了幸福！

记得那天在走廊里，她看到洪医生走进对面的病房查房。一个老爷爷打开门，充满感激地说着谢谢，向洪医生伸出了一只颤抖的手。洪医生不仅紧紧握住了老人的手，还给了老人一个大大的拥抱。那一刻苏清容倚在门上无比羡慕，幻想着洪医生也能给自己这样一个拥抱，让她也能感受一下他温暖的臂弯。可惜当洪医生来到她的病房时，不仅没有拥抱，连手都没有握过一下。

还记得那天窗外下着蒙蒙细雨，室内幽暗的光线徒增了几分暧昧的感觉。早上八点多，洪医生显然是刚到医院就来查房，头发和肩膀上还有雨水的痕迹。当他俯下身检查她的伤口时，头发上的一滴雨水轻轻地滑落到苏清容的手臂上。虽然两人并没有身体接触，但那滴滑过他发梢的雨水就足以激起她心中的涟漪，让她的心绪久久荡漾。

她轻声说："你淋雨了，头发都湿了。"他笑笑说："不要紧，一着急忘了打伞了。"她拿起一张纸巾，温柔地说："我帮你擦擦吧。"他说："好。"于是，她用纸巾轻轻地擦拭着他的头发。明明隔着一层绝缘体，指尖却像触了电一样，拨动着她的心弦。

她隐约看到他有几根白发，心里顿时生出心疼的感觉。那一瞬间，她甚至真诚地希望，他的家里能有一位善良的女人，好好关心他，用心照顾他。她希望当他忙碌一天回到家，能有人给他沏杯热茶，帮他做顿好饭。她希望每晚睡前，有人帮他按摩疲劳的双眼，帮他涂上护手霜。她不知道他之前拥有过怎样的爱情，但她默默祈祷现在和以后他都能被温柔以待。

在最后一天的早晨，他给她带来了最终的诊断报告。他走进来时步履轻盈，看上去有点如释重负地说："这是我们可以预想的最好的结果！PT1A，肿瘤单发，无淋巴结侵入，无扩散无转移。这种早期肾癌通常预后良好，两年内需要定期复查，两年后如果未见复发通常可被视为彻底治愈！在心理上，我希望你不要有过重的心理负担，要把自己当作一个已经治愈的健康人，积极快乐地生活！"

苏清容听得出洪医生对病理结果感到很乐观，她也能看出他是真的为自己高兴。他的眼睛好像在说："答应我，你一定要好好的！"苏清容在得知病理诊断的那一刻，为自己可以继续活下去感到庆幸和高兴。但她一想到即将见不到洪医生了，又难免有些难过和惆怅。她心里有千言万语、万般不舍，却只化作一句："谢谢你，我一定会好好的。"虽然讲出的话很得体，但她的眼睛却出卖了她的心。

那一刻，洪医生看出了她眼里呼之欲出的恋恋不舍和笑颜背后强忍的泪水。他隐约可以感受到那平静外表下隐藏着意味深长的眷恋，那欲言又止的背后蕴含着压抑的热情和克制的情感。

其实洪医生也不知道从何时开始对这个女病人生出几分额外的关心和挂念。看她流泪时，他会跟着难受；看她故作坚强时，他又会感到心疼。等待她的病理诊断时，他的心也的确有过不同寻常的紧张和担心。在看到理想的病理结果时，他又有点超乎以往的如释重负和欣喜若狂。

然而他必须告诫自己：他是她的医生，他不该对任何病人产生不必要的感情，也绝不能鼓励病人对自己产生这样的感情。他必须装作看不出她的欲言又止，读不懂她眼神里的潜台词。作为一个医生，他必须保持好医患间的安全距离，平衡好关怀患者的尺度。对患者全心投入，尽量帮助，但又得时刻提醒自己不能投入太多，陷得太深。

苏清容用近乎依恋的眼神目送洪医生走出自己的病房。洪医生表面上风轻云淡，但心里也着实被那炙热的目光电到了。他有点心疼她不说出口的懂事，也暗自感谢她真挚的情感。

是人就会产生感情，感情本身并没有对错，因为它不受理智的控制，它是自然而然的情感，纯粹并且真挚。然而当真挚的情感与我们的社会责任发生冲突时，它却必须得到遏制！作为她的医生，他本能地收起了对她的关心，抑制住任何情感萌芽的可能，用沉默和背影来消融掉那满屋子的痴心柔情。

　　在某一刹那，洪医生也忍不住会想：如果不是在这样的情况下相遇，也许她真的会是那种让自己心动的女子。如果不是医患关系，自己是不是可以多给她一些关心呢？她说她在澳大利亚只有一个不到十岁的女儿，那出院后谁来照顾她呢？她对我产生的好感到底是因为我这个人，还是因为我是救治她的医生呢？

　　思绪像漫无边际的风，飘然而至，轻轻试探着他平静已久的心。但医生的身份又迅速把他拉回到现实，告诫他不要对患者产生不必要的关心，不要允许自己去想超出工作范畴以外的东西！这个病人马上就要出院了，从此他们的生活不会再有任何交集。

　　洪医生径直来到住院部前台，让值班护士安排苏清容办理出院手续。他仔细写好苏清容出院后的用药及复查医嘱，便照例开始逐一查阅其他病人的病历。这时，他听到护士在给苏清容的亲友打电话，通知对方下午三点来接她出院。洪医生下意识地把"下午三点"这个时间点牢牢记在了脑子里，就去忙下一台手术了。

　　从洪医生离开后，苏清容的心就一直在冲动和克制中游走，她真正体验到了灵魂因爱情而恐惧和狂喜的战栗！这些日子，她的每一天都是在期盼见他中醒来，又在回忆见他中结束的。如果今后的日子再也见不到这个人了，她真的不知道自己的每一天该如何醒来、又该如何结束。

　　就在几天前，她还相信自己至少有可能是那个能给他幸福的人。她还甘愿放下所有矜持，勇敢地去追求爱他的权利！然而命运却偏偏让她成为一个癌症病人，用复发的可能性恐吓着她追求爱情的权利，无情地对她宣判：不许爱！

　　苏清容独自坐在病床上，复盘着自己的人生。童年和少女时代过得算是无忧无虑、一帆风顺。然而一段错付的婚姻又让她深陷困顿的泥潭，生不如死。当时也曾放弃过希望，差点就对挫折认输投降，然而她终究还是勇敢地走出来了，还自己一个新的开始！这些年过得一年比一年好，心无是非、岁月静好。如今不就是冒出个小肿瘤吗！而且它还没来得及扩散和转移，就被洪医生的手术刀及时扼杀在摇篮里了！

　　想到这里，苏清容又帮自己找回了好好活下去的正能量！她默默地鼓励自己："只要活着，就有希望！"人生本就有很多情非得已，眼下她能做的就是带着对生命的敬畏，好好爱自己、爱女儿、爱生活。

　　两年，不就是两年的时间吗！如果两年以后癌细胞可以彻底从她的生命里消失，她又将重新拥有爱他的资格；如果那个时候命运还能让他们相逢，她定不负命运。虽然现在缘分未到，他日相逢也许还能再续前缘。

　　这时候，Jenny 发来一条短信："我们三点来接你出院。你别瞎想，好好养病。缘深缘浅，来日方长！"苏清容看着这条短信，知道 Jenny 是在担心自己相思太重放不下洪医生，不由得为自己能有这样的知己好友感到庆幸。

　　其实苏清容又何尝不是这样劝自己随缘的！如果这缘分真的是命中注定，那等她可以去爱的时候，也许他还在那里。如若只是缘浅情深，他自然会有他更好的归宿，而她自然也不该再去叨扰他的幸福。

　　想开了，也就释然了。苏清容趁着 Jenny 她们来接自己之前，想在医院里走走，好好看看这个让她体验了爱情和生死的地方。她来到楼下的小花园，用手机拍下了那片跟梦里一模一样的雏菊花。她又来到医院的咖啡厅，想象着这该是洪医生经常来喝咖啡的地方。然后，她不知不觉地穿过一楼的大堂,走进一个宽敞明亮的会客厅。

这里摆着几张色彩明快的沙发和好几棵绿油油的绿植。苏清容正好走得有点累了,便挑了一张沐浴在阳光里的单人沙发坐了下来。刚坐稳抬起头,她就被挂在正对面的一幅画怔住了!那是一张大约一米多宽的摄影作品,是用高倍望远镜拍摄的夜空中的银河,静谧深远、摄人心魄!

不知道为何,照片中的那条银河让苏清容联想到洪医生的眼睛。同样的纯粹却丰富、宁静而悠远。黑暗的夜空是那么静谧,点点繁星却汇集成一条璀璨的银河,散发着深沉内敛的光芒。它像极了洪医生的眼睛,有种让人望不到底的深邃和忍不住想要去仰望和追随的美好。

她痴痴地望着墙上的这幅《银河》,觉得冥冥中有一种神奇的力量让她与这幅画产生了某种联结!从未有一幅画让她产生过如此强烈的视觉冲击,以至于她实在想要拥有它,立刻把它带回家!她要把它放在自己的卧室里,挂在床的正对面,每天看着它醒来,每晚看着它入眠。

如果现在不能去爱,那至少可以在寂寥的日子里仰望着这条银河,温习着洪医生眼里的温柔,重建心底对于美好的期望吧!苏清容用手机拍下了这幅画,然后径直来到医院的服务台。

服务台有一位戴着金丝边眼镜的老奶奶,看上去很是和善。苏清容把手机里的照片拿给她看,怯生生地问道:"请问您知不知道,我能不能买下这幅画?我真的太喜欢它了,它对我很重要!"

那位老奶奶看了看手机里的照片,有点为难地说:"这个恐怕不行……休息室里的画都是爱心人士捐赠给我们医院的,还从来没有人提出过这样的要求。不过,我可以试着帮你问问。"

"我明白,我的这个请求听上去有点不可理喻!但是请您相信我,它对我真的很重要! 我看到它的那一刻, 能感受到一种召唤 …… 它让我想起一个人, 那个人对我很重要! "

老人望着眼前这个穿着病号服的女人, 并不能理解她为何如此渴望这幅画, 但从她灼热真挚的眼神中, 老人看到了有一种非它莫属的执念和渴望, 让她想起了自己年轻时遇到真爱的样子。毕竟艺术品只有在懂得欣赏它的人那里, 才能产生真正的价值。老人被苏清容真挚的情感打动了, 决定帮她。

"这样吧, 你给我留下你的电话号码。我可以试着帮你找找捐赠者的联系方式, 然后我会转告捐赠者你对他作品强烈的喜爱和想要收藏的意愿。只要捐赠者同意, 我们就可以把这幅画转赠给你。你看这样行吗? "

苏清容感激地留下电话号码, 反复说着谢谢。随后她又去看了会儿那幅《银河》。回到病房时, 兴许是走得有点累了, 伤口又开始隐隐作痛, 她只得躺下来休息, 静静地等着快点见到女儿来接她。有生以来第一次跟女儿分开这么久, 她心里惦念着女儿的小脸, 昏昏沉沉地睡着了。

睡梦中, 苏清容隐约听到女儿在对自己说: "妈妈, 你还疼吗? 我们可以回家了! "她张开双眼, 看到女儿美丽的小脸就在面前, 像朵盛开的向日葵! 苏清容抚摸着阳阳的小脸, 满脸宠爱地说: "好宝贝, 妈妈本来还有一点疼, 现在看到阳阳就一点都不疼了! 医生把妈妈的病治好了, 妈妈回家休息几天就跟原来一样能蹦能跳了! "

"太好了! 妈妈回家以后我来照顾妈妈! 我最近可棒了, 自己的事自己做, 不信你问 Jenny 阿姨! "阳阳想到妈妈的病好了, 小脸上终于露出了兴奋的笑容。

Jenny 一边帮苏清容收拾东西, 一边说: "对, 我们阳阳真是个大姑娘了！除了做饭，什么都会了！不过话说回来了，我都活到三十好几了，还不是照样不会做饭，只会叫外卖吗？对了，说到会做饭才想起来，吴文静刚知道你今天出院，就直接去你家打扫卫生了。保准你一到家，就有田螺姑娘给你来个窗明几净、家有热羹！"

这边苏清容她们有说有笑地收拾东西，准备出院，那边洪医生刚下了手术，看了一眼表，时间正好快三点。他也不知道自己为什么有点惦念这个今天出院的女病人，总觉得要去看看她才放心。走进电梯的时候，他本来应该按七层回到自己的办公室，却还是不由自主地按下了病房所在的三层。

洪医生来到病房的时候，正好隔着门听到里面传来的笑声，还有清脆悦耳的童声。想着一定是苏清容的朋友和女儿来接她了，便多了几分放心，准备转身离开。没想到就在这个时候，Jenny 正好打开房门，跟洪医生撞了个正着！

Jenny 惊讶地说："呀！洪医生好！您怎么来了？"

洪医生连忙解释说："我刚下手术正好路过，顺便看看我的病人出院了没有。"

Jenny 一脸感激地说："我们正准备出院呢，容儿知道您来看她一定很高兴！快请进！"

洪医生索性走进病房，微笑着对坐在病床上的苏清容说："感觉怎么样？很开心可以回家了吧？"

苏清容没想到洪医生会来看自己，她满眼的小星星闪烁着掩盖不住的惊喜，满脸的含情脉脉、恋恋不舍！她温柔地说："感觉挺好的。没想到临走前还能见到你，好开心。"

Jenny 对苏清容的心思心知肚明，连忙帮她说出了她自己不方便说出口的话："洪医生，我们容儿可感激您了！这临出院了，她反倒开始担心以后见不到您，还小伤感起来了！"

洪医生避开了 Jenny 的目光，有点不好意思地笑着说："见不到我是好事，应该高兴才对啊！"他又略显尴尬地看了一眼自己的手表，然后意味深长地对苏清容说，"时间不早了，我还有台手术，真的得跟你说再见了。照顾好自己，有条件的话一定要等到身体恢复好了再开始工作。别胡思乱想，要保持乐观的心态！"

苏清容乖乖地点点头说："你费那么大劲儿才把我治好，我一定会好好照顾自己，不会让你的努力白费的。你也要照顾好自己，别只顾着帮助病人忘了好好照顾自己。"

苏清容还有太多没能说出口的关心，不得不默默咽下。而洪医生又何尝不是一样？但想到自己的身份，他不得不省略掉所有的话语，只允许自己说出一句："祝你早日康复！一定照顾好自己！"

他又转过头，望着苏阳说："你有一个特别棒的好妈妈！她非常非常爱你，你要好好照顾她哟！"

苏阳赶紧站起身来懂事地说："我会的！我会照顾好妈妈的！谢谢洪医生治好了妈妈的病，谢谢！"

"不用谢，都是我应该做的！可以帮到你的妈妈，我也很高兴。"洪医生轻轻地拍了拍苏阳的小脑袋。

这时候洪医生的手机响了，他看了一眼来电显示，不得不最后一次跟苏清容道别："好了，我真的要去忙了。你照顾好自己，记得按时复查！"

"复查的时候，我还能见到你吗？"苏清容说这话时，眼神里的不舍越发不可收拾了!

"只有 CT 扫描显示有异常,你才需要见我,所以你最好祈祷再也不用见到我了!"这最后一句话说出口时,洪医生的脸上依旧保持着职业的微笑。但苏清容却清楚地从那笑容的背后捕捉到了一丝惜别的情愫,泄露出些许相似的不舍。

当灵魂相通的人用他们的灵魂对话时,一个眼神就可以生出电光石火,只言片语就能催化出理解的默契。不要说 Jenny,就连苏阳都感受到了暧昧的气息。待洪医生刚一离开,她就一脸认真地问妈妈:"你是不是喜欢洪医生啊?"

"你为什么这么问?"苏清容诧异地看了看苏阳,又马上转过脸狠狠地瞪着 Jenny。

Jenny 看苏清容瞪着自己,连忙解释说:"瞪我干吗?我先声明,我可什么都没说啊!要怪就怪你自己!就你刚才满眼冒小星星那德行,谁还看不出来啊!"

苏阳也赶紧掩护 Jenny 道:"对!谁看不出来啊!你刚才看到洪医生的眼神,就跟你看到烤鸭时一模一样!你明明就是喜欢他,干吗刚才不告诉他啊?"

苏清容被女儿问得哭笑不得,想了想说:"傻孩子,不是所有喜欢都一定要有结果的。有的时候,能遇见就很难得了。"

见苏阳摇摇头表示不解,苏清容便把她搂到怀里说:"就像阳阳很喜欢迪士尼乐园一样!那大概算得上你最快乐的体验了吧?但是不管你多喜欢,你也不能把它带回家。迪士尼乐园虽然不属于你,但每当你想起它,你都还能清楚地感受到那种快乐,对吗?"

苏阳这下听懂了，使劲点了点头，拉起妈妈的手说："明白了，那你就常常想起他吧！走，咱们回家！"

生活有时就是这样，即使心里已经天翻地覆，外表却只能波澜不惊地选择坚强。那些跟我们的灵魂产生过共振的人，即使不能天长地久、如愿以偿，却能成为我们被真正照见过的证明和被真正懂得过的见证！

山水有相逢，望君多珍重！现在的错过如果是命中注定，谁知他日的重逢会不会是缘分的来日方长？

正所谓心之所向，身之所往。

只要活着，就有希望……

苏清容临走前又去看了一遍那幅《银河》。她让自己的心沉浸在那浩瀚的夜空中，感受着宇宙苍穹的神秘力量。她的心渐渐平静下来，笃定而倔强地默想："那就让时间来证明我们的缘深缘浅，我宁愿相信你就是我的来日方长！"

第十二章 缘是凡人参不透的玄机

　　回到家的苏清容感觉自己像是做了一场梦，一个噩梦与美梦交织在一起的绵长的梦。梦醒时分，她的身上多了道伤疤，但是心里的荒芜却在某种程度上得到了滋润，萌发出新绿色的生机。这场经历让她跳出了原来的生活轨迹，换了个视角俯瞰自己。

　　对于生命，她有了新的体会，也燃起了热情和敬畏！被动地承受生活的挑战已经成为过去式，从现在起她要主动拥抱生活，更加注重自己的感受，尽情体会生命的馈赠。苏清容的心里依然放不下洪医生，但她却能清醒地劝慰自己：爱情很美，但它不属于眼前的风景，也不是生活的全部。不能爱他的时候就好好爱自由、爱自己；愿能爱的时候，还可以毫无保留地去投入、去付出！

　　这次回到家，苏清容突然觉得家里的一切都是那么亲切和可爱！她不由自主地放慢了节奏，开始用心体会生活中的各种小美好。她认真品尝每一口食物的味道，悠然欣赏花园里的一草一木。她有了更多耐心跟女儿聊家常，也学会了心无旁骛地欣赏一部电影。晴天，她扬起头沐浴阳光，心怀感激。雨天，她烹茶观雨，满眼惬意。在也无风雨也无晴的日子里，哪怕只是静静地想着她的洪医生，那时光也是温暖和美好的。

　　能让人瞬间成长的，还真得是那些意料之外的事！苏阳经历了这次变故，也有了不小的变化！她明显比以前更关心妈妈，为人处事也更有责任心了。之前的苏阳总是觉得，只要有妈妈在，天就永远不会塌！她像一只小鸟，在妈妈温暖的翅膀下长大，从来没有真正担心过什么。

但是现在的苏阳意识到，她不能永远躲在妈妈的翅膀底下。当意料之外的挫折凶猛来袭时，她必须学着鼓起勇气，坚强面对！当苏阳看到那个天不怕地不怕的妈妈也会痛，也会病倒，也会害怕，她才第一次发自内心地想要快点长大！

苏阳是个聪明的孩子，这次经历让她开始观察和思考，潜移默化地学起了妈妈的生活态度。她开始更自觉地学习，更高效地完成作业，更积极地面对困难，更主动地练习自己的生活技能。不知不觉间，苏阳的性格中多了些坚韧和积极，她的潜意识已经开始督促她，要培养自己对生活的掌控力。

表面上，苏阳依然是那个爱在妈妈怀里撒娇的孩子。对她来说，妈妈的怀抱永远是这个世界上最温暖的港湾、最安全的角落！但是她的内心已经变得更加硬朗，她明白人的一生总会有些躲不过去的困难，怕是没有用的，必须要勇敢坚强！她暗自发誓，总有一天自己的怀抱也能成为妈妈的港湾，她也要为妈妈遮风挡雨！

苏清容在做第二次手术之前，给自己请好了三周的病假。在回家养病的日子里，她心安理得地关闭了自己的工作脑，放慢了节奏，体验了一把慢生活。原来每天能睡到自然醒是这么幸福！能慢条斯理地做一顿美食是如此享受！能用自己的节奏做自己喜欢的事是这般美妙！

她好喜欢坐在花园里，捧着一本心爱的小说，一读就是整整一个下午。或者窝在沙发里，懒懒地追剧，在别人的故事里流着自己的眼泪。又或者从二楼的阳台，眺望着远方层层叠叠的院落和屋顶，想着洪医生也同样生活在这座城市，跟自己经历着相同的晴天或雨天、日出和日落。

她早上醒来的时候常常会想，洪医生这个时候是不是已经在医院查房了，他那双迷人的眼睛会不会又让哪个女病人感到意乱神迷？她喝茶的时候又会担心，洪医生会不会又忙得顾不上喝水？她吃饭的时候会猜想洪医生今天吃的是什么，他还会不会想起她的皮蛋瘦肉粥？她入眠的时候会搂着一个大大的抱枕，把它幻想成洪医生温暖的怀抱！苏清容虽然如此渴望洪医生的怀抱，但是她还是会祈祷洪医生的生活可以幸福美满，哪怕躺在他身边的伴侣并不是她！

爱上一个人的时候，就像有了一种信仰，心底会生出一股无形的力量。即使不能跟对方在一起，也觉得自己的情感有了寄托，不再是孤独一人。就像那些相信神的人，他们心中的神其实也是看不到、摸不着的。但他们却因为心中有神，获得了一种相信的力量，变得更加宽容和善良。

自从心里有了洪医生，苏清容仿佛也遇见了一个更好的自己！现在的她，心中有爱，眼里有光，处处生暖。她曾经以为自己是一个没有信仰的人，因为她从未信过任何一种宗教。然而经历过这次与死神的照面，她开始隐约感到了信仰的力量。这种信仰并不来自某种宗教，而是来自一种强韧的信念！

从此以后，活着不仅仅是为了房子、存款和责任，还要为了感受而活，还要活出点温度！一个人希望活成的样子其实就是这个人的信仰。对苏清容来说，在有限的生命里去体验爱和给予爱，去感受那些真挚、美好、温暖的东西，这就是她的信仰和她的希望！

霍金相信宇宙大爆炸，科学就是他的信仰。他说：生命不息，希望不止！尼采的信仰是哲学，他认为："人类的生命不能以时间长短来衡量，心中有爱时，刹那即永恒！"对Beatles来说，真挚的音乐就是他们的信仰；音乐不朽，摇滚不死！还有很多是人类共同的梦想，比如：世界和平、环境保护、天下大同。那么努力实现这些梦想，就是全人类共同的信仰！

苏清容也有了一个坚定的信仰，她相信这世上的确存在着灵魂伴侣！这世上真的有那么一个人，他散发着一种独一无二的磁场，可以让你体会到一种前所未有的吸引。当你有幸跟他进入同一频道，你才能体会到一见倾心、灵魂相洽的奇妙。关于他的一切都是那么恰到好处，让你感受到一种值得终生眷恋的命运的力量。

只有遇到这个人，你才会明白为什么之前的关系总是缺乏真正的默契，为什么之前的感情总是缺少应有的温度，为什么跟之前的爱人很难坚定地走下去。只有遇到这个人，你才会明白缘分的玄妙，才能经历爱对人的极致体验，才会知道什么叫：一眼万年！

虽然命运现在还不容许苏清容去爱洪医生，但是她却固执地相信，缘分有一天还会把他带到她的面前。如果命运眷顾，那时的她应该是健康的、快乐的，应该会是一个比现在更好的自己！带着这份坚定的信念，苏清容开始了焕然一新的生活。

随着身体一天天好转，苏清容给自己制订了一套详细的养生方案和锻炼计划。从原来的能躺着就不站着，到现在的晨跑、散步和瑜伽。从之前将就草率的饮食选择，到现在天然新鲜、低糖低盐的健康食谱。从原来的忙起来不要命，到现在的劳逸结合，追求工作与生活的平衡点。

术后短短三个月的时间，虽然从表面上看，她还是那个苏清容，但她的生活方式已经发生了翻天覆地的变化。她会比原来早起半小时，先慢跑二十分钟再洗澡更衣。她会给自己和苏阳做健康营养的早餐，然后精神饱满地出门。为了保护肾健康，她尽量杜绝各色饮料，严格保证一天八杯清水，连咖啡也控制在每天一杯。她还有意识地保持充足的睡眠，不再让自己因为赶稿而熬夜。

周末的时候她会带女儿去公园或者郊外亲近大自然。她开始有意识地教育苏阳，让她懂得朋友的重要性；也会特意安排时间，让女儿跟她的小伙伴们增加相处的时间。想到自己在澳大利亚无依无靠，生病住院都是两个朋友在忙前忙后，她更加殷切地希望女儿也能交到真正的朋友。

她告诉女儿，只有懂得欣赏他人身上那些真诚善良的品质，才能交到真正的朋友。同样，也只有真诚坦率地做你自己，才能吸引到真心喜欢你的朋友！那些因为灵魂的欣赏而走到一起的朋友，才不会因为世俗的因素和环境的改变而轻易走散。能交到一个讲义气、重感情的好朋友，胜过结识一打只能吃喝玩乐的酒肉朋友。

术后的第三个月，苏清容终于履行了请大家吃火锅的约定，跟两位好朋友聚在了余香火锅店。悉尼林林总总的火锅店很多，但大多都是麻辣的川味火锅。而北京人和杭州人的口味，还是更偏爱清淡的锅底。所以每次出来吃火锅，她们三个都喜欢聚在擅长养生锅底和鲜香食材的余香火锅店，吃吃火锅，喝喝小酒，聊聊人生。

苏清容术后一直滴酒不沾，但今天跟两个好朋友聚在一起，格外开心，忍不住想小酌一杯。没想到，平日里最爱喝酒的 Jenny 却一把抢走了苏清容手里的酒单，直接宣布："今儿不喝酒！咱们今天都以茶代酒啊！"苏清容又把酒单抢了回来，笑嘻嘻地说："好嘛，我不喝就是了。但你们两位健康美女该喝喝嘛！"

吴文静看她俩抢来抢去的甚是好笑，一边倒茶一边笑道："容儿，你可不知道⋯⋯虽然这次住院做手术的是你，开始注重养生的可不止你一个哟！我和 Jenny 现在出来吃饭也都不喝酒了，就连点的菜也都是少辣、少盐、少油腻的。你就依着她吧。"

苏清容只得作罢："那好！今天我请客，你俩必须给点面子，都给我敞开了点！谁都不许给我省钱啊！"

吴文静说："我看还是多点些清淡的吧！容儿身体刚恢复，还是得少吃大鱼大肉。"

苏清容赶紧反驳道："别！您千万别！我这出院都快三个月了，就算得注意饮食，天天都清粥小菜的也受不了啊！请注意，我还是个有七情六欲的美女，又不是尼姑庵里的姑子！"

Jenny 一脸嫌弃地说："行了，就你这种极品花痴还有脸提出家哪？哪个不开眼的寺院敢收你这种六根未净的女妖精啊！只怕人家整天念的是阿弥陀佛，你整天念的是洪医生！"

苏清容又气又笑，连忙伸手去堵 Jenny 的嘴。没想到吴文静也跟着起哄，随着 Jenny 一起念着"洪医生、洪医生⋯⋯"，直到服务员过来点单，这两个家伙才算闹够！

Jenny 拿起菜单爽快地说："行，既然大家都成佛系养生美女了，我看麻辣锅底可以永久退出历史舞台了！来个土鸡菌汤的吧！"她转过头，正好看到那个眉清目秀的帅气服务员在偷偷傻笑，便一脸妩媚地问道，"请问这位小帅哥，是哪里让你觉得好笑啦？是觉得我们不配自称美女吗？"

那小帅哥第一次遇到这么御姐范儿的顾客跟自己打趣，又开心又紧张，连忙回道："都是美女！都是美女！"见三个姐姐都喜笑颜开，那帅哥便越发大胆起来，调皮地对着 Jenny 说："那两个姐姐慈眉善目，还挺佛系！唯独你，倒像是个魔系美女！不过……我觉得你这个姐姐最厉害，也最好看！"

Jenny 被逗得扑哧一声笑了，跟那小帅哥打情骂俏地把菜点完，才把注意力重新放回到苏清容身上："亲爱的，你说你难得心动一次，真的打算就这么放过洪医生了？要是我，只要喜欢，我就去追！这辈子就活个不害怕、不后悔！"

吴文静眼看着苏清容刚好点，Jenny 却又开始煽动她的春心，连忙表示反对："我不同意啊！人家容儿现在的首要任务是养好身体。爱情这东西是把双刃剑，弄不好可是会受伤的。要我说，她理智点挺好的！"

Jenny 反驳道："能理智的那就不叫爱了！明明那么心动，却因为担心自己身体不够健康，就连试都不能试了？活到咱们这岁数，谁还没点病啊！你家模范老公不也是查出胆结石，得马上挨一刀吗？现在医学这么发达，哪里不好，切掉就没事啦！别说咱们容儿吉人自有天相，肯定长命百岁了，就算她是个病人，难道病人就没有爱的权利了？"

吴文静对自己的观点毫不动摇："亲爱的，我觉得爱并不只是激情和占有，爱有时候还是成全。两个人能成为天长地久的伴侣需要彼此照顾，不断完善，共同成长！难道喜欢一个人就去撩？不计后果、不想未来？我看那样容易伤人伤己，未必是件好事！"

Jenny 也还是坚持己见："亲爱的，不是每个人恋爱都是为了结婚。不求天长地久，只求曾经拥有！真爱就是不计后果的！"

"是！你已经活到这个境界了，对你来说，爱的体验大过天！但是我们这些凡夫俗子想要的还是执子之手，与子偕老的爱情。就比如说，你刚才调戏人家小帅哥吧！你调戏完了挺高兴走了，万一人家对你动心了呢？所以我觉得，越是真爱，就越应该多为对方考虑。确实深爱，就越不忍心自私！有些情况下，真爱就是要委屈自己，成全对方！"吴文静认真地说。

"是的！真爱有时还是放手……"苏清容若有所思地点了点头，"如果我相信，我是有可能让他幸福的，我可以爱得不计后果。我愿意竭尽全力去爱他，也愿意做到竭尽全力以后的不强求。但是现在，我自己都过不了自己这关！我真没那个自信，也没那个底气。"

吴文静拍了下苏清容的手，表示完全理解地说了声"我懂"。Jenny也有点感动地说："现在我比任何时候都相信，你是真的很爱洪医生。"苏清容怕自己的眼泪会流出来，于是拿起筷子招呼大家吃饭："好了，不提这些了！来，咱们今天就高高兴兴地吃火锅，谁都不许再提男人了！唯美女和美食不可辜负也！"

对这几个好朋友而言，坦诚地表达一切相同的或不同的意见，其实都只有一个共同的出发点：真心为了朋友好！面对生活，她们每个人都有自己独立思考的能力，同时也具备倾听和理解的能力。彼此理解而不盲从，互相尊重而不做作。

临走时，Jenny想起苏清容马上该复查了，怕她会有心理负担，便主动要求陪她一起去。而苏清容知道Jenny合伙的spa会所最近在开分店，生意上有很多事都得亲自把关，她实在不想占用Jenny过多的时间，便故作轻松地说："没事，我自己去就行。术后三个月就是去做个CT和血常规，检查报告当时也出不来，还得回家等结果。"

Jenny看苏清容的心理状态还不错，也就不坚持了："行！那到时候有了结果，记得给我们报个平安！相信我，你的劫已经渡完了，以后一定会越来越好的！"

其实对于一个切除过恶性肿瘤的人来说，担心复发的恐惧会如影随形，甚至伴随一生。那种恐惧感和无力感在每次复查时便会汹涌来袭，就像是等待一场判决，赢了是生，输了是死……

复查的这天早上，苏清容反复想着洪医生鼓励自己的话："别害怕，要对我有信心，对自己有信心……"她努力把心里滋生出来的可怕念头统统屏蔽掉，强迫自己要勇敢、要乐观！

然而……当她重新走进医院的时候，她发现没有洪医生的医院竟是如此冰冷可怕！这个曾经带给她至暗时刻，也带给过她心动和温暖的地方，此刻却显得如此陌生，完全找不到一丁点儿记忆中的温度！是洪医生的存在让这地方有了温度，而没有洪医生的医院却只剩下冷漠的白墙和消毒酒精的味道。

苏清容在放射科外面的候诊区找了个座位坐下来，等着护士叫自己的名字。候诊室里有不少病人在候诊，为了缓解紧张的心情，苏清容拿出手机开始刷新闻。刷着刷着，她突然感觉身后仿佛有一束光照了过来。一束温暖的光！

她回头望去，看到有四五位年轻的医生簇拥着洪医生，朝放射科这边走过来。没错，走在正中间的那个人就是她心心念念的洪医生！他身上带着光，跟记忆中的样子一模一样！

洪医生手里拿着一个ipad，好像在给周围的年轻医生讲解着什么。说来也怪，当他抬起头的那一刻，他的目光穿过偌大的候诊区，跳过了那么多候诊的病人，偏偏就毫无偏差地落在了苏清容的身上。那一刻，他们四目相对，彼此的眼睛里都闪烁着某种意味深长的光。

当他停下脚步望着她时，他身边的那些年轻医生也跟着停下来等他。他的眼神从惊喜变得有点无奈，仿佛想要过来跟她说话，又实在脱不开身。洪医生指了指走廊的另一方向，又指了一下她，想表达的意思是：我得先去忙一下，你在这等我回来。然而仅仅几秒的眼神交流，如此含糊的肢体语言，他也不确定苏清容能不能看懂自己的意思。

苏清容看得出洪医生很忙，明显脱不开身。能这样远远地看他一眼，苏清容已经觉得特别幸运和开心了。她本来想跟他挥手告别，却明明从他的目光里读到了惊喜和关心！不知为何，她觉得他离开时的眼神仿佛在对自己说："等我回来！"于是，她开心地望着他的眼睛，微笑着冲他点了点头。

苏清容眼神里的快乐是那么明显，洪医生又怎会感觉不到！他分不清她的快乐是因为见到了自己的医生，还是因为见到了自己喜欢的人；他只知道她见到自己时，笑得竟然那样高兴！他好喜欢看到她阳光灿烂的笑容！

洪医生带着那几位年轻的医生，消失在了走廊的尽头。然而他出现的这短短几秒，却足以点亮她的心情。苏清容顿时觉得医院没有那么冰冷，自己也没有那么害怕了。轮到她进去做 CT 扫描时，她躺在巨大的 CT 机里闭上双眼，脑海里反复温习着洪医生出现时的画面。

那几秒钟的画面足以帮她抵御造影剂流入血管时的灼热，她幻想着自己躺在热带小岛温暖的沙滩上，而洪医生就坐在她身旁的椰子树下，他捧着她爱喝的冰镇西瓜汁，用温柔的眼神望着她。此时，他的眼里没有别人，只有她！

从 CT 室出来以后，苏清容又回到候诊区的那个座位上。也不知道是哪里来的自信，反正她就是坚信洪医生还会回来看她！她满怀期盼地坐了二十多分种，眼睛一直盯着走廊的尽头，执着地等待他的出现。

当她终于看到洪医生朝自己走来的那一刻，她竟感到前所未有的幸福！她可以清楚地感觉到自己的心跳加速，一阵快乐的电流迅速充斥着全身，激活了身体上的每一个细胞。她痴痴地望着他说："洪医生，你好吗？"

"我还是老样子，看到你很高兴！刚才走不开，你等了很久吧？"洪医生一脸抱歉地说。

苏清容使劲摇了摇头，甜甜地说："一点也不久！我知道你忙，你能来看我，我就已经非常非常开心啦！"

洪医生示意她坐下，自己也在她旁边的座位上坐了下来。他发现眼前的这个姑娘跟记忆中的有点不一样。她今天穿着一件驼粉色长款针织毛衣，下面是一条纯白的百褶裙。一头光泽柔顺的深褐色长发，微微带着柔美的弧度，随意披散在肩头。她的皮肤光洁，眼神干净，唇上点了少许桃红色的唇彩。整个人看上去明媚娴静，温柔可爱。

看到自己的病人能恢复到这么好的状态，洪医生感到欣慰和高兴。他望着她那双充满喜悦的眼睛，微笑着说："怎么？看到我这么开心？你应该盼着再也不用见我才对！"

苏清容笑了："不想因为检查结果有问题见到你，是真的！但是能这样看到你，我觉得比中了彩票还高兴呢！"

"哈哈！那你指的肯定是那种只中十元的小奖吧。"洪医生也开心地笑了。

"你怎么可能只值十元呢！再也不许这样贬低你自己了啊！在我心

里，你的价值可远远不止十元，至少也得值……二十元吧！"苏清容笑得眼睛眯成了一条缝。

"那我太荣幸了！没想到我在你的眼里这么贵！"洪医生也开心地笑了，他觉得眼前这个姑娘还真是可爱又有趣。他多么希望自己已经治好了她的病，她可以永远这么乐观快乐地生活下去！远离医院，远离病痛，远离苦难！

"怎么样，伤口愈合得还不错吧？趁着我这个只值二十元的医生在，要是对缝合不满意，要抓紧机会投诉哟！"

"趁着我的二十元医生在，我得赶紧表扬一下！伤疤特别小，缝得特别好！我给你五星好评！"

"哈哈，谢谢您对我的服务给出满意的评价！"

苏清容可以这样面对面地跟洪医生聊天，那种舒服和快乐简直无法用言语形容。跟喜欢的人在一起，连呼吸都是甜的！她那颗真挚和纯粹的心，尽情享受着爱情醉人的味道，忘记了外界的所有烦扰。

"你身体感觉怎么样？睡眠怎么样？恢复日常工作了吗？工作会不会太辛苦？有没有注意多喝水？"洪医生每一句关心的话语，都是注进她心里的暖流，给了她无尽的力量。

然而快乐的时光总是显得特别短暂，洪医生的手机嘟嘟响起，提醒他又该去忙了。

他仿佛还想再多嘱咐苏清容两句，却又不得不起身离开。临走前，他深深地望着她的眼睛，留下了一句："保持乐观，活在当下，尽情享受生活！"苏清容看到洪医生眼中那条深邃的银河，隐约闪过一颗孤独的流星！"活得尽情尽兴，生命不留遗憾"仿佛也是那颗流星的夙愿，但它好怕在陨落前都无法到达那片自由美好的天空。

也许，不能按自己喜欢的方式尽兴地活着，是每个成年人都要面对的隐痛。我们都向往心中那个自由温暖的地方，可以挣脱责任的桎梏，遵从内心，坦诚相对，为爱而爱。

然而孤独却是大多数人的常态。真正懂得彼此、心疼彼此，能用灵魂陪伴彼此的伴侣，实在少之又少！也正因如此，我们才格外渴望那样的相遇，格外珍惜那样的缘分。

而缘分到底是什么，苏清容并不知道。中文里的姻缘，指的是那种可以白头偕老的缘分。英文中的 soulmate，则是命中注定的灵魂伴侣。到底需要多少机缘巧合，陌生的两个人才得以相遇；又到底需要多少默契和相洽，相遇的两个人才能一眼就认出真爱！

不管缘是量子纠缠、遵循吸引力法则，还是凡人参不透的玄机，苏清容就是倔强地认定，洪医生就是她的今世情缘！为何缘分如此难求，如此玄妙，又如此弄人？

就像曹雪芹写下的千古绝唱："若说没奇缘，今生偏又遇着他；若说有奇缘，如何心事终虚化？"苏清容不明白那命中注定的阆苑仙葩和美玉无瑕，怎么就偏偏沦为了水中月和镜中花。但她宁愿相信，如果曹雪芹可以写完《红楼梦》，他定会让那天造地设的缘分在兜兜转转后柳暗花明，最终修成花好月圆！

第十三章　第九十九天的礼物

　　苏清容那晚给女儿读了一个童话故事，故事的结尾是这样写的："于是，王子每天都会来到他们相遇的湖边，等待仙鹤姑娘再次出现。就这样风雨无阻，等了整整九十九天！在第九十九天，他绝望地祈求上天能给他一点暗示，让他可以找到一个继续等下去的理由。但是湖面像死了一样平静，周围安静得连虫鸣声都听不到，时间就这样无情地流逝着。他终于明白，仙鹤姑娘再也不会出现在他的生命里了。他只能把她深深地藏在心里，默默离开，永失所爱！"

　　苏阳好奇地问妈妈："为什么王子偏偏等了九十九天？为什么不是九十八天，也不是一百天？"苏清容这才发觉，的确有好多故事都喜欢把九十九天作为一份执着的有效期限。她亲了一下女儿的小脸，笑着说："也许……九十九天能恰到好处地显出足够的诚意，而一百天又未免显得有点过于痴迷和固执了。你觉得呢？"

　　女儿想了想说："我觉得如果真能等到仙鹤姑娘，等多少天都是值得的！但问题是，王子并不知道仙鹤姑娘还会不会出现。如果在第九十九天，他真能得到上天的暗示，他就不会失去希望，他也不会轻易放弃！"

　　"有道理！不过你真的该睡觉了！明天周末，妈妈带你出去玩。"苏清容亲了亲女儿可爱的小脸，关上了床头的小灯。她想着女儿的话，暗自感叹：九十九是个多么玄妙的数字啊！少一天则诚意欠佳，多一天则过于痴迷！想来明天就是自己出院的第九十九天了，如果得不到上天的暗示，自己是不是也该放下执念了？可心里的那扇门，有时根本不受大脑的控制，并不是想关就能关上的……

星期六的早上，睡到自然醒的苏清容慵懒地拉开了卧室的窗帘。天空碧蓝如洗，阳光温暖明媚，花草树木被一夜的大雨冲刷得干净清澈，整个世界仿佛透明的一般，一尘不染！看着窗外这个色彩分明的世界，人的心思也跟着清明了起来。

离开医院整整九十九天了，苏清容可以感到身体的伤口已经完全愈合，如果这次复查结果正常，她就可以暂时忘掉癌症，像一个正常人一样轻松地生活了。可是……连身体的伤口都已愈合，心里的惦念为什么却还是有增无减呢？

苏清容和苏阳晨跑回来，看到信箱里躺着一个大大的信封，上面印着圣保罗医院的标志。苏清容没想到复查报告这么快就好了，连忙深吸一口气，紧张地拆开信封。复查报告清楚地显示：血项正常、肾功能和血肌酐良好、CT 扫描未见异常。后续建议半年复查一次，坚持两年。

苏清容握着那封信站在阳光里，真诚地感激命运能留给她更多的时间！对于早癌病人来说，术后的第一次复查意义重大，一直悬着的心终于可以暂时放下了！她如释重负地把女儿紧紧搂在怀里，眼含泪光地对女儿说："妈妈要活到很老很老，一直陪你长大好不好？"苏阳使劲地点了点头，也把妈妈搂得很紧、很紧！

复查结果无疑给苏清容带来了好心情，她决定带女儿去市中心的QVB 购物中心挑几件新衣服！这座被命名为"维多利亚女王大楼"的 19世纪罗马复兴式建筑，上百年间几经修缮，最终成为悉尼闹市区的地标性购物中心。对于钟爱建筑设计的苏清容来说，这种可以沿用至今的古典建筑对她有着独特的魅力！置身于这座历史悠久的琼楼玉宇中，她既可以体会到一种穿越时空的美，又可以尽情享受购物的乐趣。

这座购物中心总共四层，大约有两百多家店铺。她俩有说有笑的一层一层往上逛，不知不觉手里已经大包小包买了不少。逛到大楼的顶层，午后的阳光透过雕花玻璃的拱形穹顶，把苏清容的身上照得暖洋洋的。她连打了几个哈欠，身上也觉得有点乏了，便带着苏阳搭乘古董电梯，准备到地下一层的星巴克喝杯咖啡。

如今的澳大利亚已经很难找到这种 19 世纪的半自动古董电梯了。每当彩色雕花玻璃的电梯门缓缓关上的时候，苏阳就把自己幻想成哈利·波特，仿佛这台古老的电梯会把她带到神奇的魔法学校！她特别喜欢在这个狭小到只能容下两个人的电梯里，振振有词地说着魔法咒语，然后咧着嘴对妈妈傻笑。

坐下来喝咖啡的时候，苏清容的位子正对着对面的一间花店。这是一家经营多年的老牌花店，摆满了精心搭配的各色花束，一律淡雅不艳俗，体现了店主独到的品位。有的人路过会随手挑上一束，也有人会亲手搭配送给爱人，还有的人会认真地写好卡片，托店主把心仪的花送到指定的地址。不管他们是因为什么走进花店，出来时都会莞尔一笑；仿佛买的不是花，而是一份小美好。

苏清容又想起了前几日看到洪医生时的情景，他笑起来那么好看，可以让苏清容的心里开出一朵朵鲜花！虽然她已无数次地提醒自己，以目前的情况，不打扰才是爱他的最好方式。但她真的好想选一束最美的花送给洪医生，就算是一个正式的感谢，或者是告别的祝福吧！

走进店里，苏清容的目光落在了一束巨大的白绿色系的花束上。那束花搭配得极好，白色的洋甘菊、茉莉花和芦苇剑兰，搭配上绿色的雪柳叶和尤加利叶，美得含蓄温恭，低调自然，格调高雅而又不露锋芒。这束花配极了她心目中的洪医生。她小心地捧起那束花问道："请问可以帮我把这束花送到圣保罗医院吗？"

店主热情地接过来答道："当然可以，今天下午就可以送到！请问是送给病人还是医生？你需要一张卡片写上寄语吗？"

苏清容微笑着点点头说："嗯！请给我一张小小的卡片，我要送给救治过我的医生。"

店主给苏清容选了一张镶绿边纯白色卡片，又递给她一个填写收件人地址的表格。苏清容只是想象着洪医生收到花时的笑容，就有一种说不出的快乐！她很得意自己能找到这么一个合情合理的理由，为她心爱的人做点什么，也能为自己的长相思找一个出口。

然而"相思"不能写给他看，而"感谢"二字又着实显得过于单薄！苏清容心中有千言万语，却不知该如何落笔，说多了恐有逾矩之嫌，说少了又难尽感恩之意。她想了好一会儿，才提笔认真写下了这样几行小字：

亲爱的洪医生：

对你而言，帮病人渡过难关，也许只是你的工作日常。

但对我而言，人生中的至暗时刻，是你帮我度过的。

这份恩情永生难忘，衷心祝你健康和幸福！

已经默默惦念一个人整整九十九天了，就让这束花带去感激和告别的祝福吧！从花店走出来，QVB的百年老钟又敲响了整点报时的钟声，苏清容抬头仰望，对时间无比敬畏……

时间是个好东西，帮我们在漫长的岁月中甄选出真挚的、重要的、值得的。虽然现在是不能拥有洪医生的时间，但只要继续生活在彼此平行的时间线里，未来就还有可能产生交集。苏清容多么希望命运能恩赐给她一点指引，让她可以更有信心地在追求幸福的路上走下去！

在开车回家的路上，车载蓝牙显示有个陌生号码的来电，苏清容接通了电话。

"您好，请问是苏女士吗？我这是圣保罗医院的服务台。"

"是我，请问您有什么事吗？"

"我们的记录显示，大约三个月前您留下过认领摄影作品的意愿，请问您还记得吗？"

"当然记得！当时服务台答应帮我联系捐赠人，然后就一直没有消息了。"

"那我有个好消息要告诉您！之前没有联系您是因为我们系统里找不到这位捐赠者的姓名和联系方式。但是最近我们在统一更新会客室里的画作，既然这幅画找不到主人，我们很乐意把它转送给您。"

"真的吗？我简直不敢相信自己的耳朵。太感谢您了！我现在就过来取可以吗？"

"当然可以！您直接到服务台来取就可以了。"

苏清容激动地掉转了车头，直接奔向圣保罗医院！她如愿以偿地看到了那幅让她心动已久的《银河》。许久未见，它依然有一种神奇的魔力，可以让她的心瞬间沉静下来。看到它就像是看到了洪医生的眼睛，苏清容感到自己被包裹在洪医生温柔的目光里，身上不由自主地暖了起来。

为什么偏偏在第九十九天收到这样意外的惊喜？难道是上天被她

的诚意打动，奖励她这件礼物予以慰藉？或者是那幅画冥冥中听到了她的召唤，愿意让她成为它的主人？又或者是宇宙银河间真的存在量子纠缠，感受到了她对他强烈的情感？不管怎样，她发自内心地感谢这幅画的主人，让它刚好出现在那个时间和地点，与她产生了某种说不清道不明的缘分。

回到家，苏清容爱不释手地擦拭着相框，准备把它挂在床对面的墙上。她要让它日日看着自己醒来，夜夜陪伴自己好眠！当灰尘被擦拭干净，她才发现相框的玻璃上有几个小小的裂痕。苏清容突然想起，储藏室里还备有用来展示设计图的全新相框，正好就有这个尺寸，拿来换上便是！

苏清容小心翼翼地从旧像框里取出照片，正准备把它换进新相框，却在照片的背面发现了一行小字"Sterrennacht by SleeplessRobot"。她想起原来选修抽象艺术时，梵高的那幅《星夜》英文叫Starry night，而在荷兰语中的原名就是De sterrennacht！如果"星夜"是这幅作品的名字，那么这个SleeplessRobot一定就是摄影师的名字啦！

苏清容来到电脑前，她想试试能不能在网上找到这位"不睡觉的机器人"！当她在网上输入相关词条后，搜索引擎果然帮她找到了一个摄影爱好者的网站，里面有一个叫SleeplessRobot的用户名。苏清容试着在这个网站里搜索这个ID发布过的帖子，惊喜地发现了上百条评论和几十幅照片！

她充满好奇地浏览着他的作品，阅读着他那些简短有趣的摄影评论，猜想着这个SleeplessRobot到底是个什么样的人！从他的照片里，她可以感受到一种孤独却又充满力量的美，一种深沉却又饱含感情的温度。

除了用高倍望远镜拍摄的月亮、星空和银河，他还分享过很多关于光的照片。光穿过树叶，光普照麦田，光从缝隙中照进黑暗的房间……她可以感受到摄影师的镜头是执着和孤傲的，那些光仿佛是在绝望中寻找希望，在黑暗中呼唤黎明！那些作品无一例外带着孤独的气场，却又蕴含着美好的希望！

苏清容试着在那幅银河的照片下面点赞，却发现得先注册才能留言。正想着给自己起个什么网名好，苏阳笑嘻嘻地捧着一杯奶茶走了进来："妈妈，我帮你冲了杯奶茶！你在看什么啊？"

"好，就奶茶吧！"苏清容一边输入 Milkytea 的网名，一边对苏阳说："你看，我在网上找到了这张照片的摄影师。等我注册好，就可以给他留言了！我想告诉他我有多么喜欢他的照片！"

苏阳凑过来看了看说："好有趣的名字！他不会真是个每天晚上不睡觉，捧着望远镜拍星星的机器人吧？"

"管他是人还是机器呢，反正我要先谢谢他再说！"苏清容开心地笑了。注册成功后她才发现，这个网站的注册用户不仅可以公开在彼此的作品下面留言，还可以给其他用户发私信。她连忙点开了 SleeplessRobot 的对话框，有点兴奋地写下了一条留言：

"很喜欢你的《星夜》！刚刚认真看了你所有照片，我在里面看到了孤独、希望和爱！我不知道你是一个什么样的人，但是我真的很想谢谢你。谢谢你用镜头捕捉到的世界，跟我的世界产生了共鸣！谢谢你的星夜美得像我爱人的眼睛！请容许我真诚地祝福你，从此少些孤独，保持希望,多些爱!"

那晚,苏清容躺在自己舒服的大床上,调暗灯光,望着对面墙上那幅深邃静谧的《星夜》。它简直就像是洪医生眼眸的投影,带给她温暖的安全感,还有些许的浪漫和诗意。当夜深人静、孤枕难眠的时候,它永远都在那里照拂着她,守护着她,陪她入眠……

就这样,在思念洪医生的第九十九天,苏清容不仅收到了身体无恙的喜讯,还收到了一份抚慰心灵的礼物。人生就是这样,也许上一秒还是困顿与绝望,下一秒就能峰回路转,充满希望!

这个世界对你到底算好算坏,其实全在你的主观感知里。你有一颗感恩和宽容的心,你看这世界就是美好的。虽然经历了生活的苦、身体的痛和爱而不得的无奈,苏清容依然发自内心地感激生活的美好!她相信,每一个经历都是一次成长,没有这些经历,就没有今天的苏清容!

周日的早上,苏清容可以舒舒服服地睡到自然醒。当她睁开惺忪的双眼,直接映入眼帘的,就是对面墙上的那幅画。它恰似洪医生的眼睛,仿佛在温柔地对她道早安。不知为何,苏清容就是觉得它和洪医生的眼睛有着某种关系,它们都散发着同样的光。

这让她想到了SleeplessRobot!昨晚直到睡前都没有他的回复,也不知道他能不能看到她的留言。苏清容赶紧打开手机,惊喜地发现屏幕上跳出一条来自SleeplessRobot的未读信息。她已经太久没有跟陌生的网友聊过天了,不禁有点兴奋地打开了对话框。

"谢谢你喜欢我的照片。你说在我的照片里可以看到孤独,又说我的照片让你想到爱人的眼睛。我猜:你爱的那个人,应该也是孤独的吧。

"你那么爱他,但他的眼里却依然孤独,我猜:要么他不爱你,要么他根本不知道你爱他！

"如你所思，我的确是个孤独的人，所以你的祝福我会用得上。谢谢！"

虽然素未谋面，但通过他的作品和留言，苏清容可以感觉出SleeplessRobot是一个善良真诚的人。她本来就有满腹心事无处诉说，网络那端的陌生人又正好说到了她的心坎里，她便产生了对之倾诉的欲望。有些心事的确需要一个出口，但又不适合说给熟人听，能和一个听得懂的陌生人聊聊岂不是更好！说到底，人活在这个世界上还是需要交流和理解的，哪怕只是跟一个网络那端的 ID。

"听你这么一说我才意识到，虽然他总是微笑着，但我的确能从他的眼里看到孤独的影子。你猜得对，爱他这件事，只有我自己知道。我有我的不得已，我必须把我的爱藏起来。你知道这种感觉吗？明明有很多爱想要给，明明还对生活充满激情，却不得不选择认命······ 对了！能问问你为什么叫 SleeplessRobot 吗？有点好奇你到底是个什么样的人。"

Milkytea 的这条信息发出后许久，还一直显示为未读。她这才注意到，对方的上一条信息是在凌晨三点发出的。苏清容越来越好奇对方到底是个什么样的人，心想着："也许这家伙还真是个不用睡觉的机器人！"

读完 SleeplessRobot 的那条信息，再重新端详着那幅《星夜》，苏清容更加清晰地拼凑起洪医生眼中隐藏的、星星点点的孤独······ 那样一个笑容满面、事业有成的外科医生，为什么眼中却带着孤独的神伤呢？她宁愿自己的直觉是错的，而他是幸福的，被爱围绕的。

苏清容多想知道关于洪医生的一切！每当思念涌上心头，她就忍不住会想：

他有没有被温柔以待？

他累不累？

他快乐吗？

对苏清容来说，洪医生是唯一一个让她甘愿放下矜持、打破规则、奋不顾身的人！跟他在一起的每分钟对她来说都是上天的恩泽。即使前路未卜，也甘之若饴；即使稍纵即逝，也在所不惜！

可是命运却偏偏如此弄人，终于让她遇到了他，却又不许她去爱他！即使有再多的勇气想要拥抱，也必须封存起所有的勇气；即使有再多的爱想要去给，也必须收起所有的温柔。

因为比起拥抱他，她更希望他能拥抱幸福！

第十四章　不睡觉的机器人

James Hung 今年四十五岁, 中文名: 洪正思, 出生于澳大利亚的一个华人家庭。作为一名泌尿外科的专家级医生, 他不仅拥有精湛的医术, 还有一颗仁爱的心。医生这个职业对他来说, 并不是一份谋生的工作, 而是一种理想和信念。

干了二十多年的外科医生, 洪医生早已习惯每天工作十几个小时, 在救治患者这个义不容辞的责任面前, 他总是自然而然地忽略了自己的疲劳。又是一个繁忙无休的周六, 几台急诊手术下来, 他只有十分钟的吃饭时间, 马上又要准备下一台复杂的大手术了。

身为一名外科医生, 洪医生不畏高强度的工作, 也无惧高难度的手术。他遇到过无数通过手术和医治得以痊愈的病人, 也遇到过很多以目前的医学技术还无法救治的病患, 然而最让他感到难以面对的, 还是那些预后差异较大, 手术利弊难以预估, 没有绝对最佳治疗方案的病例。

医学虽然是一门科学, 但有时也需要点运气! 每个患者的身体素质都是独一无二的, 同样的治疗方案用在不同的个体上, 可能就是生与死两个截然不同的结果。每当病人遇到两难的选择, 洪医生的心里就像压着重重的石头! 他总是要求自己要给到病人足够的关怀、耐心和安慰, 让他们可以有足够的时间权衡利弊, 做出最适合自己的选择。

今天这位患者是一位七十二岁的老妇人, 身体素质比较虚弱, 同时还患有不少慢性病。她的肾癌已经属于中晚期，出现了大面积扩散和转移，患者和家属在到底要不要手术这个问题上一直非常矛盾。洪医生也曾多次与病人和家属沟通手术和保守治疗的利弊，反复强调：虽然手术可以有效缓解血尿、占位、疼痛等问题，但它只能暂时延长老人的生命，且预后效果很大程度上依赖于老人的身体恢复能力。

看到老人的名字排在今天下午的手术名单里，洪医生立刻想起了老人迷茫的眼睛和犹豫不决的眼神。虽然只有不到十分钟的休息时间，他还是赶去老人的床前，想要多给她一些关心和安慰。他觉得有必要对她选择手术治疗的决定做一个最后的确认。

老人亲口告诉洪医生，其实她已经没有多少求生欲了。对她来说，她更希望坦然地面对死神，相对舒服地死去。然而她的儿女还不能接受她的离开，他们每天都在祈求妈妈可以多陪陪他们！

老人最后泪眼婆娑地说：“我其实是个胆小的人，真的不想再折腾了！但是为了孩子们，我愿意再勇敢一次，我真的不舍得看他们失望！就让我再试一次吧，看看老天爷还愿不愿意再多赏我一点时间，让我多陪陪我的孩子们！”

洪医生紧紧握着老人的手，望着她那双明明充满恐惧但还在故作坚强的眼睛，忍不住又想到了自己的妈妈！他眼里泛着泪光，心疼地说：“我也一定会尽我的全力，为您做好这台手术！”

老人轻轻地摇了摇头：“请你千万不要有心理负担。我一把老骨头了，这辈子也过得值了！你只负责做你的手术，上帝会决定我还能活多久。记住，你是医生，不是神。如果这次我斗不过命运，那也绝不是你的错。不管结果如何，我都会感激你。是你给了我机会，让我可以跟命运再争取一次。”

虽然洪医生已经无数次目睹患者做出这样的艰难决定，但每一次他还是会湿了眼眶。虽然在生命的尽头每个人都有着相似的结局，但他们却有着各自不同的人生、不同的故事、不同的牵挂和不同的取舍！

很多时候，他深知病人的无奈，但又必须遵重病人和病人家属的决定。很多时候，他拼尽全力想把病人从死神的手里拉回来，却不得不承认医学的局限。很多时候，他也期盼会有奇迹发生，却又不得不面对现实的残酷、生命的脆弱。

那晚，洪医生做完手术走出医院大楼的时候，天已经黑了，迎面扑来一阵凛冽的寒风。从早上八点忙到晚上十一点，他不知不觉已经工作了整整十五个小时，然而他并不觉得累，只是有一种心里被掏空的感觉。生生死死见过那么多了，每次面对绝症病人，却依然逃不过这种揪心的难过！

驱车驶过空荡荡的市区，十一点的街头已经看不到几个人影，只有街角那间酒吧门口，还有狂欢的人们在举杯畅饮，开怀大笑。洪医生发觉自己已经很久没有开怀大笑过了。那样的快乐轻松对他来说恍如隔世，他几乎已经想不起快乐是什么滋味了。

回到家，冲完热水澡，洪医生才感觉到身体真的有些累了。他给自己煮了一碗泡面，随手打上一个鸡蛋，又撒了一把免洗沙拉。这就是他忙碌完一天，在午夜十二点才能吃上的简单晚餐！借着吃面的十分钟时间，他坐在电视机前回放了晚间新闻，然后拿着杯淡淡的红茶来到书房。

工作邮箱里还有不少等着他处理的化验结果、检查报告和病例分析。助理帮他整理的手术安排、病人处方和会议邀请也在等着他确认，处理完这些邮件和日程，时间已经差不多凌晨一点了，可是洪医生还是感觉不到困。

夜已深，身边的世界如此安静，仿佛只有他一个人还是醒着的。他望着窗外的夜空，看着天上的繁星，又想起了死去的妈妈。虽然妈妈已经离开了那么久，那些童年的记忆、妈妈温暖的笑容和她离世前不舍的眼神，还是那么清晰，历历在目！这世上真正无条件爱过他的人，只有他的妈妈。那种不掺杂其他，只是因为爱你而爱你的感情，从此他再也没能体会过。

洪医生想起自己的小时候，父母都是第一代移民，都是努力奋斗在社会底层的普通人。从他开始记事起，家里就换过好几次住处，父母也换过很多份工作。爸爸在餐馆帮过厨，妈妈在后厨打过杂。最艰难的时候，爸爸要打好几份工，妈妈一天要洗上千个盘子。

他记得小时候自己放学后就会去妈妈打工的餐馆等她收工。有时候，他会在餐馆后面的仓库里写作业，或者搬个小板凳坐在妈妈的身后给她读课文。妈妈的英文并不太好，等他读到小学六年级，妈妈就已经听不出他的课文读得到底好不好了。

洪医生清楚地记得，从初一开始，他就没再给妈妈读过课文，因为他放学后就要帮家里干活了。那一年他的父母拿出省吃俭用攒下的所有积蓄，买下了一间很小的店面，开了一个只能摆下几张桌子的中餐小馆。别的孩子放学后可以去打球或者疯玩，而小 James 每天放学都会在店里帮忙，忙到晚上九点关门打烊才能休息。

他们的家就在小店的背后，穿过一个用来堆放杂物的小院，有一个破旧的两房小屋。房子的厅小到只能摆下一张桌子，左右是一大一小两个房间，还有一个带淋浴的卫生间。如今想起来，那时的家实在是太简陋了。但是对于当时的洪家来说，那却是第一个属于自己的屋檐，一个属于自己的小家！只要生意还过得去，他们至少再也不用频繁地搬家，也再也不用担心房东的脸色了。

在洪家拥有了自己的小店和小家以后，James 也在他十三岁生日那年收到了他人生中的第一件生日礼物。以往的生日不要说礼物，连生日蛋糕都很少能吃到。爸爸根本懒得给他庆祝生日，只有妈妈每年都会给他做上一碗长寿面，还会在面里加上一个大大的鸡腿。

他永远忘不了十三岁生日那天，放学回家一进门就看到妈妈笑眯眯地等在门口！她一看到儿子就一脸神秘地说："James，快去院里看看！有惊喜！"James 的生活中实在太缺乏惊喜了，他扔下书包，飞奔到后院，恨不得用最快的速度体验到惊喜到底是个什么感觉！

院子的角落里趴着一只咖啡色的小狗！虽然不是什么名贵的品种，只是一只普通的小土狗，但在小 James 的眼中它是全世界最可爱的小狗，也是他有生以来收到过最珍贵的礼物！他给它取名叫"咖啡"，把它当作自己最亲的朋友，从此同吃同睡，形影不离！

那只小狗陪了洪医生整整十二年，直到他二十五岁从医学院毕业，咖啡才离开。在洪医生的回忆里，他开心的时候，咖啡会不停地摇着尾巴陪他高兴；在他伤心时，咖啡会静静地趴在他的身边陪他难过。每当爸爸对妈妈大喊大叫，甚至大打出手的时候，小 James 就会抱着咖啡一声不响地蜷在床上，祈祷这一切能快点结束！而咖啡也会不停地蹭着主人的小脸，仿佛在说："有我陪你，不要害怕！"

咖啡就那样守护着他的主人整整十二年，在最后几年它又老又弱，几次生病都挺过来了。直到看着它的主人成了一名正式医生，它好像才放下心来，平静安详地离开了这个世界。咖啡的照片至今还摆在洪医生的办公桌上，它是他生命中最重要的朋友，它永远都活在洪医生的心里。

James 开始发奋图强读书，大约是从中学的第三年开始的！因为从那一年起，他的家里开始频繁爆发争吵，而他爸爸也开始越来越频繁地打他的妈妈！记得有一次，妈妈被爸爸推倒在地，额头撞在了桌角上，鲜血直流，是 James 带妈妈去医院做的包扎。回家的路上，他哭着问妈妈为什么不离开爸爸，他清楚地记得妈妈是这样说的："傻孩子，离开你爸，我一个人怎么把你养大？为了你，妈妈什么都愿意忍，只要你能健健康康地长大！"从那天起，小 James 就下定决心要快点长大！他要早点赚钱，早点保护妈妈，早点带妈妈逃离那个家！

对大多数那个年纪的孩子来说，学习只不过是为了应付家长，学得差不多就行了。可对 James 来说，学习却是改变命运的唯一途径，为了日后能给妈妈好的生活，他必须让自己做到最好！生活的不易，让他过早地拥有了一个男人的担当和成熟，也成就了他坚毅的性格。

有了这个目标，任何辛苦和障碍都阻碍不了 James 向上的决心，他只用了两年的时间就做到了全年级第一。高中三年，他不仅保持优异的成绩，还坚持每天到店里帮忙。遇到假期，他还会去超市再打一份工，或者给低年级的学生当家教。别人的十七岁都是让父母给自己买这买那，而他的十七岁已经能用自己赚的钱买下一辆二手车，然后开着它帮家里送外卖了！

父亲不爽时依然会打妈妈，但是有了儿子的保护，他的拳头变得越来越难以得逞了。也许是有点畏惧儿子的不满，又或者是人老实在打不动了，家里渐渐减少了争吵的频率，妈妈也不用再挨打了。James 本以为这样的平静可以坚持几年，等自己考上大学奖学金，再找到一份稳定的兼职工作，就可以让妈妈过上好日子了。没想到父亲却偏偏在他高考这年，对他的母亲做出了更加无情无义的事情！

那天他放学回到家，看到家里店门紧锁，门口挂着"今日歇业"。一种不祥的直觉告诉他：家里一定出事了！他用钥匙打开店门，看到满地都是摔碎的盘子，妈妈一个人蜷缩在房间的角落里，眼睛红红的，浑身都在发抖。

"爸爸又打你了？"James又气又急！

妈妈抬起头，用恍惚的眼神看着他，有气无力地说："儿子，你爸要赶我走，他要跟我离婚。"

James一把将妈妈搂在怀里，激动地说："离就离！你还有我，还有这个家！"

妈妈的身体害怕到发抖，泣不成声地说："他要你去跟那个女人一起生活。他要卖掉这里，买个新房子！他说你们会有新家，而我什么也没有了，只能滚蛋！"

James气得恨不得立刻找他父亲理论，但他必须先安慰好怀里无助的妈妈："妈妈，你还有我！他爱跟谁过就让他跟谁过去，反正我只跟你过！以后我来照顾你，你再也不用看他的脸色生活了！"

他看到妈妈的眼睛里好像燃起了一点希望的光，身体也抖得不那么厉害了，便把她扶到了椅子上，紧紧握着她的手说："别怕，这房子是你们俩辛辛苦苦挣下的，这里面也有你的一半，不是他一个人想卖就能卖的！我不会让他这么对你的，我已经长大了，我会保护你！"

于是对于十八岁那年的James来说，除了备考和打工，他还多了一件事：帮妈妈办离婚。现在回想起来，那一年发生了那么多事，他还能顺利考上医学院，也算是一个奇迹！本来在报志愿之前，他还一度在法学院和医学院之间举棋不定，正是因为经历了妈妈的离婚过程，他才坚定了法律不是他的志向，医学才是他的选择！

曾经的那个少年一直相信，法律会站在正义的一面，会给受害者一个公道。可经历完了母亲的离婚官司，他才明白法律只是道德的底线，那些无情的践踏和掠夺只要小心走在合法的界限内，就丝毫不会受到法律的惩戒。更糟糕的是，很多时候，法律不仅不能保护善良无辜的一方，反而还能成为坏人利用的工具！

跟父亲聘请的离婚律师打完交道，James才知道父亲把这套房产购置在了他自己的生意名下，而生意的业主登记上只有他一个人的名字！他还让母亲糊里糊涂签了一份租住协议和一份无权拥有父亲生意下任何财产的声明！这些年父亲每次报税都把母亲列为员工，并在账面上按月发给她工资，这样既可以帮他的生意合理避税，又可以证明他们之间是雇用和租住的关系，而非共同业主和共同供房的关系。

James在十八岁就过早地见识了人心能有多冷，而那个人还偏偏就是自己精于算计的父亲。不要说母子俩几乎没有存款，即使他们有那个人力和物力，等得了漫长的诉讼，官司打赢的几率也微乎其微。无力支付高额律师费的James，最终只好通过法律援助，帮母亲争取到了少得可怜的补偿金。而且因为James年满十八岁，父亲连赡养费都无须支付，直接可以拿钱走人。

那六年间，悉尼的房价正好经历了疯狂的上涨，再加上周边兴建了大量配套设施，当初那座破旧不堪的小房子那时已经价值翻倍！一旦出售，父亲不仅可以还清银行的贷款，还能留下至少七十万的房款余额。不知道他什么时候认识了一个年轻女人，答应她用这笔钱买了新房娶她，还答应马上跟她结婚帮她担保配偶移民。他把跟自己吃了几十年苦的妻子当作幸福路上的绊脚石，恨不得以最快的速度把她踢得远远的！

在 James 的记忆中，妈妈的身影总是在忙前忙后，很少能看到她有闲下来的时候。她总是穿着最朴素的衣服，从不舍得给自己买件新衣服，把劳动所得的每一分钱都存进父亲名下的那个账户。她从来都以为那个账户里的钱是属于这个家的，是用来还贷和养育儿子的！她哪里会想到，有一天她的婚姻会变成一个阴谋，她的老公会在榨干她的每一滴血后，如此无情地抛弃她……

婚姻说到底就是一个契约，原本的目的是确保双方可以履行合约里的义务，且一旦出现毁约，双方可以享有较公平的待遇，按功劳和贡献对弱势的一方作出相对合理的赔偿。然而在现实生活中，真正走到离婚这一步的时候，公平程度往往取决于道德较低的那一方，受益的也往往是更贪婪无情的那一方！

如果配偶有情有义，即使没有婚姻的束缚，自然也会赤诚相待，关心理解。即使有一天感情不幸走到了尽头，他们也能设身处地为对方考虑，尽量避免对彼此造成伤害。即使做不了爱人也可以做亲人，即使做不了亲人也依然会心存感激。关系的尽头，即使没有任何合约，他们依然会安置好对方，善待和祝福对方，不负曾经相爱一场！

相反，那些本来就不是冲着爱的利己主义者，反而会想方设法在婚姻里占尽好处！他们会竭尽所能利用好保护他们的条款，规避好潜在的风险和损失，把婚姻变成一个有利可图的合约。即使在毁约的时候，也能毫不留情地带走所有的利益，只把欺侮和伤心留给对方。

这种人往往还特别擅长在婚姻里强调对方的责任，通过控制和约束让对方最大限度地为这个家付出。当他们榨干了对方的剩余价值，为自己找到了更好的选择，他们又会拿起法律的武器，把自己毁约时的利益最大化。占尽最后一点好处后，他们立刻就能头也不回地甩掉那个再也没有利用价值的对象，开始自己的新生活！

年仅十八岁的 James 目睹了母亲经历的这一切后，他当时就下定决心：以后绝不做这样的男人！他要做一个顶天立地的男人，让他心爱的女人生活在安稳的幸福中。他要做一个称职的爸爸，让他的孩子可以心无旁骛地学习，快快乐乐地长大。他要做一个好儿子，凭自己的双手让妈妈过上无忧无虑的日子！

如今的洪医生已经四十五岁了，他一步步做到了自己期待的样子，却没能过上期待中的生活！他觉得自己拼尽全力奔跑，却总是晚了那么一步。他告诉自己要不计得失地付出，却依然不能让伴侣满意。在这样夜深人静的晚上，他总忍不住想要责怪自己的无能，但又实在想不通自己到底哪里做得不够好……

十八岁那年，他开始带着母亲独自生活，房子越租越好，妈妈脸上的笑容也越来越多。他以最快的速度当上了住院医，攒够了首付！眼看就能带妈妈搬进属于自己的大房子了，却偏偏在那个时候发现妈妈得了癌症。拼尽全力实现的一切变成了永远的遗憾，妈妈还来不及享受儿子准备好的幸福生活，就永远地离开了他。

至于他自己那段失败的婚姻，他也是拼尽了全力，想要给爱人最好的！洪医生自问，对待爱人他从来都是全心全意、毫无保留的。可不知为何，无论他怎么努力，面对的都是盘死棋；无论他怎么付出，对方永远都不满足。

洪医生不明白，自己把真挚的感情看得比什么都重，可现在的自己却偏偏还是孤单一人。卧室里那张大大的双人床，有时就像是一个巨大的黑洞，他不想躺上去，怕被吸入深深的洞里，落入冰冷的深渊。

　　无数个这样的深夜，虽然身体已疲惫不堪，他却依然不想睡觉，不想一个人被吞没在这无尽的黑暗中。他觉得一个人的房间好孤独，没有爱的家好冰冷，没了妈妈和咖啡的世界一点都不温暖！无尽的黑夜仿佛在嘲笑他的失败，无尽的命运长街注定只有他一个人的影子。

　　每当这个时候，洪医生就喜欢用高倍望远镜看星星。漫漫长夜，只有那些星辰默默陪伴着他。浩瀚的宇宙里有多少颗独自闪烁的星星，这世间就有多少独自漂泊的灵魂。我们必须接受孤独是一种常态，就像必须承认自己的渺小一样。当他感到镜头里的星空闪烁出不一样的光芒，或是对他传递出某种动人的信息时，他就会按下快门，把那个瞬间永远留存在照片里。

　　这些年他还有个习惯，就是喜欢把照片分享到一个摄影网站上。那里没有人知道彼此的真实身份，他们可以通过摄影作品坦诚相见，毫无顾虑地表达自己的情绪。他喜欢用镜头给情感找一个表达的出口，也喜欢在别人的镜头里看看他们眼中的世界。

　　今晚洪医生又打开了这个网站，输入了他的用户名：SleeplessRobot。只是这次刚一登陆，屏幕上就蹦出了一条来自Milkytea的信息！他印象中并没见过这个ID，有点好奇地点开了对话框。

　　洪医生完全没有想到，对方居然说从自己的照片里看到了孤独、希望和爱！那一刹那，他有一种被看到的惊喜和被理解的感动。他已经孤独太久了，以至于他早就开始怀疑，自己的心中是否还有希望，自己的未来是否还会有爱！而这个叫Milkytea的陌生人，却从他的照片里看到了希望，看到了爱！

更让洪医生感动的是，对方在留言的最后还祝福他：少些孤独，保持希望，多些爱。每个祝福都说到了他的心坎里，击中了他内心深处最真实的渴望！其实他想要的很简单，他只想要一个温暖的家！他希望忙碌一天可以回到爱人的身边，一起吃上口热饭，一起相拥而睡，再一起满足地醒来。他根本不需要她有多美，或者多优秀，他只需要她能真心爱他，也真心接受他的爱。

通过 Milkytea 的留言，洪医生不难猜出她是一位女性。隔着网络，他还感觉到了她的敏感、善良和善解人意。他不知道她有着什么样的顾虑，不敢把爱说出口，但是他觉得那个男人很幸运，能有一个女人如此用心地默默爱着他。

他给 Milkytea 回复完留言，觉得心情好像也好了许多。他不知道自己的照片里除了孤独，也有希望和爱。那自己的心除了满目疮痍，是否也有爱的火花和被治愈的希望？也许自己的潜意识里从未曾放弃过对爱的渴望？也许未来的自己真的可以少些孤独，多些温暖？也许内心深处向往的幸福，就在不远的前方？带着美好的愿想，洪医生终于在凌晨三点进入了梦乡。

SleeplessRobot 恐怕做梦都不会想到，Milkytea 爱而不得的就是他！

Milkytea 也万万没有想到，SleeplessRobot 是那个让她一眼万年的洪医生！

也许他们的故事本不该结束，也许每次相聚和分离都有它的道理，也许他们的缘分冥冥之中早已注定，也许，他们本不该走散！

第十五章 他的善良很坚实

很多人都自认是个善良的人，但那种未曾被伤害和磨难考验过的善，不一定是坚实的。如果一个人经历了伤害，还依然可以保持住善良的底线，他的善才足够有韧性，才算得上真正意义上的善良。洪医生就是这样一个善良的人。

周日的早上，洪医生依然是被闹钟准时叫醒的，因为他照例要赶去医院查房。洪医生的心里尤其放心不下那位七十多岁的老妇人，他今天要做的第一件事，就是去看看她术后的身体和心理状态是否理想。

让洪医生感到欣慰的是，老人的各项指标都相对稳定，精神也还算不错。老人看到洪医生时感激地说："你是今天第一个来看我的，我想听你亲口对我说：'手术超级成功！'"

洪医生很自信地点点头："这个我有信心，手术很成功，可以说完全达到了预期！主要的病灶都成功切除了，我相信你会有更多的时间享受生活。我的部分已经完成了，下面的部分就靠你自己了！你一定要充满信心，乐观积极地配合护理，争取早日康复出院。"

老人的脸上露出了笑容："我相信我可以的，上帝会保佑我的！上帝也会保佑你的，我的孩子！你是一个好人，你一定要幸福！"

老人善意的目光和温暖的祝福让洪医生觉得有点感动。医生关心病人是人之常情，但是如果病人偶尔也能关心一下医生，那么来自病人的信任和善意，也可以为医生疲惫的身心带来些许安慰与鼓励。

查完房，洪医生来到医院一楼的咖啡厅，他要了一杯红茶和一份简单的早餐，坐在花园的落地窗前吃了起来。他一边喝茶，一边欣赏着花园里的花花草草，茶杯里飘出的水蒸气，给他的眼镜蒙上了一层薄雾，雾里看花显得别有一番韵味。他突然想到了那个叫 Milkytea 的 ID，于是打开手机，果然看到一条对方回复的信息。

"你知道这种感觉吗？明明有很多爱想要给，明明还对生活充满激情，却不得不选择认命……"看到这句话时，洪医生愣住了。他放下手里的茶杯，望着窗外的世界，心事重重。这句话不偏不倚地击中了他的心！他简直太知道这种感受了！这就是过去十几年，他一直在过的日子啊！

洪医生有太多的爱愿意给，有满腔的激情给家人幸福，然而无论他怎么努力地付出，他的妻子却总像一堵没有回响的高墙！她永远把自己的幸福感堵在门外，把自己困在自己的世界里。那个世界里永远没有足够好的人，没有配得上她的感情，更没有可以真正让她感到快乐的东西。她对爱人的要求永远是一个填不满的无底洞，她通过无尽的索取想要得到快乐，然而却在欲求不满的旋涡中越陷越深。她固执地用自己的逻辑解读这个世界，永远都不快乐，也永远都不会明白：快乐是一种选择，幸福是一种能力！

从十五年前决定娶她为妻的那一刻起，洪医生就把她当作了这世上最亲的人！从把戒指戴到对方手上那一刻起，他就把她当作最重要的人，发誓执子之手，永不放弃。然而挣扎了整整十三年的婚姻最终还是没能保住，尽管洪医生用尽了所有的力气和每一寸真心，最后的结局还是离婚。

离婚至今已经两年多了，洪医生还是经常会自我怀疑，责怪自己做得不够好，没能给到妻子想要的幸福。即使已经离婚，他还是会照顾前妻的生活起居，依然把她当作自己义不容辞责任。每当前妻又陷入负面情绪的沼泽，洪医生还是会感到内疚和自责，还是会尽可能地帮她走出来。

其实洪医生在他的这段婚姻里，一直都是在单方面地付出，他一直给一直给，给到自己真的没有力气再给了。对他这样的男人来说，家人的快乐就是他的幸福，他可以为了家人拼上全部！但无论他怎么努力，总是离妻子的要求还差一步。无论他怎么宠爱，妻子就是快乐不起来。

十几年的相处，洪医生已经习惯了在妻子的责怪声中否定自己。他慢慢开始相信，妻子的不快乐是因为自己不够好，妻子的不幸福都是自己造成的。洪医生这些年一直活在自责里，却忽略了一个事实：如果一个人没有幸福的能力，任凭别人对她多好也是没有用的！

洪医生的前妻叫 Molly Wong，是出生在澳大利亚的印尼华侨。她的父母是当年逃到澳大利亚的难民，先后生了他们姐弟四个，一家人过着简单而拮据的生活。Molly 上面有着两个姐姐，她们性格善良，不争不抢，下面有着一个弟弟，他单纯温和，深受父母的偏爱。Molly 的性格里却没有姐姐们的善良和弟弟的单纯。她从小就学会了跟姐姐索要，跟弟弟争抢！

在善良宽容的姐姐面前，Molly 总是能通过示弱和装可怜来达到自己的目的。而在年幼的弟弟面前，她又会变得凶悍和专横，把她想要的东西统统抢到手！她总能有办法让姐姐帮她干这干那，让弟弟把好东西乖乖先给她分享，时间一久 Molly 变得越来越贪得无厌，恨不得把所有的辛苦都交给姐姐，再把所有的福利都从弟弟的手里夺过来！

　　高中毕业后她也懒得继续读书，陆陆续续做过几份工作，但每次都是做不了多久就干不下去了。凭着还算漂亮的脸蛋，她也交过不少男朋友，但最后都是不欢而散。认识洪医生那年，Molly 二十六岁，刚通过爸爸的朋友找了一份花店的工作，每天不情不愿地上着班，勉强维持着生活。

　　那家花店就开在洪医生母亲下葬的墓园旁，洪医生常去这家店里为母亲买花。经过几次接触和简单的交谈，Molly 注意到这个男人特别善良、重感情，也窥见到了他内心的孤独和柔软。

　　经历过多次失败的恋情，Molly 比任何时候都更加明白：好男人是个稀缺资源！再加上所有的工作对她来说都是薪水低廉、辛苦无趣的，她觉得，想过上舒服日子的唯一捷径就是：嫁一个好老公！

　　Molly 开始有意识地制造话题，尽量抓住机会与他攀谈。当 Molly Wong 得知这个男人是外科医生，比自己大四岁，目前还是单身时，她内心兴奋得像看到猎物的狐狸，恨不得立刻把对方吃下！

　　Molly 觉得洪医生比她之前交往过的男人强太多了，他不仅礼貌儒雅，还有着体面的职业和似锦的前程！她还了解到他的家庭非常简单，他深爱的妈妈已经过世，葬在墓园，爸爸也早已断了联系，除此以外他再无其他亲人。越少的亲人朋友，意味着越少的防御机制，Molly 深知这样的人更便于自己操控。她为自己发现了这么完美的目标感到无比激动，已经等不及要撒网捕鱼了！

　　Molly 虽然在学习和工作上都不是把好手，但她特别擅长捕捉别人的脆弱！一旦找到对方的软肋，她就会通过操控对方的情绪让对方产生心理依赖，然后再利用对方的善和爱，来满足自己的各种需求。

　　当 Molly 看出洪医生对母亲深深的思念后，她便开始为洪母制作各种可爱的花束，还会送上温柔的话语和温暖的安慰。当她得知洪医生跟父亲的关系不好，从小到大只被母亲爱过，所以失去母亲后感到格外孤独时，她便把自己描述成孤苦伶仃、无依无靠的人，用苦情的身世来博取洪医生的同情。明明自己家里有着恩爱的父母和疼爱她的姐姐，她却说自己从小就被父母和兄弟姐妹忽视，是家里多余的那个！

经过这样几次完美演绎，她在某一次说到伤心难受时，恰到好处地潸然泪下，成功营造出苦命相怜的完美剧情，毫无悬念地激起了洪医生的同情。洪医生面对眼前这个哭泣的女孩，正恍然不知所措的时候，Molly 泪眼婆娑地说："为什么世界那么大，却找不到一个心疼我的人？能不能陪我喝杯咖啡聊聊？"

正是那杯咖啡，在 Molly 通过婚姻改变命运的宏伟计划上，起到了革命性的作用！也正是那杯咖啡，把洪医生裹入了一场暗无天日的情感操控中，彻底改变了他的一生！从那天起，他毫无悬念地落入了一个女人温柔的陷阱，逐渐爱上了一个精心设计的假象。

当他知道她身边有那么多亲人，却没有人好好爱过她时，他产生了一种想要保护她的冲动。当他知道她曾经不顾一切掏出一颗真心，却被男人无情抛弃后，他有一种想要给她幸福的冲动。当他知道她想要的幸福很简单，不过是一个知心爱人和一个温暖的小家时，他觉得那也正是他想要的！

接下来的日子，洪医生体验到了这个女人全方位的好！Molly 不惜放下花店的工作，陪他一起去墓园看望他的母亲。她还完全乐意配合他不稳定的工作时间，从不因为约会迟到或取消感到生气。她还那么单纯和贤惠，收到礼物时总是一本正经地批评他不要乱花钱，要一起攒钱建设未来的小家。

圣诞节的时候，Molly 为他准备了烛光晚餐。借着朦胧的烛光，她搂住了他的脖子，送给他深深一吻。那烛光朦胧了他的双眼，交织出一个温暖如梦的世界，在那个世界里，他找到了家的感觉。这时，他听到 Molly 用温柔的声音对他说："亲爱的，我搬过来好不好？"

那一刻，洪医生就下定了决心。他要让她成为洪太太，最幸福的洪太太！一个女人能如此认定，如此心甘情愿，如此毫无保留，自己又怎能辜负她的一片深情呢！他第二天就买了大大的钻戒跟她求婚，暗自发誓要让她永远幸福下去！如今回想起来，那时的洪医生满脑子都是对未来美好的憧憬，给她幸福和快乐就是他最大的动力！

其实想通过婚姻改变命运的女人并不在少数，干得好不如嫁得好也算句众人皆知的老话了。Molly 想通过洪医生过上好日子本也无可厚非，如果她懂得珍惜自己的好运气，真心真意去爱自己的老公，那本可以是个幸福的小家！

然而 Molly 的可怕却在于她永无止境的贪婪和自私。一个永远感觉不到幸福和满足的女人，其实是最难相处的伴侣。她习惯性地对老公在情绪上、精神上、身体上、财务上进行控制，通过打压他的自信心，指责他的不完美，让他感到内疚。通过夸大自己的痛苦，让他长期处于焦虑状态，一刻不停地满足着她各种各样的要求。和 Molly 在一起的日子，就像埋满地雷的战场，洪医生必须小心翼翼，走错一步就随时可能爆炸！

婚后，洪医生觉得 Molly 那辆破旧的二手车不够安全，马上给她买了辆崭新的丰田。但是没过多久，Molly 就抱怨别人家的太太开的是奔驰，让老公把丰田换成了奔驰。在他们为期十三年的婚姻中，洪医生为了满足太太的要求，先后给她换过四次车，一次比一次贵，但换来的笑容却一次比一次少。

如果说，换车对洪医生来说还不算什么，十三年间换了六次房，却着实有点让洪医生吃不消！按理说 Molly 是在贫困嘈杂的环境中长大的，本不该对噪音过于敏感，更何况洪医生给她置办的家即便不算豪宅，也都是独门大院的高档别墅，但 Molly 每次住不了多久，总能找出一大堆不满意的地方！

Molly 每次想换房还都会火急火燎。她会无限放大那些不如意，好像如果问题不能立刻解决，这日子就没法过了！其实那些让她一天都不想多忍的问题无非就是：邻居家的小孩太吵！邻居的狗总在前院乱叫！邻居后院的蹦床总是发出吱吱的声音让她作呕！邻居烧烤的肉味飘过来让她觉得恶心！

这些年，光是买卖这六套房子花掉的印花税和过户费，就够普通人家买一套舒服的大房子了。换作是别人，就算有那个心，恐怕也没那个力。然而洪医生却一次次满足着 Molly 的要求，就为了能看到妻子满意的笑容！面对高额的支出和频繁的搬家，他总是安慰自己说："老婆开心，生活舒心。房子不就是为了让女主人住得舒服吗？既然她这么不喜欢，那就再换最后一次吧！"

每一次都以为会是最后一次，不知不觉就换到了第六套，也就是 Molly 现在依然拥有和居住的这套半山上的豪宅。当年 Molly 发现这栋别墅在出售时，难得一见地对老公露出了温柔的笑颜。她说如果老公肯为自己买下这栋房子，她才真的是幸福快乐的洪太太！

这栋拥有五个卧室的双层别墅坐落在北悉尼的富人区，跟邻居家的院子保持着相当完美的距离。上千平方米的深宅大院，除了鸟叫声，听不到任何噪音。所在地区房屋间的楼距，营造出安静私密的大环境，绝对算得上一个理想的世外桃源。

为了给 Molly 买下这栋房子，洪医生需要的费用超出了他当时的经济能力，但一想到它能换来幸福快乐的洪太太，他心甘情愿。觉得就算再辛劳，也在所不惜！没想到，Molly 住进去只满意了几个月，又开始愁眉不展了。这次她的困扰来自：飞到游泳池拉屎的野鸭、大风天屋顶发出的噪音、略显傲慢的邻居、不够友好的社区……甚至连这里不在她喜欢的餐厅的送餐范围，也能让她感到困扰。

这些年洪医生为了满足太太的所求，不断增加工作量，已经被折腾得心力交瘁。这次他明确表示：再换房是不可能了，但他会把问题尽量一一解决。他在泳池安装了池底自动清理机，来处理野鸭偶尔留下的粪便。又给房顶里加装了隔音棉，来减少噪音的困扰。他本想试着跟邻居搞好关系，却发现邻居们本来就很友好，完全看不出 Molly 口中的傲慢。至于餐馆的送餐范围，他实在无力改变，只得劝 Molly 道："亲爱的，反正你整天在家也不忙，想吃了就自己开车去吃好啦。"

"什么叫我在家不忙？这么大的房子，这么大的院子，难道不是我在照顾吗？你整天就知道关心你的病人，你关心过我吗？如果你能像别人的老公那样多陪陪老婆，我也不至于总一个人点外卖了！我整天一个人在家，日子过得像个寡妇，现在连野鸭子都敢欺负我！"Molly 像受了多大的委屈一样，声色俱厉地抱怨着，弄得洪医生好生后悔自己又说错了话！

这些年，这样劈头盖脸的抱怨和责骂几乎是三天两头，弄得洪医生越来越不敢轻易跟 Molly 说话。说多错多，他实在不知道自己哪句话会引来她的喋喋不休，甚至是大吵大闹。渐渐地，家里的气氛变得冷冰冰的。洪医生一走进这个家门，就觉得自己每一步都像踩在鸡蛋壳上一样，稍不小心就会踩出一地鸡毛！

如今想到这个一起生活了十三年的前妻，洪医生还是更愿意回忆初识时那些为数不多的幸福片段。那个会做好饭等他下班的洪太太；那个会穿上性感睡衣，把他从书房拉到卧室的洪太太；那个会因为收到一条项链，高兴得搂着他亲吻好久的洪太太。每当想起这些片段，洪医生就会恨自己没用，没能留住原本那么可爱的Molly，没能给她想要的幸福。

她为什么会变得几个月都不下一次厨房，甚至懒得为老公煮上一碗面？她为什么会变得歇斯底里、蓬头垢面，还把老公赶到了客房？她为什么再也看不到他的好，把他的付出当作理所当然，把所有的不爽都归咎于他？洪医生过去这些年一直在想这些问题，但他恐怕永远也想不明白。他实在不知道自己到底做错了什么，让一个好端端的女人变成了今天这副模样！

其实这一切的根源在于，Molly压根儿就没有变过！她原本就是一个贪得无厌、索求无度、永远不会满足的女人。那些温柔体贴、亲密互动、爱慕和关心，不过是她临时给自己戴上的面具。她一直都是一个不会付出，也不会爱的女人！对她而言，"爱"的意义仅限于"被爱"，在不断索取爱的过程中，她既没有付出爱的心，也没有付出爱的能力。

Molly曾经以为，成功嫁给洪医生就能过上自己心目中理想的日子，但她很快发现，好日子并没有她想象中的那么简单。如愿搬到了富人区，再也不用工作，更无须担心卡里的钱不够刷，她可以像有钱太太一样穿名牌、开豪车、住豪宅，但她却依然感觉不到快乐。

Molly 并不知道自己为什么就是快乐不起来，她只知道必须把生活的不满归咎到别人的身上，而那个倒霉蛋只能是她的老公！想让一个人心甘情愿为你付出的最好方法，就是让他觉得欠你的。Molly 在这方面绝对属于高手中的高手。

她善于利用道德绑架，让洪医生觉得亏欠于她，从而心甘情愿地为她的欲求不满不停地买单！她还擅长通过打压洪医生的自信和自尊，让他长期处于自我怀疑中，从而把所有责任都顺利转嫁到他的身上。当然，她最精通的还是利用洪医生内心的柔软和善良，去控制他的情绪，挑战他的底线。洪医生也曾对妻子的态度产生过质疑，也怀疑过她到底爱不爱自己，但是每当他试图表达自己的情感需要时，Molly 就会指责他说："你现在觉得自己的妻子不够好了？你想找理由给自己换个老婆了吧！没想到你跟你爸一模一样，无情无义，始乱终弃！"

在一起的十三年间，Molly 经常带着怨气对洪医生用尽了各种伤害的语言，以至于洪医生早已开始相信，自己是一个失败的老公，一个不值得爱的男人。

"这个家对你来说就是个旅馆吧？你整天忙得不着家，你怎么会知道我在家里有多委屈！

"有时候我觉得自己就是一个可怜的寡妇。我的老公关心他的病人胜过关心自己的妻子！你用礼物来讨好我是没用的。我在乎的不是钱，是陪伴！

"我的要求高吗？我只是希望住在一个不被打扰的房子里！你怎么连买个安静的房子都做不到！

"上次陪你参加医生的聚会我根本就抬不起头来！别人的太太都开

着新款汽车,只有我还开着两年前的旧款汽车!要不是为了你,我根本不需要去认识这些势利眼!我换车不是为了自己,是为了你的面子!

"你曾经答应过我,会让我成为最幸福的洪太太。可是这才几年,你就开始对我漠不关心了。我为了你放弃了自己的一切,是我成就了你的事业,可你却越来越看不起我!你还不承认你看不起我?那你至少承认,我在你心里已经没有当初那么可爱了吧!你也不用找借口挑我的毛病,你要真嫌我烦了,就趁早抛弃我吧!有其父必有其子,你跟你爸其实是一种人!

"天啊!我只说了几句,你就这么激动!你都敢跟我喊了,是不是很快就要动手打我了?我以后还敢在这个家里说话吗?说不准你跟你爸一样,也是个打老婆的混蛋!

"James Hung 你别给我忘了,你今天的成就都是我牺牲了自己的事业陪你换来的!你要是敢对不起我,我也能把你今天的一切都毁了!我会让所有人知道洪医生是一个抛弃妻子的坏男人,他根本不配受到尊敬!

"是你把我变成了这样!我曾经是那么快乐,现在却只有无尽的痛苦!你害得我失去了自己,却越来越懒得跟我说话!我连胃口都没有,吃得起再好的食物又有什么用!我连做饭的力气都没有,你给我再大的厨房又有什么用!我们的日子过得死气沉沉,你到底能不能像一个男人一样想想办法?你为什么就是不肯让我过得快乐一些?!"

比起所有这些指责,最让洪医生感到内疚的,还是 Molly 的流产!洪太太遇到各种不如意时,最喜欢拿自己的流产说事,好像洪医生是害死自己孩子的凶手!她一次次把自己的流产归咎于老公忙于工作,对自己疏于照顾。而洪医生也一直默默地承受着妻子的责怪,从不反驳。直到若干年后 Molly 第二次流产,他们才在医生的建议下对胚胎做了基因检测。检测结果是女方的染色体异常导致了反复流产，而且未来都很难生出健康的宝宝。

其实这十几年来，Molly 根本没为老公做过几次饭。忙碌一天回到家的洪医生很少能吃到一口妻子做的热饭，很少能喝上一口妻子泡的热茶。一年里大约有一半的日子，Molly 不是愤怒的，就是阴郁的。而一年里也总有那么几次，Molly 会在愤怒后上演疯狂驾驶，报复性购物或者短暂失踪。

十几年间，Molly 砸碎过家里无数的东西，也在洪医生的身上留下过不少愤怒的抓痕，但洪医生都默默地忍下了。只有那么一次，洪医生实在没控制住自己的情绪，气愤地往地上摔了一只杯子，就被 Molly 哭天抹泪地报了警，大半夜惊动了警察上门问话。那场闹剧前后持续了大半个晚上，最终以警察宣布不算家暴，劝 Molly 慎用警力资源宣告结束。

最不可理喻的是，一位跟洪医生合作了多年的护士，因为结婚要搬到其他城市，临行前送给洪医生一个小水晶天使，贺卡上清楚地写着"希望这个天使可以保佑您的手术都能顺利成功"，洪太太见到这件礼物竟大发雷霆，偏说那个护士是在暗示她是洪医生的天使！她不仅用各种难听的言语咒骂那位护士，还扬言要去医院把她勾引别人老公的事公布于众。最后洪医生总算制止住了疯狂的妻子，但那个无辜的水晶天使也被她摔得粉碎。

十几年如履薄冰的家庭生活和多年的无性婚姻，依然没有让洪医生想过抛弃洪太太。他铭记结婚时许下的誓言："无论健康疾病，我都会爱你、尊敬你、珍惜你！"当实在快要撑不下去、临近崩溃边缘的时候，他就对自己说："就把她当作一个病人好了。无论爱人是健康还是疾病，我都不能丢下她！"

　　洪医生慢慢习惯了在医院累、回到家更累的生活！他渐渐忘却了快乐和幸福，习惯了只为责任活着。本以为后半辈子就这么过了，两年前洪太太却主动提出了离婚。在她提出离婚的那一刻，洪医生说不出自己的眼泪到底是因为伤心，还是因为解脱。

　　两年前洪太太认识了一个瑜伽教练，活得突然像开窍了一样，迅速恢复了朝气和活力。瑜伽教练每天有大把的时间陪着她，对她极尽赞美。当身体和心理都尝到了甜头以后，Molly 居然相信了瑜伽教练的甜言蜜语，主动提出跟洪医生离婚。她毫不客气地要走了房产和大部分存款，让瑜伽教练搬进了她半山上的豪宅。

　　Molly 不傻，她算准了瑜伽教练多少是看中了她的财产，想要通过她过上衣食无忧的生活。但她相信，只要自己能一直提供这样优渥的生活，他就会乖乖留在自己身边，一直哄自己高兴。然而这次 Molly 万万没有想到，她遇到的竟是一个男版的自己！

　　瑜伽教练巧妙地让 Molly 为他的各种要求买单，还说服她一起投资一个健身中心。在卷走了她几乎所有的存款后，他毫不留情地离开了她。曾经的赞美，变成了最醒龊的讥讽；曾经的讨好，变成了无情的羞辱！从小到大一直都是 Molly 算计别人，没想到人到中年，她却被别人狠狠地算计了一回！Molly 从此一蹶不振，甚至患上了抑郁症。

　　孤独无依的 Molly 又把前夫当作唯一可以抓住的救命稻草！她有点后悔当初提出离婚，试图跟洪医生和好。当 Molly 感觉到洪医生在刻意跟自己保持距离，只是出于道义给她提供帮助时，她便开始用自己的抑郁症裹挟洪医生，连自己的失足也一并归咎于他："是你把我害成这样的，是你把我变成了一个病人！你总是忙到忽略我，我才会这么冲动，被坏男人骗得这么惨！跟了你十几年，我早已失去了自我。我没有朋友，没有工作，我只有你了！你敢不管我，我就死给你看！"

也许是把前妻当成了这个世界上仅有的亲人，也许是医者的本性让他无法见死不救，也许是早已把照顾她当成了一种习惯，洪医生答应会陪她一起把病治好，尽力给她提供各种帮助。那段时间，洪医生不是在救助医院的病人，就是在救助家里的病人，有时候他也会担心，说不定哪天，自己也会熬成一个病人。而当他病倒的时候，又有谁愿意救救他呢？

洪医生的思绪久久停留在往事的回忆中，直到服务员过来问他要不要续杯时，才拉回到现实。他又看了一遍 Milkytea 的那条信息，不由自主地写下了一条回复：

"我恰巧也是一个很想爱，却不得不认命的人。我拼尽全力想要营建一个温暖的家，结果却把日子过成了一座监牢。你知道吗？一个没有安宁的家是这世上最残忍的监狱，我至今都不知道，会不会有刑满释放的那一天……"

第十六章 默契的灵魂坦诚相见

善良是一种发自心底的选择，不为做给谁看，也不为回报，它是善良的人最本能的选择，也是他们唯一的选择。即使他们的善良被利用和伤害，他们也不会改变自己善良的本色。因果轮回，终有一天，那久经考验的善良会形成一个正能量的磁场，吸引到同频的人或事，被报以珍重、柔情和爱。

周日的夜晚好像总是来得特别早，为了迎接新一周的工作和学习，人们纷纷选择早睡，九点多的夜就已经格外沉静了。苏清容跟女儿道完晚安，回到自己房间的窗前，静静仰望着夜空中的繁星。

此时此刻，窗外的星空是动态的，闪闪星光仿佛在用它们的语言述说着彼此的故事，乐此不疲！而墙上的星夜是静态的，悠远禅静的银河仿佛是一个美丽的故事，被摄影师的镜头锁定在那里……

睡前刷了一下手机，SleeplessRobot 的那条信息让苏清容倒吸了一口凉气！"你知道吗？一个没有安宁的家是这世上最残忍的监狱，我至今都不知道，会不会有刑满释放的那一天……"这句话描绘的感觉让她觉得似曾相识，幸好她已经从那段困顿的痛苦中逃离出来了！

回想起在北京那些无眠的夜，她总是喜欢数着对面楼上亮着灯的房间，靠猜测别人的欢喜忧愁，来熬过自己的漫漫长夜。那样的日子是对生命残忍的消耗，仿佛是一个傀儡被禁锢在婚姻和责任的牢笼里，肉身虽还活着，心却已经死了。如今回想那时的自己，对生活没有了期待，对日子丧失了兴趣，与一个垂死认命的囚徒又有何异！

有过类似遭遇的人，才能真正体会那种绝望和痛苦！苏清容似乎可以隔着网络感觉到 SleeplessRobot 的绝望，于是，她用心地回复了这样一条信息：

"我也曾把自己囚禁在道德和责任筑起的围墙里，觉得活得好难……后来我发现，生活其实并没有那么难！人活一世，其实就是一个放下和前行的过程。放下那些消耗的、负面的、虚假的，接近那些美好的、积极的、真挚的！很多时候，我们给自己强加了太多的包袱和桎梏，却忘了踏上这段旅途的初心。"

洪医生此时正坐在电脑前发呆，明明还有很多需要处理的工作，但此时的他却迟迟进入不了工作状态。他的心里有一种说不出的苦楚和无人倾诉的寂寥。正好屏幕上跳出了一条 Milkytea 的信息，"放下"和"前行"这两个词好像有一种神奇的魔力，让洪医生感到了那种被真正懂得的温暖。

这是两个 ID 第一次同时在线。于是网络两端的寂寞灵魂便在这静谧的夜色中，开始了第一次聊天。

SleeplessRobot："能问问你用了多久才放下的吗？"

Milkytea："三年。"

SleeplessRobot："为什么用了三年才能放下？"

Milkytea："责任。"

SleeplessRobot："对我来说，责任是很难放下的……你是怎么做到的？"

Milkytea："有一天我想通了，有些责任不是我的！我只是放下了不属于我的责任。"

洪医生此刻停了下来，他需要点时间仔细消化这句话的含义。他一直都把患上抑郁症的前妻当成自己义不容辞的责任，他之前竟然从未想过，这份沉重且遥遥无期的责任，到底应不应该属于自己！在这场完美的道德绑架中，他从未考虑过自己有多么无辜，反而心甘情愿地把"绑匪"当作了受害者，把自己当成了一个罪人。为了赎罪，他甚至愿意交上后半生的幸福，再也不敢奢望快乐。

SleeplessRobot："那放下后，你觉得快乐吗？"

Milkytea："刚走出来的时候谈不上快乐，只是觉得快要窒息的自己终于又活过来了！曾经的日子太折磨人了，我必须麻木自己，才能苟活。重获自由以后，我开始重新学着感受生活，渐渐地，痛苦和快乐都变得分明起来，我才感觉自己在真真切切地活着！"

SleeplessRobot："真羡慕你。我已经在'监狱'里住了十几年了，麻木已经成了一种习惯。我都快忘了快乐的滋味，那种感觉已经离我越来越遥远了。"

Milkytea："三年已经让我痛不欲生了，真不知道这十几年，你是怎么熬过来的。"

SleeplessRobot："我自己也不知道怎么就熬下来了。大概就像用了麻药的病人，每次心被割开时，已经感受不到痛了。"

苏清容简直不敢想象，如果当初没有离开姚天宁，而是在那样的婚姻里再耗上个十年，自己会变成什么样！那样的生活就像是被判了终身监禁，没有尊重和温暖，没有关心和照顾，只有无尽的消耗和失望、冷漠和羞辱！

她好心疼网络那端的陌生人，她不敢想象十几年的光阴他是怎么度过的！

Milkytea："人生有几个十年？你不能对自己这么残忍！你不该让你的心任凭别人宰割！"

SleeplessRobot："如果那个人是你的家人呢？如果他的病需要你救助呢？"

Milkytea："如果那个人忍心这样伤害你，他就不配做你的家人！如果他有病，你该让他去看医生！因为伤害你，并不能治好他的病！"

SleeplessRobot："我怎么觉得你不像杯奶茶，倒像杯烈酒！我佩服你的洒脱，但是面对一个病人，我做不到袖手旁观，我只能尽量给予帮助。"

Milkytea："我也佩服你的善良！难道你没听人说过'你的善良要带点锋芒'这句话吗？善良是治不好病的，病人需要的是医生，你又不是医生！我能感觉到你是个善良的人，我只是希望你不要让别人滥用了你的善良。"

苏清容聊到这里有点激动，发了一个撅嘴生气的表情。她想起了自己那个擅长推卸责任和进行道德绑架的前夫，长期把她陷于道德的牢笼，完全无视她的感受！不知道为什么，她觉得这个 SleeplessRobot比当时的自己还傻，陷入了舍己为人的道德枷锁中，却全然不知！

洪医生能感觉到这个心直口快的 Milkytea 有点生气了，不觉被她的率真可爱逗笑了！毕竟太久没有人这么关心过自己了，心里不免生出些许暖意，忍不住回敬了一个调皮的鬼脸。

SleeplessRobot：“你怎么知道我不是医生？你又怎么那么确定我是个善良的人？说不定，我正好是个坏坏的医生呢？”

Milkytea：“医生最懂得生命的珍贵，怎么会舍得像你这样浪费自己的生命！再说了，傻子都看得出你有多善良，更何况我根本不傻！”

SleeplessRobot：“分析得头头是道，果然不傻！很高兴认识你，聪明的奶茶！”

Milkytea：“也很高兴认识你，善良的机器人。很晚了，我明天还要上班，先睡啦！你也赶紧睡吧！”

SleeplessRobot：“我不用睡觉，我只需要充电。”

Milkytea：“哈哈，你应该叫淘气的机器人！我原来也总熬夜，后来身体就出大问题啦！作为过来人，我必须劝你少熬夜，小心身体出了问题后悔莫及！”

SleeplessRobot：“出了问题，我去维修店换个零件就行啦！好啦，不用担心我啦。晚安。”

洪医生发完最后一条消息感到心里暖暖的，嘴角也露出了一丝笑意。他很高兴能遇到这样一个善解人意的温暖灵魂，可以这样肆无忌惮地聊聊心底的困惑，然后互道晚安。

接下来的日子里，洪医生依旧超负荷地工作，忙于一台台手术，迎接送走一位位病人。生活的内容虽然跟以往并无不同，但生活的状态却少了几分乏味，多了几许快乐。当生活可以跟听得懂的人分享时，孤独感开始一点点地消减。就像润物细无声的春雨，让干涸的土地孕育出嫩绿的春芽。

洪医生喜欢在临睡前跟 Milkytea 聊上几句，那种舒服惬意能让他忙碌一天的心沉静下来，更好入眠。他们仿佛总有聊不完的话题，从一首歌到一首诗，从一幅画到一部电影，从一个小确幸到一个小愿望……那种有人关心着你的忧伤，快乐着你的快乐，在意着你的情绪的感觉真好！

苏清容也因为SleeplessRobot的存在，找到了一个情感释放的安全出口。她不知道是不是上天眷顾，在她堆积了太多痴情的时候，赐给她一个如此合拍的倾听者。SleeplessRobot不仅可以听懂她的每一句话，还能理解她的想法和态度。跟他聊天从来都不用担心找不到话题，哪怕只是聊聊天气，都可以聊出春风化雨的默契。

苏清容每天还是一个人睡去，又一个人醒来，但她的生活里却多了陪她的人，他每天比她晚睡、早起，每天跟她道晚安、早安。洪医生虽然每天还是独自忙碌，独自回家，独自睡在那张大大的双人床上，但他不再觉得那张床是个黑洞，因为他心里的黑洞已经照进了一束光！

随着年龄渐渐增大，能聊到一起的人变得越来越少。现实让每个人的生活都变得越来越满，能说出口的烦恼也越来越浅。成年人都要无师自通地学会适时沉默，不去打扰。然而再怎么学会与孤独相处，人类依然逃不过内心深处的情感需求。我们渴望被同类看见，渴望心底的声音可以得到同频的回应。我们不轻易去说，不是因为无话可说，而是因为那些心底的话，只想说给懂的人听！

洪医生和苏清容都已经孤独了太久，他们都太需要这份可遇而不可求的默契了！有趣的灵魂坦诚相见，真实的身份全然不知，这反倒能让他们更安全地陪伴，更肆无忌惮地交流。他们都心照不宣地避免询问对方的真实身份，谁也不忍打破这份得来不易的美好。

Milkytea身上有一个洪医生特别欣赏的特性，就是她很善于发现生活中的小美好。她有时会在果蔬市场发一张水果的照片给他，告诉他这季的樱桃超大超甜，能吃出幸福的味道。她在湖边跑步时会随手拍下倒映在湖面的晚霞，提醒他又是美好的一天，晚上出来运动一下睡得香。她会因为一场痛快的春雨、一阵清爽的晚风，或者一轮皎洁的明月感到开心，她的生命中总有那么多快乐能与他分享。

　　Milkytea 那双善于发现快乐的眼睛也渐渐影响了洪医生，让他紧绷的神经逐渐变得松弛和舒展起来。那天洪医生去参加肿瘤研究所的会议，无意间看到街角有家奶茶店。从来不买奶茶的他饶有兴致地走了进去，点了杯招牌奶茶。开会的时候，他一边喝着冰凉丝滑的奶茶，一边偷偷给 Milkytea 发短信。

　　SleeplessRobot：“我在喝你！”

　　Milkytea：“我味道如何？”

　　SleeplessRobot：“有点甜。”

　　Milkytea：“喜欢吗？”

　　SleeplessRobot：“很喜欢！”

　　那一次的小淘气让他感到了久违的快乐，那种感觉真的有点甜！

　　这种淘气的事情苏清容也干过。那是个周末，她带苏阳去逛跳蚤市场，在一个手工铁艺的摊位上看到了一个铁皮机器人。那是一个用废旧回收铁器改造的机器人，傻乎乎的样子，还满身都是铁锈。她拍下照片发给了 SleeplessRobot。

　　Milkytea：“你不会长得这么丑吧？”

　　SleeplessRobot：“坦白地说，我更丑！”

　　Milkytea：“缺觉老得快，你快多睡点觉吧！”

SleeplessRobot："嫌我丑，不想跟我做朋友了？"

Milkytea："我又不图你帅，我图的是内在美！"

除了分享那些生活中的小快乐，他们也会在最脆弱的时候想到彼此。那晚悉尼突然狂风大作、电闪雷鸣。到了后半夜，雷阵雨变得更猛烈了，天空被一条条闪电点亮，伴随着轰鸣的滚雷声。苏清容被雷电惊醒，有点害怕，怎么也睡不着了。她有点想跟 SleeplessRobot 说说话，打开手机果然看到 SleeplessRobot 在线。

Milkytea："你怎么还没睡，也怕打雷吗？"

SleeplessRobot："我雷雨天不睡觉，正好可以免费充电。"

Milkytea："你还真会省电费！反正我不喜欢打雷！"

SleeplessRobot："就猜到这样的天气你会害怕。"

Milkytea："比起害怕，这样的天气更让我觉得孤单。你不会觉得孤单吗？"

SleeplessRobot："我习惯了，但我怕你孤单。"

Milkytea："有你陪，我不觉得孤单了。"

那晚他们就这样陪着彼此，淡淡地聊着天，直到雷声渐渐平息下来……

SleeplessRobot："雷声小了，你试着睡吧。我还要忙会儿，你要是睡不着再随时找我说话。"

Milkytea："我睡得着。夜深了，你别忙了，也一起睡吧。"

SleeplessRobot："好，一起睡。晚安。"

那晚，"一起睡"的虽然不是两个身体，却是两个真实存在的灵魂！窗外的电闪雷鸣就像是大自然为寂寞长夜上演的交响曲，让两个陌生的灵魂紧紧相依，相互取暖。那一晚，他们的身体虽然还是孤独的，但灵魂却好似被另一个灵魂拥抱着，亲密而温暖。

不知不觉又到了一年中最容易感到孤独的日子：一个人的情人节！苏清容那天特别想念洪医生，几次冒出想要去医院找他的冲动，终究还是抑制住了。那天下班，她给自己买了一大盒精美的巧克力，回到家和苏阳吃了起来。

苏阳在一大盒不同口味和形状的巧克力中仔细挑选，想不好下一块先吃哪个。再看苏清容，几乎不挑不拣，随手拿起一块儿就直接放进嘴里。苏阳抱怨道："妈妈，你能不能认真挑挑再吃！《阿甘正传》中不是说过，生活就像是一盒巧克力，你永远都不知道下一块儿会是什么味道。你这对待生活的态度也太不认真了！"

苏清容扑哧一声笑了："阿甘多吃几盒就会发现，其实不管先吃哪块儿，到了嘴里的味道都是大同小异！巧克力也好，生活的底色也好，归根结底就那么三种：苦、甜、半苦半甜！"

苏阳一脸嫌弃地说："你这人我还不了解！一到情人节就阴阳怪气的！我惹不起，我躲得起！"

说完苏阳就起身回房间睡觉了，临上楼前还调皮地跟妈妈做了个鬼脸："行啦，别不爽啦！我今晚一定特认真地帮你祈祷，明年情人节准保有个帅叔叔陪你！晚安啦。"

苏清容跟女儿道完晚安，一个人刷着朋友圈。Jenny在和男友烛光晚餐，吴文静在秀老公送的心型手链，朋友圈里个个都在上演秀恩爱大比拼，只有自己如此形单影只！越看越觉得不爽，苏清容索性给SleeplessRobot发了个信息，约他陪自己聊天。

Milkytea："今晚你是一个人吗？陪我说说话吧！"

SleeplessRobot："我本来就想找你，看你迟迟不上线，还以为你去跟喜欢的人约会了！"

Milkytea："我今天还真想过去找他表白……你知道吗？要不是遇到他，我以为我这辈子就这样交代了！我都不相信自己还能遇到个让我心动的人！

SleeplessRobot："是呀，遇到那个人太难了。有时我会想，即使遇到了那个人，你又是怎么把他一眼认出来的呢？他身上到底是哪一点让你感到这么心动？"

苏清容看到这个问题以后想了很久。她努力回忆自己到底是在哪一个瞬间爱上了洪医生的，他身上又到底有什么东西能让她如此笃定？至于那第一眼的吸引，强烈到足以激活她身体的每一个细胞，它绝不可能只是来自表面的吸引，它只能是一种来自灵魂深处的碰撞！

关于洪医生的一切都那么美好，就像是她初心的渴望，她心底向往已久的归属感，她冥冥中找了很久的回家的路…… 对！遇到他，就像是迷路的小孩终于找到了回家的路，找到了那种回家的感觉！

于是，苏清容在屏幕上敲出了这样一行字："我也说不清为什么一眼就能认出那是我要找的人。他和其他男人不一样，他好像能给我一种回家的感觉。看到这个人，你就会觉得安全、温暖、平静。跟他一说话，你就会感到一种前所未有的舒服和快乐。"

洪医生反复读着这行字，静静地想象 Milkytea 想要描述的那种感觉。他仿佛想起了一首歌，歌词里就提到了这种回家的感觉。他哼唱着那首歌，努力回忆着歌词，找出了链接发了过去。

SleeplessRobot："我想我大概能理解你描述的那种感觉，但我还没能遇到这样一个人。我真的很羡慕你，可以遇到这样一个人，让你有回家的感觉。多年前我看过一部电影，我想把里面这首歌分享给你，希望你能喜欢。"

点开那个链接，一首娓娓道来的情歌，开始静静地流淌在苏清容的房间里：

你的眼里有温暖的光

让我忍不住想要靠近

你的声音沉稳富有磁性

扣动我怦然心动的心弦

如果你知道，我已经多久没有心动

如果你知道，我的世界有多么孤独

如果你知道，遇见你是我此生最大的渴求

如果你知道，为了这次相遇我等了多久多久

你也许会明白我的执着和傻气

和我只此一次的确定与坚守

是你让我找到了回家的路

那个初心犹存的家

因为你让我找到了回家的路

那个迷失已久的家

听到这里，苏清容已经泪流满面！竟然会有这么一首歌，准确无误地唱出了她的心声，没有一丝一毫的偏差。再听到后面的几句，她更是惊讶到不敢相信，这首歌完全把她带回到那个晚上，把她带回到深深爱上洪医生的那一刻！

哪怕身陷至暗长街，整个世界警笛长鸣

玻璃窗支离破碎，栖身处断壁残垣

我依然没被黑暗吞噬，因为我看到了一道光

你的出现，是照亮我前行的光

你的存在，是对我最好的奖励

如果你知道，我有多么渴望触碰到你

如果你知道，你对我的意义何其珍贵

你也许会明白，我为何会如此笃定地爱上你

当她得知自己患癌的那个晚上，整个世界仿佛就是条黑暗的长街。当她置身于深不见底的黑暗，洪医生就是黑暗中的那道光，帮她照亮了通往光明的方向。他的陪伴让她重新拾起勇气，他的安慰让她重新找到光的方向，他的存在让她发现了重新去爱的力量！他身上散发着的微光，就像是温暖的家的味道。

Milkytea："这首歌让我发现，他带给我的温暖，恰似一种回到家的感觉。"

SleeplessRobot："嗯！很高兴你会喜欢这首歌。"

Milkytea："谢谢，我太爱这首歌了！你简直就是我的天使！

SleeplessRobot："不客气！其实你也是我的天使。"

这世界上有很多美丽的灵魂，善良而深情，默默隐于市，静静收敛着光芒。他们不喜欢掌声和喧嚣，也不稀罕表面的热闹与浮夸。他们低调隐忍，需要一定的时间和深度才能窥见他们的美好。他们虽然不肯轻易打开心扉，但他们依旧渴望被照见、被认可、被欣赏，只被一个人真正懂得就好。

在如此美丽的灵魂面前，身体和皮相都显得不再重要。仅仅是这灵魂的照见就足以照亮生活的阴影，让日子开出一点点芬芳。在这日复一日的交流中，他们把那些不敢碰触的情结都一一梳理，把那些藏在心底的想法都一起晒在月光里。他们慢慢地渗透进彼此的生活，成了彼此生活中重要的一部分，宛如阳光、空气和水……

有一种幸福，是遇到一个懂你的人。

别太心急，守护好自己的灵魂，照顾好自己的初心。

有朝一日，我们终将跟契合的灵魂坦诚相见，惺惺相惜！

第十七章 光阴的馈赠

有人说时间是治愈一切的良药，也有人说治愈你的不是时间，而是明白。其实这两者之间并不矛盾，很多事情都是需要时间才能想明白的，很多痛苦也是需要时间才能释怀的，还有很多感悟也是需要时间的锤炼才能通透起来的。时间不紧不慢，一天天悄无声息地流走，而如何过好每一个流年，却是我们自己的选择。

人在幸福里，最怕的就是失去，而人在困顿中，最怕的却是停滞不前。其实失去还可能以另一种方式归来，而困顿又往往能造就另一种重生。与其患得患失，不如活在当下。喜欢就去珍惜，不喜欢就去改变！这世上没有什么是永恒不变的，更没有谁能对谁的幸福负起全责，所以每个人必须学会拿起和放下的智慧，在人生的旅途中好好与自己相处。

两年的时间转眼就过去了，两年前的那次手术经历，反而让苏清容活得越来越通透，越来越快乐了！她感恩每一寸光阴，每一点美好和每一份热爱。就连生活里的那些辛苦和不如意，她也觉得是为了反衬出快乐而存在的调味剂。只要灵魂还可以栖息在这个健康肉身里的每一天，她都愿意用它来感受生命中那些美好的东西。她依然眼神清澈，内心充盈，乐观豁达，她觉得活着真好！

天空有时风雨有时晴，连月亮都有阴晴圆缺，人又怎能免得了喜怒哀乐？那些相对活得快乐和满足的人，无非是有双善于发现快乐的眼睛和一颗能够感恩的心。苏清容就是这样一个人，她的乐观和快乐也在这两年间通过 Milkytea 的 ID 潜移默化地感染了洪医生。

说来也是神奇，这两年间他们的交流从没中断过一天！洪医生记得，两年前，是他那幅名为《星夜》的摄影照片，把可爱的 Milkytea 带到了他的生命里。初识她时，他还被困在情绪的黑洞里，任由那汹涌的暗流吞噬着将残的希望。她曾问过他，为什么用梵高的《星夜》命名那幅照片。他却没有告诉她：因为梵高在画《星夜》时，正在经历精神崩溃，而拍那张照片时的自己，也挣扎在崩溃的边缘。

两年后的今天，洪医生的心境已经发生了很大的变化，他开始感到快乐，也更热爱生活了。就连他现在分享的摄影作品，也少了些忧郁和孤独的影子，多了些平和和希望。他的快乐越来越分明，发自内心的笑容也越来越多。这两年间，Milkytea 像是他的心理医生，带他一点点走出阴影的角落，又像是他的守护天使，温柔地抚慰着他受伤的心。她的存在渐渐化解了他的迷惘，削弱了他的孤独，带给他更多好心情。

虽然洪医生依然还要面对前妻的抱怨和裹挟，依然还会帮她处理生活中的各种麻烦，但他已经渐渐意识到，自己并不像前妻说的那么失败，她的不幸福也不该完全归咎于自己。Milkytea 就像是一面镜子，照出了他身上可爱的一面，帮他看到了一个更值得爱的自己！当一个人真正被看到和欣赏，他的心底就会长出自信的翅膀，带他飞出自我怀疑的泥沼，认识更好的自己！

曾经的感情关系充斥着占有、控制、裹挟，洪医生几乎没有在婚姻里感受过配偶的关心、认可和支持，长达十几年的消耗和否定让他越来越怀疑自己，甚至一度相信自己是不值得被爱的。而有 Milkytea 陪伴的这两年，他的灵魂重新得到了认可和滋养，他心里的伤口逐渐被愈合，心里的黑洞也被光芒照亮。他虽然从未见过这个人，却因为她的存在而变成了更好的自己！

对洪医生来说，Milkytea 就像是一个朋友，她真心在意他是否快乐，每天过得好不好。Milkytea 又像是一个知己，她能听懂他的快乐与悲伤，也能温柔地抚慰他内心柔软和脆弱的地方。Milkytea 更像是照进他生命里的一束光，照亮他心底黑暗已久的角落，照出风雨过后的一道彩虹！

而对苏清容来说，有 SleeplessRobot 陪伴的日子里，快乐有人分享，痛苦有人分担，连孤独都被渲染出了温暖的色调！他的照片、他的歌和他的字字句句，都疗愈着她的心，安抚着她的躁动，慰藉着她的灵魂！他像是一个亲人，耐心地护佑着她的痴心，给予她无尽的宽容和理解。他又像是一位良医，总能给她的感情困惑开出对症的良方，给她需要倾诉的心事提供一个安全的出口。苏清容感恩遇见 SleeplessRobot，正如她感恩遇见洪医生和她生命中最重要的那几个人！

两年的时间，苏清容身边那些重要的人也都有了不小的变化。一转眼，苏阳已经十二岁了，个子长得和妈妈一样高了！她已经出落成一个眉清目秀的小美女，还成了一个妥妥的小学霸。现在的母女俩反倒更像是姐妹，经常站在同一段位上探讨问题，输赢不分上下。很多人都说，苏阳性格里的阳光和善良像极了苏清容，只不过她比妈妈更加活泼和聪慧！

Jenny 一年前在北京回悉尼的飞机上，遇到了一个让她梦寐以求的男人。用她自己的话说就是：他超越了我对男人的所有幻想！如今两人已经交往了一年，还是你侬我侬、爱意绵绵，也算是破了 Jenny 的恋爱保鲜纪录，眼看就要修成正果了。对于 Jenny 的新恋情，两个好朋友也都很看好。他俩在一起实在是太般配了！从外形到谈吐，从眼界到见识，就连笑点和哭点都那么和谐，简直就像是为彼此定做的一般。

苏清容还是第一次见到 Jenny 用近乎崇拜的眼神望着一个男人。也是她第一次看到 Jenny 眼含泪光地依偎在一个男人的怀里，发自内心地说："干吗不早点出现，让人家等了那么久……"连吴文静都忍不住感叹："这世上还真是一物降一物呢！没想到飞扬跋扈的 Jenny，也有小鸟依人的一天！"

至于吴文静，她还是那个美丽优雅的贤妻良母，大家眼中幸福的范太太！两口子依然过着温馨平淡的小日子，已然活成了彼此生命里最亲的人。唯一的变化是，随着孩子渐渐大了，吴文静开始拿出更多时间帮老公打理生意，这也让范默在结婚十几年后，对自己的老婆产生了全新的认识！

范默没想到自己的老婆不仅持家有方，在打理生意上也是一把好手。结婚这些年，吴文静虽然不用上班赚钱，但在照顾老公和孩子上，从来都是不遗余力，处处做到妥妥帖帖。如今回归职场照样是聪明能干、雷厉风行，帮老公把生意打理得井井有条。范默总是暗自庆幸娶到了这么好的老婆，把对吴文静的宠爱又上升到了一个新的高度！

后来，范默在见识了他那些铁哥们儿的婚姻困苦后，悟出来一个道理：娶到吴文静这样的好女人，真是全家人的福气！不管是家庭主妇还是职场精英，想干好都不容易，都是需要责任心和职业道德的。那些能把家庭照顾好的家庭主妇，到了职场照样能干出一番名堂！同理，那些工作出色的职业女性回归到家庭，大多也能把家里操持得井井有条，把孩子教育得很出色。唯独那些懒惰无能、擅长抱怨的女人，无论是打工上班还是全职在家，都只会把日子过得浑浑噩噩、一塌糊涂！

更让范默感到难得的是，很多这个年纪的夫妻都容易在育儿的过程中忽略伴侣的感受，把孩子的需求摆在配偶的前面。然而吴文静和范默却一直把彼此当成最重要的人，没有让孩子影响他们的夫妻生活。他们依然相拥而睡，依然会找机会单独旅行，依然定期过过二人世界。他们爱孩子，但他们最爱的，还是彼此！

吴文静对老公的爱是对孩子们最好的言传身教，让他们从小就懂得尊重和心疼爸爸。而范默和太太的相处方式，也潜移默化地让孩子们学会了感恩和尊重女性。其实孩子最需要的不是父母过分的关注，而是一个和睦温暖的成长环境。恩爱的父母、温馨的家庭氛围、耳濡目染的关心和爱，可以给他们带来巨大的安全感，让他们在日后成为自信、阳光、有爱的人！

要说这两年变化最大的，还得是苏清容！她从原来的拼命三郎，变成了一个懂得好好爱自己的从容女人。相对优渥的薪酬和积累下来的资产，让她在事业上具备了更敢于遵从内心的底气。这样的心理变化，让她在工作上逐渐剔除了那些不必要的顾虑，反而可以心无旁骛地设计出一件件更优秀的作品。

得益于这种美好的心境和视角，再加上天生具备的同理心，她在今年设计出了从业以来最引以为傲的作品。房主是一位在残运会上取得过金牌的运动员，苏清容为他量身定做的设计方案，不仅完美贴合了业主离不开轮椅的生活需求，还巧妙地把功能性的辅助设施融合到温馨和谐的家居氛围中，营造出了让客户满意的美好家居！而苏清容站在领奖台上手握奖杯时，她感到这个更优秀的自己，仿佛与心目中的洪医生，又拉近了一点距离！

　　这两年间，苏清容一有机会就会带着苏阳去看看外面的世界，不知不觉已经去过不少地方。追随 SleeplessRobot 摄影作品里的足迹，她去新西兰爬过他爬过的雪山，去南太平洋的小岛上凝视过他拍下的星辰。每次走到他去过的地方，她都喜欢在同样的地点拍一张照片发给他。而每次看到她到了自己曾经去过的城市，他就会告诉她那里哪家馆子最好吃，哪个小店最有趣，哪里能看到最美的风景。不管 Milkytea 走到哪里，不管那里有没有时差，他们每天都会跟彼此道晚安，从未间断。

　　有一次在斐济浮潜的时候，苏清容被一种蓝瓶水母蜇了，脚腕上肿起一个红红的大包。当地人告诉她，这种蓝瓶水母是有毒的，轻则红肿，重则死亡。在等待就医的路上，苏清容疼到难以忍受，只好给 SleeplessRobot 发信息求安慰："不幸被水母蜇了，快疼死了！当地人说这种水母有毒，希望我不会死掉。"

　　幸好医护人员很有经验，他们告诉苏清容，极少有人会对蓝瓶水母产生致命的过敏，大部分人只是局部肿痛，就像是被蜜蜂蜇了一样，并无大碍。医护人员用醋给她冲洗完患处，红肿果然很快就消退了，苏清容又可以愉快地回到海里浮潜了。

　　虚惊一场后的苏清容心情大好，先找了个有经验的潜水教练带她去看海龟，后带着苏阳到夜市吃海鲜烧烤。直到晚上回到酒店房间，才想起来还没跟 SleeplessRobot 报平安，赶紧查看手机，才发现一大串未读信息！

　　"你还好吗？医生怎么说？

"到底是哪种水母？严重吗？

"去医院，酒店的医疗水平不行！

"你能看到我的留言吗？

"怎么都两个小时了还没消息？我很担心你！

"你那里很晚了，你还好吗？

"Milkytea，你没事吧……"

苏清容没想到自己害得对方这么担心，赶紧回道："对不起，刚看到你的信息。没想到让你这么担心。"

洪医生在那边一直关注着手机，一看到 Milkytea 的消息总算放下了一颗悬着的心，赶紧秒回："怎么这么久都没有消息？医生怎么说？"

Milkytea："不严重，酒店的工作人员用醋帮我洗了洗就不疼了。"

SleeplessRobot："不是说有毒吗？你吓死我了！"

Milkytea："确实有毒，不过毒不死我。我生命力很顽强的！"

SleeplessRobot："你自己说的会毒死人！你知道我已经上网查过多少种水母了吗！我都快成水母专家了！"

Milkytea："哈哈，我哪想到你这么紧张啊！没准在研究海洋生物这条道路上，你能自学成才也说不定呢！"

SleeplessRobot："我一下午都没心情工作，你居然还敢取笑我！明知我会担心，也不报个平安！"

Milkytea："对不起，别生气了！我脚不疼了，就又回海里浮潜了，玩起来就忘了……"

洪医生想到自己傻乎乎地担心了整个下午，一个人心神不宁地想遍了各种可能，而这个家伙却一直在开心地浮潜，完全把自己忘得一干二净。

他顿时觉得又可气、又可笑,气呼呼地来了一句:"我错了!真是多余担心你这个家伙!以后就算被毒蛇咬了,也不要让我知道!"

苏清容见SleeplessRobot好像真的生气了,赶紧哄道:"是我错了,好吗?你别生气了……你不关心我,谁关心我!我要真被毒蛇咬了,你真的不会心疼我了吗?"

每次Milkytea一撒娇,洪医生就拿她一点办法都没有!他回了一句"心疼",就再不舍得责怪她了。

从那次以后,苏清容再没辜负过SleeplessRobot的关心。她会及时回复他的信息,每晚睡前都跟他道晚安,从未间断。倒是SleeplessRobot的工作实在太忙,白天经常都不在线,但他每天晚上必会找她聊天,也从未间断地跟她道每一个晚安和早安。

苏清容觉得这短短两年间,她跟SleeplessRobot说过的话已经多过了跟她任何一个朋友,更远远超过了她在婚姻里跟前夫说过的所有话的总和!如果不是她心里已经住了一个深爱的洪医生,也许她早就忍不住想看看这个SleeplessRobot的真面目了!曾经有很多个瞬间,她都想要拨开网络的面纱,与他成为现实生活中的朋友,但她能隐约感到对方的顾虑和无奈,又怕会在现实里失去他的陪伴,所以一直没有主动打破这种安全距离。

而对洪医生而言,随着这两年时间的交流,Milkytea对他来说已经不仅仅是一个网友或者朋友了!活到人生的这个阶段,他深知外表和身材只是不堪一击的视觉吸引,灵魂深处的共鸣才能构成坚不可摧的长久依恋。正如那句"好看的皮囊千篇一律,有趣的灵魂万里挑一",抛开Milkytea的外表,仅是她的灵魂已经足够可爱和有趣,让他忍不住想要去一探究竟了!

　　然而从他们第一次开始交谈,他就知道她心里深深爱着一个人。虽然他不知道她到底因为什么,不肯去兑现她的爱情,但是他知道,如果她心里住着一个深爱的人,就难腾出地方给别人!

　　洪医生觉得自己应该感谢那个人,因为 Milkytea 是因为那个人才爱上了那幅《星夜》,从而走进了他的世界!然而洪医生又忍不住嫉妒那个人,因为他占据了 Milkytea 心里最宝贵的位置,而那个位子可能永远都不能让给自己!不过不管怎样,他都愿意以目前这种方式静静地陪着她,也让她可以这样静静地陪着自己。只是洪医生从未想到,网络那端的 Milkytea 一直在等待一个时间,一个能让她打消顾虑,重新追求爱情的时间!

　　苏清容终于在两年后的今天,迎来了这个对她有着重大意义的日子!过去两年间,随着一次次理想的复查结果,苏清容对康复的信心越来越大。她相信体内的癌细胞已经彻底被歼灭,再也不会卷土重来了。今天这次术后两年的复查尤为重要,因为根据这种肾癌亚型的预后特点,如果术后两年还未见复发,就可以宣告无癌,在医学上就被考虑为彻底治愈了!

　　独自驾车前往医院的路上,苏清容觉得自己仿佛是在赶赴一场命运的宣判,心情既忐忑又期待!车窗外是悉尼的早春,树木长出嫩绿的春芽,街上的行人也都是一副朝气蓬勃的样子。一切都显得那么生机勃勃,不负这和煦的暖阳和这大好的春光。

　　苏清容今天穿的碎花连衣裙,正好就是这种早春的浅绿色。柔软的质地、飘逸的裙摆和贴身的裁剪,完美衬托出她清新淡雅的气质和曲线柔美的身材。大概是因为潜意识在期望可以偶遇洪医生，她今早出门前，还特意画了精致的淡妆，把长发吹成柔美的大波浪，喷上了一点茉莉味的香水。

放射科的医生是一位看上去很有经验的老先生，他好像对核磁共振的影像诊断非常乐观，特意宽慰她说："我这边看上去都很不错，没什么好担心的！你跟泌尿科的预约是什么时候，那边会综合你的所有检查作出诊断。"

苏清容听老医生这么一说，就像吃了一颗定心丸，顿时感觉轻松了不少，连忙感谢道："真是个好消息！谢谢您！泌尿科的预约是下午两点，如果也能等到好消息，我就终于可以跟癌症说再见了！"

老医生推了推鼻梁上的金丝眼镜，慈祥地说："那我祝你很快就可以大声说再见。最好直接说永别，让它有多远、滚多远！你还这么年轻，要珍惜好时光，积极乐观地享受生活！"

"嗯！我会的，谢谢您！麻烦问您一下，您知道泌尿科的哪位医生会给我面诊吗？会不会是洪医生？之前是他给我做的手术。"

那位医生想了一下说："具体是哪位医生我还真不知道，但肯定不会是洪医生。洪医生在休假，更何况你这个情况清晰明了，应该不需要专家级别的医生给你特诊。别担心啦，你的情况挺好的！我猜你今天离开医院时，应该会是面带微笑的！"

苏清容得知今天偶遇洪医生的几率是零，难免有点失落和遗憾。借着等待下午面诊的时间空当，她漫无目的地在医院里闲逛，不知不觉来到那个熟悉的会客厅。曾经挂着《星夜》的位置，如今已经换上了陌生的画作。关于这里，有很多东西都已改变，不知道洪医生还是不是当初的那个洪医生……

苏清容来到医院一楼的咖啡厅，挑了个面窗的位置坐下来，耐心等待下午的面诊。她发现手机里有一条 SleeplessRobot 的信息，打开一看，只有一张照片，照片里是大盘冒着热气的避风塘炒蟹。苏清容因为做检查需要空腹，从早上到现在还没有吃过东西，再加上高中时跟家人去香港旅游，吃过当地正宗的避风塘炒蟹，记忆里的味道非常鲜香美味，顿时让她感到垂涎三尺！

Milkytea："你在哪？我也超爱吃这道螃蟹！馋死我了！"

SleeplessRobot："馋的就是你！我在香港，来参加好朋友的婚礼。"

Milkytea："你的朋友才结婚？我一直都以为你比我老呢！"

SleeplessRobot："谁说我们老年人就不能结婚了？再说我这已经是第二次参加他的婚礼了！"

Milkytea："我对结婚和婚礼都没兴趣，我只对香喷喷的炒蟹有兴趣！"

SleeplessRobot："那我的目的达到了！就是让你看得见、吃不着！"

Milkytea："我劝你做人要善良！小心扎了嘴！"

SleeplessRobot："谢谢你的关心，我剥蟹的手艺很好。"

Milkytea："不客气，尊老爱幼是我的美德！"

下午见完泌尿科的医生，苏清容感觉压在心头的那块儿隐形的大石，仿佛被搬走了！她面带微笑、步履轻盈地走出医院的大门，仰起头沐浴着午后善意的暖阳。她拿起电话，第一时间把好消息跟 Jenny 和吴文静分享。又火速在悉尼最正宗的粤菜馆定了位，特意嘱咐今晚要吃到避风塘炒蟹。她感觉自己这会儿食欲大好，很有点当年高考放榜想大吃一顿的劲头。唯一不同的是，当年放榜的成绩并不理想，而这次复查的结果却十分理想！

傍晚时分，大家准时相聚在餐厅，每个人的脸上都洋溢着轻松灿烂的笑容。

Jenny："今天是容儿大好的日子，值得庆祝！不过我早就说过，你一定会健健康康的啦！"

苏清容："谢谢你们一直陪着我！对我来说这就是过命的交情，以后你俩有任何事，只要我能做到的，一定在所不辞！"

Jenny："那我还真有件事需要你帮忙！能不能给我当回伴娘？"

苏清容惊讶得差点跳起来，睁大眼睛望着问吴文静："快告诉我，她是认真的吗？不是在耍我吧？"

吴文静笑道："我刚知道时也是你这表情！谁能想到咱们 Jenny 这么快就交到正经男友，还居然就修成正果了啊！"

Jenny："怎么说话呢！什么叫正经男友啊。敢情我原来都不正经啦？"

苏清容："人家吴文静的意思是正式！正式男友！原来那些不是都没能过试用期吗？这不是刚出个能转正的吗？"

Jenny："说到转正，我还有个好消息要告诉你们。我们周末的飞机飞北京，给我爸祝寿。这不是正好赶上他七十大寿吗，我们就临时决定了。"

吴文静："天呀！这不就是见家长吗！看来你这次还真是认真的！"

苏清容："是呀！我真的太为你高兴了！看来遇到对的人，一切都是那么水到渠成、自然而然……"

Jenny："是的，遇到了对的人我才知道，相爱其实特别简单。我第一次为了跟一个人在一起，愿意奋不顾身、不计后果！可他却偏偏每一步都想在了我的前面，帮我想好了一切！从头到尾这都是一场双向奔赴，没有怀疑，没有消耗，只要幸福地去爱就好。"

吴文静："是的，真正的相爱就像呼吸一样，是毫不费力的。你爱他的方式正好也是他需要的，你爱他的语言他正好都能听懂，你们在一起自然而然就能感到幸福！

苏清容："是呀！你这次带个这么好的男朋友回去给你爸祝寿，他老人家心里一定会乐开了花！其实我也挺想爸妈的，好想回去看看他们。"

吴文静："要不一起回吧！正好能赶上中秋节，你也可以陪爸妈一起吃个团圆饭！"

苏清容拿出手机，查出中秋节果然就在下周，还真有点动心。好几年都没能陪爸爸妈妈过中秋了，每次在视频里看到妈妈花白的头发，就会一阵阵心疼。想来自己这个女儿当得，实在太不称职了！不能陪在父母身边，也几乎没为他们做过什么。说来也巧，之前因为担心复查结果，未来两周正好没有安排什么工作。苏清容当即决定，马上请假带苏阳回北京，陪爸爸妈妈一起过个中秋节！

那天晚上，苏清容跟远在北京的妈妈说要回去看她，妈妈又像往常一样劝她道："知道你那边忙，不用回来。我和你爸身体都可好了，千万不用担心我们，照顾好自己和阳阳就行了。"

然而当妈妈知道女儿这次已经定好了机票，她的眼里流出了高兴的泪水，连声说道："好！好！明儿我就去给你们买月饼！等你回来那天，我跟你爸给你包饺子！我想死我的好孙女了，平常没事啊，我就爱给她买玩具、买衣服什么的，正好这次不用寄了！你让阳阳什么都不用带，她吃的、穿的姥姥家都有！就等你们娘俩回来啦！"

　　接下来的一天，苏清容忙着收拾行李、采购东西，直到坐在飞往北京的飞机上，才算安静下来歇了一口气。想到自己是在回家的路上，马上就能看到爸爸宠溺的笑容，吃到妈妈亲手包的饺子，重温那记忆中家的味道，她就感到内心无比安宁和幸福。虽然这些年苏清容一直在离家万里的异国他乡，但这个家的存在却无形中给了她一个安稳的退路，一份托底的保护和一种永远都被接纳的心安！

　　正如白居易的那句："无论天涯与海角，大抵心安即是家。"这世上若有人，无论你风光或落魄、富贵或贫穷，都能无条件地爱着你，那个人便是你的亲人！这世上若有一个地方，让你不管何时何地想起，都能感到温暖和心安，都能无条件被接纳，那个地方便是家！

　　我们一直在人生的路上寻寻觅觅、上下求索，其实终其一生不过是在找寻一个家。从父母的家到自己的家，再从自己的家到儿女的家，人类生生不息，都是为了那个温暖的家。

　　何为家？有爱的地方就是家。

　　爱是心灵最好的归宿、岁月最美的光泽、光阴最好的馈赠。

第十八章　回家是为了更好出发

　　不知道是不是三万英尺的高空特别容易让人感到思念。苏清容的思绪好像也随着飞机摆脱了地心引力，随心所欲地飘浮在跟洪医生有关的回忆里，就像那窗外的云。已经两年的时间了，对洪医生的思念依旧有增无减，他的眼神和微笑早已深深地刻在了她的心里。也许这样的迷恋太过固执，但只有苏清容自己知道，他对她有独一无二的意义！

　　无意中在飞机上听到一首动人的歌，唱的就是放不下一个人的长情和固执：

　　刻在我心底的名字

　　你藏在尘封的位置

　　要不是这样，我怎么过一辈子

　　我住在想你的城市

　　握着飞向天空的钥匙

　　你继续翱翔，还有我为你坚持

　　经过了十一个小时的飞行，飞机缓缓飞入了北京的上空，苏阳好奇地望着窗外的一切，俯瞰着这个她本该熟悉，却又感到陌生的城市。苏阳的澳大利亚护照上清楚标注着她的出生地：北京。这里有爱她的姥姥、姥爷，还有她儿时的珍贵回忆。然而北京之行对苏阳来说，更像是一次让她兴奋的旅行，与到其他国家旅游的新奇感并无大异，但对苏清容来说，这不是旅行，而是回家！

其实连苏清容也不知道，自己这次为什么会如此想要回家！也许是对父母隐瞒了很久的病情终于无碍，她又可以像个健康的人一样坦然地面对父母，说出那句："我真的很好！"也许是她实在需要回到亲人的身边，好好给父母一个大大的拥抱，同时也好好感受一下家人温暖的怀抱。也许是冥冥之中她听到了北京的召唤，唤她回来闻闻儿时的味道，走走熟悉的街道，感受一下岁月沉淀过的故里，从而可以找回那个本真的自己，找到一种重新出发的力量！

在机场见到父母的那一刻，苏清容的眼睛湿了。当她看到花白了头发的妈妈使劲在朝自己挥手，听见爸爸用略显苍老的声音喊着自己的名字，她才意识到父母是真的老了。苏清容的泪水除了思念，更多的是愧疚和心疼。毕竟作为一个女儿，她为自己父母做过的，实在是太少、太少了！

苏阳倒是兴奋极了！平日只能在视频里见到的姥姥、姥爷，如今变成了真人出现在了她的面前。她激动地喊着"姥姥、姥爷"，大步流星地奔进他们的怀里。苏清容推着行李紧随其后，泪水早已夺眶而出，嘴里说着："爸、妈！我回来了！"苏清容的父母终于看到了心心念念的女儿和孙女，也都忍不住流下了激动的泪水，连声说道："回来就好！回来就好！"

回家的路上，苏爸爸合不拢嘴地开着车，苏阳坐在副驾驶上，小脑袋不停地东看西看。苏爸爸时不时地看几眼坐在副驾驶上的漂亮孙女，每看一次都会露出欣慰的笑容。苏清容则陪着妈妈坐在后座，紧紧握着妈妈的手。她感觉妈妈的手变得比以前瘦弱和单薄，手上的皮肤也粗糙苍老了许多。苏清容想到自己这么多年都没为妈妈做过一顿饭、洗过一次衣服，又不由得感到一阵阵的内疚。而此刻的苏妈妈，心里想着女儿这些年在国外无依无靠，还独自把阳阳抚养得这么好，也是忍不住地心疼。

这世上大约只有父母的爱能做到这么心甘情愿、绵绵不息。明明已经到了该由儿女照顾的年纪，他们却依然还是改不了想要为儿女付出的习惯。人到暮年，最牵挂的还是儿女！如今看到女儿和孙女这样平安健康地坐在自己的身边，这便是两位老人最心满意足的时刻了。

苏清容的父母退休后，把朝阳区的房子卖了，换了套位于顺义太阳城、联排带院的小房子。当年这个开发商率先在北京推出了"康养地产"的理念，在潮白河畔拿下了大片的土地，请了美国顶级建筑和景观设计师，借助河畔七千亩的天然绿化带，打造出了这个专注于提升退休生活质量的近郊房产项目，号称东方莱茵河畔的世外桃源！

当年苏爸爸被开发商那句"开退休社区之先河，立晚年幸福之标准"的广告词深深打动，更被开发商许诺的三甲医院、康乐中心、餐厅、超市、俱乐部等配套设施深深吸引。他当年选房的首要考虑就是：给自己和老伴找个可以安心养老的地方，尽量不给远在国外的女儿添麻烦。

而苏妈妈一直秉承了文艺女青年的浪漫情怀，当听到开发商拿陶渊明先生的《桃花源记》来描绘小区追求的意境时，苏妈妈甚是喜欢！她对售楼小姐在沙盘上画出的湖泊绿地、高尔夫果岭甚是满意。对那些带私家小院的户型更是深爱不已！

想当年，当苏清容知道自己的父母要从市中心搬去这么远的地方时，还多少有过担心！她生怕开发商只是瞄准了退休老人这个高净值客户群体的钱包，凭空做出不切实际的许诺，实无打造出如此优质大型项目的诚意和实力。

然而几年后的今天，当车子缓缓驶进小区大门的那一刻，苏清容还真被眼前这番美景惊艳到了！车子驶过之处，满眼的绿树成荫、鸟语花香！无论是碧蓝的湖水，还是精致的小溪，都设计得浑然天成，饶有品位！近处的花坛和绿化带独具匠心，又与远处的果岭和绿林完美融合，让人满目青翠、心旷神怡！

小区里无论是公寓、联排，还是独栋别墅，都显得错落有致，风格统一。家家户户的小院被打理得别致精巧，温馨可人。没想到，这里还真有几分配得上"世外桃源"的美誉！小区里的地面都做了防滑处理，随处可见报警器和长明灯，细节之处彰显品质。连身为设计师的苏清容都不得不惊叹：规模如此之大，品质如此之高的养老社区，放到全世界也算是数一数二的了！

待父亲用指纹识别打开了门锁，映入眼帘的是一屋子的智能电器。能显示食谱和库存的智能冰箱、一键式机器人吸尘器、二十四小时医疗服务对讲，连花园里的照明灯、遮阳伞和浇灌系统都是声控的。没想到这些在澳大利亚高端房产里才能看到的智能设计，已经被应用在国内的养老房产中了！

想来，科技的确可以帮助老人在生活上更加独立，也让他们在生活上不用过多依赖儿女的照顾。但虚拟科技却取代不了亲情的温暖，对老人来说，儿女的陪伴最为珍贵，也格外稀缺。

那晚，一家人一起吃完热腾腾的饺子，坐在电视前有说有笑地聊起了家常。苏清容一边陪苏妈妈看电视剧，一边给苏爸爸揉腿。苏阳最爱听姥姥讲妈妈小时候干过的糗事，时不时就要缠着姥姥再讲一个，然后笑得前仰后合！一家人在一起度过了一个无比幸福的夜晚，正如那夜空中的明月，月光皎洁、圆圆满满。那天夜里，苏清容睡得格外安稳和香甜，一如小时候。

　　第二天早上，苏清容在豆浆和油条的香气中醒来，耳边传来了老人和孩子的笑声。还没睁开双眼，嗅觉和听觉就已经带给她无限的幸福感，让她觉得自己又成了一个快乐的小孩。接下来的两天，她仿佛回到了小时候，跟在父母的身后，拜访亲戚，逛街购物，四处游玩！每天的时光都过得特别充实、特别满足，苏清容完全沉浸在这种久违的快乐当中，尽情地享受着家人带来的安全感和幸福感，什么都不用担心，什么也无须多想。

　　一转眼，已经是回北京的第三天了，一家人逛了一天王府井，又在全聚德吃完烤鸭回到家，都累倒在沙发上。妈妈随手按下扫地机器人的开关，也懒懒地躺在沙发上开始看热播剧。当机器人转到苏清容的脚下时，她好像突然想起了什么，猛地坐起身来，拿着手机跑回自己的房间！

　　决定回北京时走得太急，再加上这几天玩得实在太开心，她一直没想起上网，居然把 SleeplessRobot 给忘得一干二净！苏清容心想着，海岛那次就害得对方那么担心，这次一下子消失了三天，不知SleeplessRobot 会不会生气？她赶紧登陆网站，着急地想要跟他说声对不起。然而她又怎会想到，这次断联给对方带来的不仅仅是担心，还有害怕失去她的醒悟！

　　自从上次拿避风塘炒蟹馋过 Milkytea 以后，洪医生就再也没收到过她的任何消息。起初他因为忙着参加朋友的婚礼，还没太在意，只是留下一句："怎么不理我了？"眼看又过了两天，依然没有任何消息，他开始感到有点心神不宁。

洪医生的好朋友名叫 Kevin，是他大学时的同学。虽然学的医，Kevin 却没有做医生，而是回到香港在一家国际知名的医疗器材公司任职。擅长销售的 Kevin，如今也算是一个成功的医药代表，收入不菲，富而不骄。几年前他跟前妻和平分手，共同抚养两个孩子，如今请洪医生来参加的，是他的第二个婚礼！

Kevin 见洪医生吃饭时总是忍不住看手机，便笑道："怎么了？等女朋友的信息哪？"

"哪有什么女朋友！等个朋友的信息而已。"洪医生解释道。

Kevin 笑笑说："都这么多年的老朋友了，跟我还不肯说实话。普通朋友值得你这么牵肠挂肚的吗？"

洪医生不好意思地笑了："我可不像你那么招女人喜欢。真的没有什么女朋友啦！"

Kevin 放下筷子，一脸认真严肃地说："你说你也离婚几年了，怎么还没有个女朋友啊？除了治病救人，你能不能也想点别的！咱不能因为错过一次，就彻底把自己给放弃了吧！你看看我，还不是经历了错的，才找到了对的！失败是成功之母，错爱是通向真爱的必经之路！"

洪医生无奈地笑了笑："说真的，我真的挺羡慕你的！你够勇敢，总能对生活保有激情！我觉得我已经被上一段婚姻彻底掏空了，已经没有再重新开始的勇气了。再说了，Molly 可不像你前妻那么通情达理，盼着你好！她还是特别依赖我，一闹起来就要死要活的，我也不能抛下她不管……"

Kevin 没想到洪医生到现在还这么在乎前妻的感受,忍不住为朋友感到不平:"大家都是成年人了,应该明白,离了婚就该各过各的了!要我说,你就是太善良!Molly 已经剥削你十几年了,如今离都离了,凭什么还让她继续剥削你啊?先不说她这病到底是抑郁还是贪婪,就算她脑子真有毛病,也犯不着非得拉着你给她陪葬吧?是老朋友我才劝你一句,人就活这么一辈子,还是多爱爱你自己吧!要我看,你对得起她。你最大的问题是:你太对不起你自己了!"

Kevin 见洪医生低头不语,倒像是听进去了,便继续说道:"好兄弟,咱们活到人生的这半场,也该活明白点了!你说咱们在学业上拼,在事业上拼,到底是为了拼出点什么?总不能傻乎乎拼一辈子吧!你说人这一辈子到底该图点什么?反正我是想明白了,我下半辈子就图那么点温存和快乐。我得有个知冷知热的人陪在我身边,好好疼我,相伴到老。听我的!趁自己还算成熟,还没老去,赶紧给自己找一个聊得来的伴儿!"

说到"聊得来的伴儿",洪医生自然而然地又想到了 Milkytea。自从两年前她闯入他的生活,她已然成为他生命中最聊得来的伴儿,也渐渐成为他心底的一份牵挂!她是那么聪明善良、善解人意!她的可爱中总是带着几分调皮,单纯中又带着几分倔强和义气。她能坚强独立地面对人生的难题,也能温柔细腻地体会生活中的小美好。她身上有太多美好的品质,都是洪医生在上一段感情中从未体验过的。它们就像一道道微光,渐渐穿透他心里的乌云,给他的生活渲染上了希望的光芒。

那天跟朋友告别后,洪医生的脑海里一直在不停地问自己:"既然 Milkytea 对我如此重要,我为什么不试着去认识她?如果能见到她,我又会不会真的爱上她？"

关于这些问题，他给自己找到了三个合理的解释，或者可以称之为逃避的借口：

第一，对 Milkytea 的外貌还全然不知，也许她根本不是自己喜欢的类型。

第二，有个爱而不得的男人已经住进了她的心里，她的心很难容下别人。

第三，前妻是一个甩不掉的责任，她不会放手给他自由。

但是他又一一推翻了这几个站不住脚的理由，强迫自己不要再为逃避寻找借口：

第一，跟如此可爱的灵魂相比，外貌已经不再重要！

第二，比起爱而不得，难道不是两情相悦更好吗！

第三，既然已经分手，就该各自独立。人不应该一辈子困在过去的错误里。

洪医生想来想去，越想越乱。他不得不承认，感情方面还是 Kevin 更有经验，便给他发了一条求助短信：

"如果有这样一个女人，你每天都想要跟她说话……

"已经说了整整两年，还是有说不完的话题！

"如果你开心时想要跟她分享，难过时想听到她的安慰……

"知道她开心，你就好开心。知道她伤心，你就好难过！

"如果每天需要知道她安好，你才安心……

"一天没有她的消息，你就觉得度日如年！

"你说这算喜欢上一个人吗？"

Kevin 的回复是:"这不叫喜欢。这叫爱!不是每个人都能遇到这么聊得来的伴儿,大胆去爱吧。不管结果如何,至少你努力去爱了!"

洪医生一时怔在了那里!"去爱"这两个字像是一剂兴奋剂,把希望注入他的血液里,唤醒了他全身的每一个细胞。他感到了一种来自心底的冲动,对生活又燃起了好奇和热爱。这些年他习惯了克制和隐忍,已经太久没有这样直面过自己的欲望了!

那天晚上,洪医生回到酒店,给自己开了瓶红酒。他坐在透明的玻璃窗前,俯瞰着窗外灯火通明的香港。洪医生没有想到,从三十几层的高度望下去,香港的夜色竟是如此唯美。地面上的那些拥堵、纷乱嘈杂和熙熙攘攘,都统统被距离掩盖,只剩下璀璨绚丽的光芒和美艳迷人的夜色。

看来距离的确可以产生美,那么 Milkytea 的美好又跟距离有着几多关系呢?如果打破了这距离的界限,等待他的会是爱情,还是失望呢?在虚拟世界的保护中感受到的温暖,又会不会被现实无情地降温,将一切打回到冰点呢?

不知道是不是酒精的作用,洪医生此刻真的好想念他的 Milkytea!每逢这样的夜晚,当孤独汹涌来袭,他已经习惯了跟 Milkytea 说上几句话。她的存在至少可以证明,这个世界上还存在着一个与他息息相关的灵魂,在乎着他的悲喜,分享着他在这个世界留下的痕迹。可是她现在到底在哪里?她难道就这样消失在他的世界里?她怎么能舍得不告而别?!

洪医生望着窗外闪烁的灯火,觉得自己就像是一个被这个世界抛弃的孤魂。没有 Milkytea 的世界显得如此冷漠,那个巨大的黑洞又若隐若现，想要把他拉回到那个孤独冰冷的地方。这一刻他才彻底意识到，自己有多么需要她！

他真的好想她，他后悔自己为什么没有早点留住她！他在心里默默地发誓："如果还能收到她的消息，我一定要留住她！"

就在这时，手机突然亮了。屏幕上跳出一条信息，正是 Milkytea 发来的！

"对不起，我临时决定出国，没顾得上联系你，让你担心了吧？"

这条消息直接把洪医生从黑洞的边缘拉了回来！原来这个世界并没有把他抛弃！失而复得的喜悦，让原本沉稳克制的洪医生，变得一反常态的直接和冲动！

SleeplessRobot："这么多天都没有你的消息，我很想你。"

Milkytea："我这几天实在有太多事情了。你好吗？"

SleeplessRobot："不好。你把我忘了！"

Milkytea："这不是刚安静下来，就来找你了吗！我的生活有了一个很大的转折，所以临时决定离开澳大利亚，走得很急。"

SleeplessRobot："什么转折？好的坏的？"

Milkytea："好的！"

SleeplessRobot："让我猜猜，你恋爱了？"

Milkytea："不是啦！不过也算有点关系……"

SleeplessRobot："？"

Milkytea："还记得之前我告诉过你，我很爱一个人，但不能告诉他吗？怎么说呢…… 现在我可以告诉他了。"

SleeplessRobot："那你决定让他知道你的心了？"

Milkytea："嗯！是这么打算的。"

SleeplessRobot："你现在在哪？"

Milkytea："我在北京，这是我出生的地方。"

SleeplessRobot："我在香港，这是我妈妈出生的地方。"

Milkytea："那我们很近呢！"

SleeplessRobot："对，很近……近到我想要去找你……"

Milkytea："你是开玩笑，还是认真的？"

SleeplessRobot："我是认真的。"

苏清容看到这里停了下来，她没想到 SleeplessRobot 会突然想要见面。其实自己何尝没有过想要见他的冲动？但是不知为何，终究都还是抑制住了。可能是因为她心里装满了洪医生的影子，已经没有期待留给别人了。也可能是因为她太珍惜这个可以在虚拟世界里分享内心的朋友，害怕会在现实里失去他。然而该来的总是会来的，也许是时候见见这个陪了自己两年的朋友了！更何况，她也有点好奇他到底是个什么样的人，能不能在现实中成为真正的朋友。

Milkytea："我还会在北京待一周，等我回澳大利亚请你吃饭吧！"

SleeplessRobot："我可以去北京找你吗？"

Milkytea："干吗这么隆重！没必要为了见我特意来趟北京吧？"

SleeplessRobot："不是特意，正好还有几天假期，想去北京看看。如果你不觉得打扰，抽空接见一下我这个朋友吧！"

Milkytea："不打扰，北京欢迎您！不过明天我可没空，我有个重要的地方要去。之后你随时找我！"

SleeplessRobot："重要的地方？是去见你喜欢的人吧！"

Milkytea："不是啦！不过跟他也有点关系。说出来你可不许笑我！"

SleeplessRobot："我笑你也不是一次两次了，说来听听吧！"

Milkytea："北京有一个月坛公园，是古人祭祀月亮的地方。小时候就听老人说过，中秋满月的时候在那里对着月亮许愿会特别灵！明天就是中秋节，我要去跟月亮祈祷！"

SleeplessRobot："祈祷什么？升官发财？"

Milkytea："庸俗！我要祈祷快点遇见他！祈祷他会爱上我！当然了，顺便祈祷一下升官发财也不错！"

洪医生听到这里，心里有点酸酸的。他希望 Milkytea 幸福，希望她的愿望都可以成真！可他又实在舍不得失去她！他可以越来越清晰地感觉到，她在自己心中沉甸甸的分量。他必须去见见她！他迫切需要证明，自己这种强烈的感觉不是距离产生的幻觉，而是真真切切的存在！

SleeplessRobot："好，祝你愿望成真。期待在北京见到你！"

Milkytea："难道你不用先看看我的照片，再决定要不要见我？万一我是个恐龙呢？"

SleeplessRobot："那也一定是个可爱的恐龙！不用，我不在乎你的样子。你呢？"

这句话说出口后，洪医生感到自己心跳加速，生怕对方提出要看他的照片。他担心自己不是对方喜欢的样子，更担心会失去见她的机会！其实关于 Milkytea 的样子，洪医生早已在心里幻想过无数次。从她聪慧可爱的性格、大方自信的言谈，他完全有理由相信 Milkytea 是一个美丽的姑娘！虽然很想看看她真实的样子，但此时此刻，他不想让一张照片决定了这段关系的命运！

正好在苏清容的潜意识里，她也同样觉得，不该让一张照片决定了他们的命运。她对 SleeplessRobot 的好奇远远超过了一张照片，她对他的兴趣完全基于他有趣的灵魂！于是，她发了一个淘气的表情："不用，我也不在乎你的样子。咱们北京见！"

洪医生记下 Milkytea 在北京使用的电话号码，就互道晚安了。订好了北京的机票和酒店，他才意识到，自己已经太久没做过这么疯狂的事了！这样的自己虽然让他感到陌生，但他喜欢这个愿意打破规则、奋不顾身的自己！毕竟再不任性就老了！

那晚，洪医生的头脑异常兴奋，丝毫没有睡意。他订了第二天一大早的机票，索性决定不睡了，上网浏览各种关于北京的介绍。北京可真大啊，不只有月坛，还有天坛、地坛、日坛！看来古人还真是对神充满了崇拜，仅仅是为了祭祀日、月、天、地，就分别在故宫的东、南、西、北建造了四处神坛。他还查到，明晚中秋佳节，月坛公园会开放到深夜，供人们前去祈福和赏月。

人到中年，洪医生一直疲惫地活在责任里，小心翼翼地不敢辜负任何人，却唯独习惯了忽略自己的感受。如今还能为了自己，不计后果地任性一回，漂洋过海地奔赴一次，也算是他这辈子做过的最疯狂的事了！面对命运的无奈，他不得不压抑自己的情感，长久地活在孤独和寂寞里。但这次，他愿意用上所有的希望和勇气，去抓住那个让他可以感到真正活着的东西！

人生遇到不如意，但凡想用峰回路转、柳暗花明、绝处逢生这样的词去改写命运，背后都需要点敢于冒险的精神和不认命的骨气！

"认命"这个词，大多只会出现在中年人的字典里。年轻人还有大把的时间去尝试，是不会轻易认命的。而那些已经努力了大半辈子的中年人，拼尽全力想要把生活过成想要的样子，却一次次被命运无形的大手死死摁在绝望里！他们挣扎过、反抗过、全力以赴过，所以才会觉得累了、绝望了、认命了！

　　然而，每个人的一生就像是一本书，只要生命不息，故事就未完待续。我们手握命运的笔，谱写着自己的人生，不到终点绝不放弃！与其在追求幸福的路上提前封笔，不如努力写出转机、写出爱！

　　无论如何都要相信，生命中最精彩的章节还在路上……

第十九章 月圆月缺都是你

在北京生活过的人都知道，北京的秋天是一年中最美的季节。春过于浮躁，风沙飞絮，稍纵即逝。夏过于炎热，热气蒸腾，酷暑难当。冬又过于清冷，寒风凛冽，万物凋零。唯独秋，天气不冷不热，清风不骄不躁。阳光之下，金灿灿的落叶，把这座历代皇城的深厚底蕴，渲染得淋漓尽致！秋高气爽的北京城带着成熟和傲骨，有种气定神闲的大气。

这个秋天，苏清容终于可以在北京的家里，迎来这个象征团圆的中秋佳节！过去多少个中秋，她只能在遥远的南半球祝父母花好月圆、幸福安康。而这个中秋，她终于可以回到父母的身边，实现老人心中期盼的团圆。

吃过早餐，苏爸爸披上了女儿在澳大利亚买给他的羊毛外套，招呼女儿到院子里喝茶。他一边煮茶，一边笑眯眯地说："容儿，今年你能回来真好！往年中秋啊，爸爸我总想着，我这宝贝女儿一个人在那么远的地方，要是累了、病了，可有谁能在身边照顾她啊…… 一想到这，我就心疼你啊！"

"爸，您不用担心我，我把自己照顾得可好了！而且我还有俩特别靠谱的好朋友，她们都可疼我了！"苏清容不愿让爸爸担心，赶紧安慰道。

苏爸爸还是一脸心疼地说："我知道你能干，一个人也能过得不错。

可是爸爸希望你不只是过得不错，还要过得开心，过得温暖！你明白爸爸的意思吗？”

苏清容点点头说："爸，我明白。我这不是还有阳阳吗？阳阳这孩子跟我特亲，我们真的过得挺好的！您就放心吧……"

"阳阳是个好孩子，但总归是要长大的。到时候你孤苦伶仃一个人，你让我怎么放心得下啊！你离婚都这么多年了，现在阳阳也大了，你该为自己多考虑考虑了。之前爸爸也没怎么劝过你，但是这次爸爸有些话想跟你说，希望你能认真听进去！"

苏清容知道爸爸又少不了要对她长篇大论了，只得故作乖巧地递上一杯茶，调皮地说："父亲大人请赐教，小女定将洗耳恭听！"

苏爸爸表情依然严肃，语重心长地说："你看，爸爸如今也是快七十的人了，就你这么一个女儿，你还总不在身边。可是，爸爸每天都过得暖洋洋的，一点都不觉得寂寞，为什么呢？"

根本不等苏清容回答，他马上又自问自答道："还不都是因为有你妈妈陪着我嘛！这人老了以后啊，其实每天的日子都差不多，就是一日三餐，平平淡淡的。无论你曾经有过多大成就，房子住得有多大，银行里有多少存款，要是没个知心的人陪你到老，这辈子就总离幸福差着那么一点点！容儿啊，爸爸希望你能朝着幸福再努力一把，争取给自己找个懂你的伴儿。等你老了，也能有个人陪你这么一天天的看日出、看日落，陪你说说话、吃吃饭、散散步……爸爸不在乎你在事业上拼得多高、多远，爸爸就希望你能拥有那种稳稳的、踏实的幸福。你懂吗？"

"我懂，您说的我都懂。您放心，我也想找到那个人，而且我也在努力！只要能让我找到他，我一定紧紧拉着他的手，再也不轻易放开！您说好吗？"苏清容乖巧地说。

"好！好！你一找到，就紧紧拉着他的手，把他带来给我看！让我也高兴高兴！"苏爸爸的脸上露出了笑容。

"遵命！保证第一时间带给您过目！"苏清容见爸爸笑了，也松了一口气，赶紧又给爸爸斟上一杯茶。

苏爸爸跟女儿说完这席话，也略微放心了一些，指着自己面前那杯茶说："好！喝完这杯茶，我就当你是认真答应我了。赶紧去厨房看看你妈，告诉她今年的首要任务就是找对象。省得她老为你担心！"

"是，谢父皇教诲。女儿这就去给母后请安。"苏清容这么一撒娇，总算是把苏爸爸彻底逗乐了。

来到厨房，见苏妈妈正在准备午饭要用的食材，苏清容便要上前帮忙。苏妈妈一脸嫌弃地说："你呀，什么都不用管，省得越帮越忙！你要真孝顺，就应该知道妈妈最盼望什么，别老跟我弄这些没用的。"

苏清容赖唧唧地趴在妈妈的肩膀上，娇滴滴地说："我知道！您一直都盼着我能找到个好男人。您怎么对自己的女儿那么没有信心呀，我这不是主动来跟您汇报工作来了吗！"

苏妈妈立刻停下手里的活儿，惊喜地望着女儿说："什么情况？难道你有男朋友了？快给我坦白从宽！"

"您别急嘛！要相信面包会有的，男朋友也会有的。对主动要求进步的同志，您得给点耐心！您想想，这些年我为什么一直单着？还不是因为一直没有遇到过能让我心动的人吗！"

还没等女儿说完，苏妈妈就没好气地说："我还不给你时间啊？你都单身多少年了！你能不能把这进步的步伐，迈得再快一些啊？"

苏清容赶紧嬉皮笑脸地应道："必须可以啊！我现在就已经迈出了革命性的一步！真已经遇到喜欢的人了，我今年最大的任务就是把他拿下。"

苏妈妈仿佛看到了希望的曙光，将信将疑地问："真的假的？都有具体目标了？那妈妈支持你，你现在的首要任务就是解决个人问题！"

"谁说不是呢！我今天晚上就准备去月坛许愿，求那月下老人赶紧把我的情况重视起来，把我的那根红线给牵起来。您放心，在不久的将来，我就能带着喜欢的人给您审阅啦！"

苏妈妈被逗得扑哧一声笑了："你这孩子可真烦人！说了半天，不就是八字还没一撇吗！去吧，去吧，中秋夜的月亮最大最圆，妈妈也希望你的愿望能快点成真。等晚上吃完火锅，把阳阳留在家里陪我看中秋晚会，你自己去月坛好好祈祷祈祷你这姻缘！"

晚上一家人吃完热腾腾的火锅，又品完几种不同口味的月饼，苏妈妈便坐在沙发上准备看起中秋晚会来。苏清容拿起爸爸的车钥匙，随手披上一件运动外套准备出门去月坛。苏阳正在客厅里跟姥爷摆弄着红灯笼，抬头看了眼妈妈，大叫道："妈妈，你怎么就穿成这样啊！跟月亮祈祷是件很正式的事情，你得穿得漂亮点！"

苏清容笑道："穿成这样怎么了？月亮又看不到我！你以为那月亮是外貌协会，还会嫌弃我难看不成？"

苏阳严肃地说："你如果希望月亮能听到你的声音，你就明白，它很可能也能看到你的样子。你不是说要去祈祷爱情吗？把自己打扮得漂亮点不行吗！反正我希望，你能给月老留下好一点的印象，他老人家也好帮你配一个帅一点的男朋友嘛！”

苏清容笑道："你懂什么！月老才没你这么肤浅呢！心诚则灵，这事压根儿就跟穿什么没有半毛钱关系！"

苏阳还是不服气："反正你未来的男朋友要想让我也喜欢，最好还是帅一点的！你去换上昨天买的那条新裙子吧！我真心劝你别穿成这样去月亮面前现眼！"

苏爸爸也表示同意："我觉得咱们阳阳说得对！穿着得体是对中秋节最起码的尊重！别磨蹭了，快去把你这身换了，穿身儿漂亮点的！"

苏清容被这爷孙俩搞得哭笑不得，只得回到房间换衣服。她换上了那条新买的纯白雪纺连衣裙，对着镜子端详自己。简单大方的线条，恰到好处的收腰，飘逸柔美的裙摆，穿在身上还真多了几分温柔浪漫的味道。配上她那件百搭的浅驼色风衣，裸色平底船鞋，咖啡色单肩小皮包，全身只有白色和咖啡色两个色系，简单大方，知性优雅。

苏清容的皮肤白皙干净，不施粉黛依然光洁亮白，只需放下盘在脑后的一头秀发，让它们随意披散在肩头，毫不费力就显现出一种智慧通达、高洁清冷的气质。苏清容这身打扮出门时，赢得了全家老小的一致好评。苏爸爸还由衷地感叹道："我闺女可真好看！"

车子快速行驶在京顺路上，窗外有朦胧的夜色和皎洁的月光。苏清容把车窗打开条缝，让窗外清新的空气灌进车里，让那秋夜清爽的小风轻拂面颊。天空中那轮又大又圆的明月，看上去就在不远的前方，但车子朝着它的方向开了好久，也全然不能缩短与它的距离。天上、人间本来就是两个世界！那皓月高高在上，远远地守望着这凡尘中的芸芸众生，用它的阴晴圆缺见证着人间的悲欢离合，用它的皎洁月光普照着有情人的美好期望。

　　苏清容想起苏阳小时候特别喜欢的一个童话故事。小兔子问兔妈妈："你有多爱我？"兔妈妈试着用各种长度来描述爱有多深，但都觉得不够，最后说："I love you to the moon and back！"苏阳特别喜欢那个故事，而且从那以后，她俩经常会在睡前对彼此说："I love you to the moon and back！"看来不只中国人爱用"月亮代表我的心"，外国人也喜欢把月亮和爱关联起来。

　　这边苏清容驾车朝着月坛公园行进，那边洪医生也在酒店楼下坐进了一辆出租车。他并不确定今晚会不会在那个叫月坛的地方遇到他想见的人，但是他非常确定那是他今晚唯一想要去的地方！他曾经无数次用高倍望远镜拍摄夜空中的月亮，但这将是他第一次，在专门为月亮而设的节日和神坛，欣赏北京上空的月亮！曾经那些赏月的夜晚，他是孤独的，而今晚的他，感到了一丝隐隐的温暖。

　　车窗外八点钟的北京街头，到处都是手提灯笼、抬头赏月的人们。在中秋节这天，人们怀着美好的心愿，在同一轮明月下仰望和祈祷。世世代代传承着人类与宇宙的美妙交流，释放着灵魂深处的渴望。洪医生曾经一直怀疑，这世上到底有没有那么一个人，能与自己产生灵魂深处的连接，而如今他却笃定地相信这个人已经出现，而且他正在去见她的路上！

　　北京的出租车司机都特别能聊，洪医生赶上的这位也不例外！司机师傅看上去四十来岁的样子，胖乎乎的圆脸留着寸头，操着一口浓重的北京口音。

　　"听您这中文水平，估计是国外回来的吧。第一次来北京？"司机师傅一踩油门就开聊。

洪医生用他那掺杂着浓重港台口音的蹩脚普通话说："我是在澳大利亚长大的，第一次来北京。"

"你这趟来北京是出差还是旅游啊？打算玩几天？"司机师傅问。

"我来看个朋友，这次只能停留几天时间而已。"洪医生说。

"那您应该抓紧时间去看看故宫、长城啊！怎么这点儿去月坛，难道你们澳大利亚人也信祭月这一套？"出租车司机好奇地问。

"一个北京姑娘告诉我月坛很灵，其实我今晚是想去那里见她。"洪医生不好意思地笑道。

出租车司机这下来了精神："见姑娘啊？这事靠谱！这姑娘一定是个大美女吧！"

洪医生笑道："哈哈！我也想知道啊！其实我都还没见过她的样子。"

"哟！您这该不是网友见面吧？那您可得做好心理准备，网恋奔现很容易见光死哟！前一阵儿我就拉过这么一位，上车就一直哭。一问才知道，刚跟聊了一年多的网友见面，结果对方是个快两百斤的肥婆！"那司机不怀好意地说。

洪医生觉得跟司机师傅这么聊着，紧张的心情倒是放松了不少，他笑笑说："我倒不担心我要见的姑娘不够美，我反而有点担心她觉得我不够帅。"

司机师傅扭过头仔细打量了一眼洪医生："哟，您可真够谦虚了！我看您这斯斯文文的儒雅气质最招姑娘喜欢了，您可有点多虑了啊！我要是您啊，一准儿对自己有信心，还是多担心一下姑娘的颜值吧！"

洪医生发现自己还真是对 Milkytea 的颜值毫不担心，他坚定地说："直觉告诉我她很美！你相信直觉吗？"

这个问题可算是让洪医生见识到了北京的哥有多能侃！司机师傅仿佛瞬间切换到大学教授模式，妙语连珠、侃侃而谈："信啊！直觉这东西咱不能不信啊！什么叫直觉？直觉就是没有经过分析推理、不受理智控制、最本能直接的感觉！有的人会说直觉不靠谱，但是我觉得直觉才靠谱！

"您想想！未来 AI 技术也许替代得了人类的逻辑和推理，可是它替代不了人类的本能直觉啊！直觉的形成那简直太牛了！这里面包含了基因、原生家庭、成长阅历，甚至是嗅觉、视觉、触觉等一系列的因素。您说，这得需要多少复杂的因素，才能让人瞬间生成一个本能的判断啊！这难道不就是人类最高级的能力吗！"

司机师傅喝了口保温杯里的水，继续补充道："当然了，也不能什么事情都凭直觉，有些事它不归直觉管。比如我现在走哪条路最快最好，还是凭 GPS 实时路况比较靠谱，数据清晰准确，也少耽误您的宝贵时间！但是有些事情吧，它还真就得凭直觉才靠谱！比如交朋友和找老婆，咱就千万别先让那些条条框框、逻辑思维过多影响了自己的主观感受！这种事情吧，要我说，还就得跟着感觉走！先得直觉对了、感觉有了，再用那些条条框框和理性分析来辅助判断也不迟啊！您说是不是这么个理儿？"

看到听众连连点头表示认可，司机师傅更来劲了，滔滔不绝地接着说："为什么现在离婚率这么高？找对象时太理性，总把一堆硬性要求摆在最前面！现在的人找对象，关心的全是收入、长相、是不是有车有房、房子有没有贷款。至于到底喜不喜欢这个人，跟他在一起有没有感觉，都快忽略不计了！哪像我们当年，家里给介绍的对象条件再好，没感觉的话，我也坚决不同意！您知道吗？虽然我老婆也不是多漂亮，但看到她的第一眼，我就有种特别强烈的感觉。我当时就觉得就她了，我得追这姑娘，她就应该是我的老婆！结果呢？几十年了，风风雨雨，不管是好日子还是苦日子，我俩一直都是一条心，从没变过。娶我媳妇就是我这辈子做过的最好的选择！"

洪医生听到这里忽然觉得有点感动。眼前这位司机师傅虽然过着朴实无华的生活，却洋溢着满脸的幸福。提到自己的爱人时，他那副心满意足的表情，尤其让洪医生感到羡慕！毕竟幸福感才是最高层次的情感富足，最滋养人的还得是爱！对那些情感缺失的人来说，再成功的事业，也终究堆砌不出那种发自心底的幸福和美满。

聊着聊着，车子已不知不觉地驶到了月坛公园的门口。洪医生一下车，突然觉得又兴奋又忐忑，仿佛马上要奔赴一场命运写好的约会。司机师傅好像聊得意犹未尽，临走前还特意放下车窗对他喊了句："哥们儿，祝你好运！凭直觉，我觉得您一定会有好运的！"洪医生感激地挥了挥手，他又何尝不希望这个月圆之夜能带给他想要的圆满呢！

虽然已经快晚上九点了，来赏月和祈福的人们还是络绎不绝。月坛虽然不算大，但始建于明朝，也有着将近五百年的历史了！古有明清两代帝王秋分祭月，祈求国泰民安；今有怀着美好期望的人们来此登高赏月，期盼幸福与团圆。

洪医生习惯了澳大利亚的宁静，完全没想到北京的夜晚会有这么多人，顿时被眼前的热闹场面搞得有点不知所措。他顺着人流往里走着，身边不是一对对的情侣，就是一家人在一起有说有笑，像他这样单独前来的人并不多。

洪医生拿出手机，试着给 Milkytea 留的号码发了一条短信："中秋快乐! 你在干吗?"几秒钟后, Milkytea 回复了一张照片, 照片上是今晚那轮大大圆圆的满月, 拍照的角度是在一个古亭外面。洪医生用手指把照片放大, 隐约可以看到亭子的牌匾上有"邀月亭"三个大字。

洪医生只能认出当中那个"月"字, 便拿着照片找了个路人, 问他认不认得这个亭子。顺着那路人指的方向, 他远远望到不远处有一座小巧的古亭, 半隐在僻静之处。虽然他并不确定那是不是能遇到幸福的地方, 但他无比确定: 那就是他此刻需要靠近的方向!

苏清容大约在半小时前就已经到了月坛, 也许是在澳大利亚安静惯了, 她特意避开人群, 挑了这处相对僻静的小亭子, 想要安安静静地跟月亮聊聊自己的心事。她站在亭子里, 抬头仰望着夜空中那轮又大又圆的月亮, 默默地回忆起洪医生那双迷人的眼睛。那双眼睛有种安静的力量, 深邃而明昊, 宛如今晚的月亮。

她想到第一次见到洪医生, 他就像一束光照进了她的心里, 照亮了整个病房! 她想到出院时他来病房看她, 那温暖的目光几乎把她融化, 让她好生不舍! 她又想起那次复查时在候诊室偶遇他, 他无意间抬起头, 目光穿过整个大厅, 不偏不倚地落在了她的身上。当他们四目相对的那一刻, 苏清容明明从他的目光里看到了进射出来的火花!

那是苏清容最后一次见到洪医生, 然而他的每一个眼神、每一个微笑都深深刻在了她的心里。已经两年了, 是什么力量可以让一个人对另一个人如此地认定, 如此念念不忘? 那种强烈的感觉已经超越了一见钟情, 掺杂着某种命运的神奇力量! 那样的眼睛、那样的微笑、那样的感觉, 仿佛早已在梦里见过千百回, 让她一眼就能认出, 一眼就能认定!

苏清容想起了《廊桥遗梦》里的那句话:"这样确切的爱, 一生只有一次！"是的！这样的"认定"一生只有一次！

苏清容痴痴地望着天上的月亮，双手合十，虔诚地祈祷："请让我们再次相遇，好吗？虽然我并不一定是他想要的幸福，但请至少给我一次爱他的机会好吗？我有幸福的能力，我有好多爱能给，我也值得被深爱！只要他愿意，我一定会好好宠他、疼他、爱他。明月在上，见证我心；若能相见，必将珍惜！"

刚刚对着明月说完心底的这番话，苏清容就看到面前的石阶上走上来一个人。不知为何，随着那人影走得越来越近，苏清容开始莫名地心跳加速，双眼不由自主地停留在那个人身上，下意识地想要把他看清楚！

只见那人缓缓踏上最后一级石阶，走到了苏清容的面前。月光洒在他的身上，勾勒出柔和的微光，映照出他的面庞。苏清容简直不敢相信自己的眼睛！她目瞪口呆地望着那个人，像是望着一个从天而降的梦！眼前的这张脸是如此熟悉，在过去的两年里，它每天都在她的脑海里浮现过无数次！眼前这个人一直住在她的心里，明明就是她心心念念的洪医生！

然而苏清容实在想不通，洪医生怎么会在此时此刻，如此神奇地出现在她的面前！这是相思成灾的幻觉，还是虔诚祈祷的灵验？这是个悬在半空中的梦，还是命运真实存在的恩赐？这是缘分未尽的相遇，还是缘尽而别的幻灭？她睁大眼睛愣在那里，分不清眼前的一切到底是梦是真、是虚是实……

其实当洪医生走上层层石阶，远远看到亭中的白裙女子，他的心也本能地悸动了一下！那女子对着明月双手合十，仿佛在虔诚地祈祷，又仿佛在倾诉着她的心事。皎洁无瑕的月色，朦胧柔美的身影，配上这等良辰美景的意境,简直美若一幅水墨画。

　　说来也怪,洪医生在看到那身影的一瞬间,就已经认定了那就是他要找的人!亭中的这个女子,分明跟他心中勾勒出的 Milkytea 毫无偏差,居然完完全全是他想象中的样子!虽然他根本看不清她的脸,但她身上的气质和故事感,让他觉得似曾相识,与他熟悉的那个可爱灵魂完全契合!在那一刻,他宁愿相信这就是命运的安排,她就是他的命中注定!

　　当洪医生走进古亭,借着朦胧的月光看清她的脸,他的心像是被一支隐形的箭击中,瞬间被定在那里,整个人都怔住了!他面前的这个人像一个发光的天使,静静地守在那里,仿佛一直都在等待他的到来。他面前的这张脸有种清冷自持的美丽,坚定中带着一点迷茫,倔强中带着几分痴情!她身上散发的温柔和可爱不是装出来的,而是一个女人善良灵魂的真实体现,温和不锋利、内敛不张扬!

　　这张脸他明明见过!只是一时想不起她的名字,也想不起到底是在何时何地见过她。关于她的一切都美好得不可思议,像是命运为他量身定做的独一无二!关于她的一切都和他想象中的一模一样,她就是他的 Milkytea!她是他千里迢迢想要见的人,她是他冥冥中想要找的那个人,她是他的命中注定!

　　苏清容和洪医生都没有想到,事隔两年当他们的目光再次相对,交织出的不再是犹豫、克制和闪躲,而是喜悦、珍惜和认定!于是,从未被爱情眷顾过的两个人,经历了沟沟坎坎、兜兜转转,终于找到了彼此,找到了属于他们的惊喜和满足!

　　是的,满足!没有什么比这一刻更让人感到满足!当爱开始的那一刻，相爱的两个人同频共振出幸福和满足的电波。那是人类释放给浩瀚宇宙的最美信号，那是爱的信号！

生命在这一刻被赋予了真正的意义，命运在这一刻奏响了最美的篇章！这一刻是如此奇妙，仿佛每一个细胞都是为了这一刻而存在，每一个量子都是为了这一刻而纠缠！

此时无声胜有声，两人眼中无尽的柔情，仿佛都是在诉说：

原来是你，缘来是你！

原来月缺月圆，一直都是你！

从此月圆月缺，永远都爱你！

第二十章　真爱好甜

　　明月之下，清风徐来，最爱的人就在眼前！这样的花好月圆来得有点出乎意料，让两个人都沉浸在不可思议的惊喜中。无论是苏清容，还是洪医生，都从未在爱情的世界里体会过这样的幸运，他们都有点不敢相信，命运竟会如此眷顾自己！

　　苏清容好想去触摸洪医生的手，感受一下他的体温，以确认眼前的人是不是真实存在的。但她依然处于恍惚的状态，对眼前的一切找不到合理的解释，反复地在脑子里问着自己："刚刚祈祷再次遇到洪医生，他怎么就真的出现了？他不是应该在澳大利亚吗？怎么会突然出现在北京？就算碰巧他也来到这个城市，又怎么可能这么巧，偏偏也在中秋之夜出现在邀月亭？他应该早已把我忘记，但他看着我的眼神为何会如此炙热？"

　　苏清容越想越迷惘，终于用微微颤抖的双唇问出一句："洪医生，你怎么会在这里？"

　　听到她喊自己"洪医生"，洪医生才猛然想起，她是他曾经医治过的病人，她的名字好像叫"Rong"。洪医生的大脑也马上陷入了飞速的思考，难以置信地问自己："难道 Rong 就是 Milkytea？Milkytea 就是 Rong？陪伴自己两年的 Milkytea 原来早已见过！看来她只是认出

了我是洪医生，还不知我是 SleeplessRobot！如果她知道洪医生就是
SleeplessRobot，她会失望还是开心呢？如果她只把我当作了洪医
生，那她此刻的眼神里为什么含着那么多惊喜呢？"

洪医生看到她眼中除了炙热和惊喜，还包含着诸多复杂的情绪。有
柔情，有依恋，好像还有一丝丝的委屈。那痴缠的眼神仿佛已经投入了
很多很多，等了很久很久 …… 洪医生看着楚楚动人的 Milkytea，顿时
心生怜爱，恨不得将她紧紧地揽入怀中！但他努力抑制住自己的感情，
只是深情地望着她的双眸，温柔地轻唤了一声："Milkytea。"

苏清容又一次愣住了！她直勾勾地看着洪医生，内心翻涌出一个个的
问号："洪医生怎么知道我这个 ID，明明只有 SleeplessRobot 才知
道啊！难道 …… 难道洪医生就是 SleeplessRobot！SleeplessRobot 就
是洪医生！所以 …… 这两年来，天天陪着我的那个人，一直都是洪医
生？"

惊喜交集的苏清容有点不知所措，一时间目瞪口呆地站在那里，
不知说什么才好！信息量太大，她的大脑有点运转失常，她的心也像
要跳出来一般！时间仿佛凝结在那一刻，万物静止，全世界只有他们
两个人在旋转。

"原来 SleeplessRobot 就是你 …… 你是来找 Milkytea 的 ……"
苏清容终于缓过神来，想起自己刚刚给 SleeplessRobot 发过的短信。

"是啊。希望 Milkytea 见到我没感到失望！"洪医生紧张地笑了笑。

"Milkytea 刚刚许下的心愿已经成真了！你说她是开心还是失望？"
苏清容也害羞地笑了。

"你是说 Milkytea 一直爱着的那个人是 …… ？"洪医生简直不敢相
信自己就是那个让 Milkytea 愿望成真的人！

"嗯，是你。"苏清容羞答答地低下头轻声说。

"所以你今天来这里祈祷，想要再次遇见的那个人也是……？"洪医生实在没有想到，那个让她顾虑了那么久的男人，居然一直都是自己。

"嗯，是你。"苏清容这次抬起低垂的眼眸，满眼星辰地望着他。

洪医生被这突如其来的幸福搞得有点不知所措，他万万没有想到这个只有几面之缘的姑娘，会把他放在心里如此重要的位置。他有点受宠若惊地说："可你并不了解我，你确定值得你祈祷的那个人是我？"

苏清容觉得洪医生茫然无措的样子特别可爱，她微微踮起脚尖凑到他的耳边，温柔地说了一句："那个人一直都是你。"

洪医生的脸上终于露出了幸福的笑容，那一刻，苏清容感到心里盛开出无数朵灿烂的花，整个世界都荡漾起粉红色的涟漪。

原来洪医生从未离开，他一直都以另一种方式陪在她的身边。在现实之外的另一个维度上，他的灵魂从未缺席，他可以毫无顾忌地跟她交心，与她赤诚相见。而此时此刻，他又这样真真切切地出现在她的面前，近在咫尺、触手可及!

苏清容的脸上也露出了幸福的笑容，略带撒娇地说："那见到你的Milkytea，有没有感到失望？"

洪医生一脸宠溺地笑道："我的 Milkytea 从没让我失望过！"

苏清容眼角眉梢都洋溢着甜蜜，像是个情窦初开的小女生! 她温柔地望着他的眼睛说："我的 SleeplessRobot 也从没让我失望过。"

洪医生顿时感到一阵暖流注入整个身体，浇灌着他那颗快被命运抽干的心。他从未体验过这样执着的爱恋，也从未被这样无条件地接纳。当他知道自己被一个人如此深刻地爱着，他仿佛找到了一种自洽的力量,生命中那些痛苦和烦恼都不攻自破了!原来爱是人间最好的解药,他感到自己已经可以与过去和解。此时的他感受到了宇宙中最深层的善意和生命最美好的温情。

这一刻化解了之前所有的孤独,也让之前所有的等待都变得值得!他愿意把对命运的失望和质问都如数收回,因为此刻的温暖足以抵消前半生的冷酷。有生之年,能如此深刻地被照见、被懂得,能如此爱一回,已然无憾!

洪医生情不自禁地伸出双臂,将苏清容揽入了怀里!感情的洪堤瞬间崩塌,情感的潮水顷刻而出!当他知道自己爱的人也同样爱着自己;当他伸出双臂时,对方也恰恰在等待着这个拥抱;当他们的灵魂和肉体都同样渴望靠近对方:这样的默契和亲昵就像是混沌世界中的一轮明月,照亮了彼此心里最纯净的地方。

苏清容曾经无数次幻想过洪医生的怀抱,然而当她真的被紧紧拥抱在他的怀里,那种温暖的甜蜜超越了她所有的想象。她把脸庞紧紧地贴在他的胸前,听着他怦怦的心跳声。她的双臂不由自主地环绕到了他的腰间,身体也亲昵地靠在了他的身上。她感到一种无法言喻的安全感和幸福感,一种跨越空间和时间的美好力量。

两年的想念在这一刻被完美兑现了。她恨不得可以永远这样依偎在他的怀里,再也不用分开!而洪医生也感觉到了苏清容在自己怀里幸福的脉动,他好迷恋这种被依偎、被需要的感觉,恨不得可以永远这样保护着她。

他们就那样安静地享受着灵与肉的交融,抱着彼此良久,直到苏清容仰起头望着他,温柔地说了句:"好想你。"洪医生看到她的眸子里散发着温柔和幸福的光芒,她眼中的柔情蜜意就像是世间最美的童话,让他瞬间觉得自己快乐得像个孩子。

现实比梦境还美好!关于她的一切都是那么可爱和亲切,她的灵魂和身体都让他感到意乱情迷、如痴如醉!他情不自禁地在她的额头轻轻一吻,然后深深地望着她的眼睛,仿佛在倾诉他的渴望、宠爱和无尽的温柔。

苏清容的脸上露出了一个甜甜的微笑,满足得像极了一个初恋的小女生!这一刻曾经无数次出现在她的梦里,然而这不是梦,而是梦想成真!此时此刻,幻想已经照进现实,变成了幸福的模样!他双臂的力度、嘴唇的温度、望着她的角度,都将是她此生最美好的记忆,昭示着爱情来时的样子。

没有试探的撩拨,没有若即若离的把戏,甚至不需要假扮矜持,也无须揣测对方的心理,有的只是赤诚相见的两颗真心和想要去给予对方宠爱的真意!

"从没有人这么确定地爱过我,你确定我有那么可爱吗?"洪医生突然问道。

"我喜欢的一部老电影里有这样一句对白:这样确切的爱,一生只有一次。"苏清容眼神里有满满的认定。

"嗯,是《廊桥遗梦》里的对白。我懂……"洪医生点了点头。

"相信我,你对我就是这么特别。从没有人让我有过这种确信,只有你!"苏清容坚定地说。

洪医生望着眼前这个姑娘,他甚至有点佩服她对待爱情的笃定和坚持!他们都经历过太多的消耗、太久的等待。他们实在不忍再浪费任何时间，只想好好去爱。既然缘分能让他们再次相遇，断不可让那廊桥空留遗憾，把那最爱的人弄丢！

洪医生这次把苏清容搂得更近了，让她的脸紧紧贴着自己的胸膛。

"真的只有我？"洪医生问。

"真的只有你！"苏清容说。

"那 SleeplessRobot 呢？你就从没喜欢过他？"洪医生问道。

"坦白说，还真有一点点！"苏清容说。

洪医生微微皱了一下眉头，调皮地说："刚说只有洪医生，现在又有 SleeplessRobot！你到底知不知道自己喜欢谁呀？"

苏清容把头使劲往他怀里蹭了蹭，撒娇地说："真讨厌，人家喜欢的还不都是你！"

洪医生觉得身上暖暖的，心里甜甜的。他本以为自己早已被上一段感情消磨成将死的枯木，再也没有复苏的可能，没想到一瞬间就被这温柔的爱意包裹，滋润出嫩绿的枝丫。

夜晚的风微凉，轻轻吹起了苏清容的裙角。"天有些凉了，不如我们换个地方聊聊天吧。"洪医生体贴地说。

苏清容点了点头："这附近有家甜品店，我带你去那吃月饼吧。"

"好！正好我到现在都还没吃上月饼呢！"洪医生开心地笑了。

两人沿着蜿蜒的小路并肩而行，苏清容会时不时地偷看洪医生几眼，欣赏那英俊立体的侧颜。月光打在他高挺的鼻子上，勾勒出骨感的棱角和能化解世事的力量感。浓浓的眉毛、闪亮的眼睛、微微抿起的嘴唇，无一不体现着成熟男人特有的智慧和不张扬的丰厚内心。

洪医生一边走着，一边努力回忆着他记忆中的苏清容。他救治过的病人实在太多了，很难对每个病人都留有印象。但对 Rong 这个病人，他还的确能回忆起不少细节！他记得她是一个独立坚强的单亲妈妈，有一个可爱的女儿。她努力把生活过成了想要的样子，却意外被诊断出癌症。记忆中的她，是个乐观坚毅而又柔软细腻的女人。至于当时的彼此有没有萌生出喜欢的枝丫，洪医生没敢想过，也绝不允许自己去想。彼时他是医生，她是病人。他不会鼓励，也不能鼓励她对自己的情感。

然而时隔两年的今天，如若此情此景不是天意，如若这样的情意还称不上真爱，那又有什么称得上缘分、称得上真爱呢！虽然苏清容曾经当过他的病人，但两年的时间应该足以证明：她对他不是一时的移情，而是灵魂深处的喜欢！

这样一见倾心、再见倾心的缘分，需要几生几世才可以修来？这样错过了又重逢的机会，难道不是上天成全？洪医生庆幸命运又把她带到了他的身边，而且这次她不再是他的病人！

在去甜品店的路上，洪医生像欣赏一件心爱的艺术品一样，幸福地看着苏清容开车的样子。他好喜欢她脸上温柔善良的线条，清冷自若的五官和眉眼间流露出的小倔强。他还喜欢她那头从未挑染过的自然色泽的长发和握在方向盘上那双白皙纤细的手。他喜欢关于她的一切，若非再次遇见，他都不知这世上竟有如此让自己心动的姑娘！

洪医生从苏清容每次回应自己的笑容中，也感受到了来自对方的，毋庸置疑的喜爱。每次目光相对，她的眼里都闪烁着幸福的光芒，脸上的满足也溢于言表！洪医生从来不知道，自己的存在可以让一个女人如此发自内心地感到幸福！

他依稀记得他的前妻只有在收到贵重的礼物时，脸上才会露出笑容。而那笑容远远没有容儿此时的甜蜜和纯粹。洪医生自问并没为眼前这个女人做过什么，他仅仅是坐在了她副驾驶的位置，就已经让她感到如此地甜蜜和满足！

车子停在了一家叫"一期一会"的甜品店门口，透过茶色的落地窗可以看到里面依稀坐着几位客人，田园风格的装修配上暖色的灯光，显得恬静惬意。苏清容挑了个安静的角落坐下，点了几款别致的月饼点心和一壶清香的花草茶。温热的茶香和柔和的光影，让一切显得更加舒适和惬意，彼此间自然而然地生出了更多的亲切感。

洪医生："你从什么时候开始喜欢我的？"

苏清容："见到你的第一眼。"

洪医生："这么容易就喜欢上一个人？会不会有点草率？"

苏清容："这么草率的事，也是头一次发生在我身上……"

洪医生："那你怎么就能确定自己没看走眼？"

苏清容："前所未有的强烈直觉吧。"

洪医生："直觉也有不准的时候哟！"

苏清容："我太久太久没有心动了，也顾不上它靠不靠谱了。"

洪医生："你当时有没有想过，我是你的医生，你不该爱上我？"

苏清容："想过，理智和情感一直在打架。"

洪医生听到这里喝了一口茶，若有所思地说："你有没有想过，也许你只是在脆弱的时候对我产生了依赖，并不是真的喜欢或爱？医学上我们称之为移情，作为医生，我必须帮你了解移情的含义，不可以利用你的脆弱。"

苏清容说："关于病人对医生移情的定义，我自己已经上网查过。

我确定，我喜欢你是因为你是你，而不是因为你是我的医生。我们只是恰巧在那个时间和地点遇见，即使你不是我的医生，我也会心动。再说了，都两年了，我早就不是你的病人了！"

"是啊，已经两年了，没想到你还是忘不了我……"洪医生感叹道。

"有的人爱上只需一眼，忘记却需要一辈子……"苏清容含情脉脉地望着他说。

洪医生一想到 Milkytea 曾经描述过的那些想念和深情，就忍不住觉得心疼："既然忘不了，为什么不告诉我？"

"我没有办法抑制住我的情感，但我可以用理智控制住我的行为。因为担心我的病会复发，我能做到不去找你，但我做不到不去想你。你懂这种感觉吗？"

洪医生说："嗯，我懂。人生有时的确会比《理智和情感》还要无奈……比如我，自认是个克制的人，哪想有一天会飞来北京，只为了见你！"

苏清容忽而有点小得意地说："你不是说，来北京不是为了我吗！"

洪医生笑道："不为了你，难道还真是为了风景啊？"

苏清容开心地笑了，一脸自豪地说："我们北京的风景也是值得一看的啊！这座城市已经有三千多年历史了，到处都有历史古迹！不像悉尼，只有那么寥寥几百年的历史！"

"纠正你一下啊，1788 年英国舰队第一次登陆悉尼时，就发现了成千上万的土著民！所以准确地说，从土著民的历史算起，悉尼有三万年历史了！"洪医生毕竟是从小在澳大利亚长大的，忍不住把小学历史拿出来晒晒。

苏清容一脸不服地说："你也别光从土著人算起了，直接从袋鼠算起得了！要像你这么算，那我们的北京猿人还生活在五十万年前呢！"

洪医生被苏清容这副伶牙俐齿的样子逗笑了，赶紧哄她说："我看咱们今天就不用讨论进化论的范畴了，还是给我讲讲有哪些名胜古迹最值得去吧！如果你愿意带我逛逛，风景和你我就能一起欣赏啦！"

苏清容开心地点点头："好吧，你就跟着我逛吧！只有我的洪医生才有这么 VIP 的待遇哟！"

跟喜欢的人在一起，时间过得真快，两人不知不觉就聊到了店家快要打烊。洪医生眼角眉梢流露出的温情和笑意，让苏清容感受到了前所未有的快乐！如果之前的迷恋只是飘浮于空中的彩云，太过无凭无据、虚无缥缈，那眼前的美好就是触手可及的幸福，带着爱情的香气和足以点亮寂寥人生的光芒。

放下防备的两颗心毫不掩饰内心的诚意，直接跳过了试探揣测、欲擒故纵那些无聊的戏码，径直坠入到非爱不可、非你不可的甜蜜爱河！那一晚，两个人都觉得现实比梦境还美；那一夜，两个人都第一次因为快乐而失眠！

回到家的苏清容和回到酒店的洪医生，依然像往常一样用短信互道晚安。只是这次，她称呼他"洪医生"，而他改叫她"容儿"。

"我好久没有这么开心过了，谢谢你来北京看我。"容儿说。

"我也好久没有这么开心了，谢谢你爱我。"洪医生说。

"很晚了，你睡吧。"容儿说。

"我睡不着……"洪医生说。

"为什么睡不着？"容儿说。

"你忘了？我是不睡觉的机器人！"洪医生说。

"说真的，你之前为什么总睡那么少？我还很担心你呢！"容儿说。

"之前失眠是因为缺爱，今晚失眠是因为有爱。"洪医生说。

"所以不睡觉的机器人这次是为爱失眠？"苏清容发过去一个笑脸。

洪医生的脑海里突然想起了绘本大师 Dr.Seuss 的一句话。此刻，他很庆幸自己可以在有生之年体验到这样美好的爱情！他把这句话作为今晚的最后一条短信发给了苏清容："当你睡不着是因为现实比梦境更美好时，你就知道自己已经坠入了爱河。"

那晚，苏清容躺在床上痴痴地想：每个人都是独自来到这个世界的，却不是每个人都能足够幸运，遇到那个比梦境还美好的人。在这只活一次的人生里，遇到了，发生了，体验了，才不枉此生！被真正懂得过，珍惜过，深爱过，这辈子才算没白活！

那晚，洪医生更是辗转反侧、思绪万千，感到了一种近乎重生般的快乐！他感到自己一直缺失的一角，终于被添补上了。活到人生的这半场，虽然在事业上，早已找到了一个男人应有的自信，但是在感情上，他却一直都在怀疑自己。十几年的婚姻带给他的是永无休止的贬低、埋怨和指责，让他感到越来越无力、自责和累。他开始怀疑自己到底会不会爱，到底值不值得被爱！

然而今晚，当他被喜欢的人如此完美地接纳，当他的感情被如此真诚地回应，他从爱人的眼里看到了一个更好的自己！这种亲昵感和接纳感让他从心底生出了一种自信，他终于相信：自己也是值得爱与被爱的！

接下来的两天大概是他们人生中最幸福的两天！他们一起从景山俯瞰整个紫禁城，感受这座历史古都厚重的文化底蕴。他们一起在长城的烽火台上相拥远眺，想象着在烽火连城的岁月里，那些依然敢于倔强相爱的古人。他们一起在柏悦 66 层的"北京亮"餐厅享受烛光晚餐，俯瞰北京璀璨的夜景。他们也一起在王府井夜市随着快乐的人潮，吃小吃、逛小摊。

他们的脚印留在北京的落叶上，他们的笑声留在北京的市井中，他们的爱情弥漫在北京深秋那沁人心脾的空气中。跟喜欢的人在一起，做什么都是那么舒服简单，自然而然就能感到幸福和快乐。拥有了彼此，他们都看到了幸福的模样！

原来只有如此深刻地相爱，才能感到被这个世界真正地照见，才能体会到那种发自内心的幸福和满足！从那一刻起，一个人才真正意义上拥有了爱与被爱的力量，生命才从生活表面的琐碎中解放出来，升华出精神世界的富足。

人活一世，总要尝尝真爱的甜才不枉此行。真爱好甜！甜在被懂得、被欣赏、被认定的温暖；甜在从爱人眼中看到的那个独一无二、无可替代的自己；甜在孤独之后、苦涩之后更懂得珍惜和感恩的遇见；甜在想要与对方共度余生的决心，也甜在想把戒指戴在无名指上的决意！

第二十一章 缘像失散多年的家人

　　和洪医生在一起的第三天正逢周六，苏清容想起 SleeplessRobot 曾经说过他喜欢逛市场，那里的市井气和烟火气有种生机勃勃的力量，让人感到放松和愉悦。于是苏清容突发奇想，决定带洪医生去逛逛北京潘家园的古玩市场。

　　每逢周末这里都格外热闹，可以看到许多的摊位、各色各样的人和亦假亦真的古玩字画。洪医生从小在澳大利亚长大，从没见过这样的市场，兴奋得像个孩子！苏清容怕他在熙熙攘攘的人群中走丢，索性拉起他的手，边逛边给他讲着古玩市场的传奇故事。

　　"这里真正的古董并不多，大部分就是仿古的或者根本就是赝品。卖家的报价也有很大的还价空间，基本可以照着一半的价格砍价。不过这里也出过不少淘到宝贝的故事！有的人花二十元买的瓷碗后来被鉴定出是价值几十万的青花瓷。还有人花几百块买了个老玉坠，没想到是个清代的和田玉坠，价值上百万！当然了，大部分人也就是来这里逛着玩，买点喜欢的工艺品，顺便碰碰运气淘淘宝！"

　　洪医生看苏清容说得津津有味，恍然大悟道："所以这才叫淘宝啊！我知道中国的 Ebay 叫淘宝，还一直以为是淘气宝贝的意思呢！"

　　苏清容扑哧一声笑了："亏你想得出来！您这中文理解能力还停留

在小学文化水平吧！"

洪医生也笑了："哈哈！我看你就是个淘气宝贝！竟敢取笑我的中文！"

他们就这样有说有笑地逛着，并没看到什么特别喜欢的物件，倒是买到了不少能带回去给澳大利亚同事当手办的小礼物。直到逛完了大部分摊位，苏清容才在一个不起眼的角落里，发现了一枚祖母绿戒指。

那戒指虽然看上去有些年头，但是做工极其精细，宝石的色泽也格外碧绿。苏清容忍不住拿起它对着阳光端详，浓郁的绿色中微微可见一些细小的瑕疵，倒极像是块儿天然的祖母绿宝石！

那摊主是个五十来岁的中年妇女，面前只有一块头巾大小的地摊，上面依稀摆放着少得可怜的几样物品。那妇人见有人对她的戒指感兴趣，便连忙说道："姑娘，这可是真的绿宝石！你要喜欢，我便宜卖给你！"

苏清容确实觉得很有眼缘，却装作不太在意的样子试探道："我随便看看，能问问您这戒指怎么来的吗？"

那妇人一脸诚恳地说："我家老头子年轻时去非洲修铁路，这是他从一个叫赞比亚的地方带回来的。那些年他在国外当劳工，赚了不少外汇，就买了这个送给我。想当年，这可真是件很贵重的首饰呢！我虽看着喜欢，但是几十年了也没舍得戴过。这不是刚来北京吗？处处用钱，就想着不如拿它换点钱交房租。"

苏清容看这妇人样子倒是诚恳，又着实有些喜欢这戒指，便问道："那您打算卖多少钱？"

"我家老头子把它从非洲带回来时，就说这玩意值三千。不过那可是快三十年前了！"那老妇人有点没底气地伸出一个手指，"我觉得现在卖个一万不算多吧？"

苏清容心想这颗宝石胜在够大够绿，这么好的成色若是真的，一万自然不贵！但想想这价格，又想到真假难辨，便把那枚戒指放了回去，不好意思地说："我再看看吧。谢谢您！"

洪医生看出苏清容虽然嘴上说算了，眼睛却还是舍不得离开那枚戒指，便执意要买下来送给她。可苏清容却坚决不肯让他买给自己，拉着他迅速离开了那个摊位。只听那老妇人在身后失望地喊了一句："那您出八千行吗？真的不能再低了！"

临走前，洪医生借口说去洗手间，迅速找回到那个摊位。他直接拿出八千现金，急切地问道："可以把它卖给我吗？"那老妇人连连点头，连忙接过钱，一个劲儿说着："谢谢！谢谢！请您相信我，这真的是非洲带回来的好东西！"洪医生真诚地说："我相信！谢谢您把它卖给我。"

那晚，苏清容又带洪医生去吃了北京烤鸭，才开车把他送回酒店。车子停到门口，苏清容见洪医生恋恋不舍地不想下车，便羞答答地笑道："怎么？还不舍得我走啊？"

洪医生有点紧张地看着苏清容说："我想送你一件礼物，不知道你会不会喜欢……"紧接着，他从上衣口袋里拿出了那枚戒指，深情地望着她说："我觉得不管它是真是假，你喜欢就是好的。所以，我还是偷偷回去买了。你要不嫌弃，就先戴着，反正一回去，我就马上换个钻戒给你。"

苏清容看到洪医生眼中闪闪发光的碎玉星辰，也看出了他因为在意而紧张忐忑的心情！那枚戒指泛着碧绿的生机，散发着幸福的光芒；眼前人带着浓浓的诚意，表明坚定的爱意！这幸福来得有点太突然了，就像是一阵甜蜜的龙卷风，直接把苏清容送到了天上的云朵里。

那云朵就像是棉花糖做的床，把她包裹在甜甜的柔软里，肆意享受着阳光的美好！

苏清容幸福地点点头，伸出了纤纤玉指，任由心上人把那枚戒指戴在了她的手上。说来也怪，那指环不大不小，正好严丝合缝地戴在了她的无名指上！浓翠碧波般的绿宝，衬上她白皙的肌肤，修长的玉指，显得那么美丽耀眼，别具一格！

当心爱的人为自己戴上戒指的那一刻，任何语言都不足以表达心中的甜蜜！戒指的意义并不在于宝石的贵贱，而是它背后的认定和执着。它代表着她在爱人的心里是弥足珍贵、无可替代的。它让苏清容清楚地知道：认定这份感情的不仅仅是自己一个人，而是他们一双人！

作为经历过一次婚姻，丢弃过一枚钻戒的女人，苏清容早已看透了那颗小石头的意义！有爱，它就是无比珍贵的宝贝，承载着沉甸甸的真情；无爱，它就是一粒小石头，石头本身的价值越高，反而会越显得讽刺！如今的苏清容，早已不在乎戒指本身的价值，她只在意这个戒指背后有多少真情实意！

晚上一进家门，苏清容就被苏阳神秘兮兮地拉进了房间："妈妈，我必须得友情提醒一下！今天我听到姥姥和姥爷说你有情况，还说晚饭时要对你进行一场灵魂拷问！"

苏清容一脸不以为然地说："什么情况？还灵魂拷问，你这都从哪儿学的新词？"

"跟姥姥学的呗！姥姥说你这两天整天在外面跑，还说你回来后总是满腹心事的样子。姥爷也说你这两天会不定期地发出痴傻的笑容，肯定是有情况了！他们还说你平日就特别能藏事，所以必须对你进行灵魂拷问。对了，还说必要的话可以对你上点刑！"

苏清容装作害怕的样子，逗苏阳说："真的？这二老为了逼供还要对我上刑？我好怕怕啊。"

苏阳一脸看热闹不嫌事大的表情坏笑道："妈妈，你不会挨打吧？好想看看姥姥、姥爷会对你用什么刑啊！"

苏清容一把将苏阳按在床上，一边用两只手不停地胳肢她，一边恶狠狠地说："看来你还挺盼着我挨打的！先让你尝尝这挠痒痒的酷刑吧！"苏阳浑身上下都是痒痒肉，笑得眼泪都快出来了，连声求饶："妈妈太坏了！Stop！不然我找姥姥告状！"

苏清容一听，反而挠得更狠了："小东西，看你再敢威胁我！"

笑声引来了苏爸爸的围观！他见孙女不停地喊"姥爷救我"，便喝令女儿停手，及时救下了孙女！在解救过程中，苏爸爸无意间发现了女儿无名指上的戒指，一脸疑惑地说："怎么出去一天回来，手上就多了枚戒指？"

苏清容连忙挡住那戒指，嬉皮笑脸地说："哎呀，人家都饿了，妈妈给我留什么好吃的了吗？"

苏爸爸一看女儿避而不答，反而更怀疑这戒指的来历了。再加上它还被戴在了无名指上，苏爸爸便越发觉得，这戒指的背后一定有点什么故事！他让苏清容去客厅等着吃饭，自己则跑到厨房，第一时间跟苏妈妈汇报了他的这个重大发现！

苏妈妈对苏爸爸这个发现给予了充分的肯定，并表示她会亲自从女儿口中问出戒指的来历！待苏妈妈端着热好的饭菜出来，苏清容早已摘下了那枚戒指，手上光秃秃的什么也没有。这个举动反倒让苏妈妈感到更加怀疑：如果戒指不是他人所赠，又何必如此遮遮掩掩？

苏妈妈端坐在女儿的对面,故作淡定地问道:"容儿啊,你说你大老远的好不容易才回家一趟,怎么也不多陪陪我们?你看你,这两天整天往外跑,一出去就是一整天!"

苏清容一脸愧疚地说:"妈,我也特想多陪陪您······ 这不是正好有个老朋友来北京吗?我多少也该尽尽地主之谊。不过您放心,他后天就该回澳大利亚了,到时候我整天黏着您,您可别嫌我烦啊!"

"什么朋友,比妈妈还重要!男的女的?"苏妈妈饶有兴致地问道。

苏清容赶紧搪塞道:"哪能比您重要啊!您要不愿意,我明天就不出去了,好好在家陪您!"

苏妈妈显然对女儿的这个回答毫不满意,锲而不舍地追问道:你还没回答我呢!男的女的?"

苏清容小声哼唧了一声:"男的。"

苏妈妈大声重复了一遍:"男的?"

苏阳和苏爸爸也异口同声地加入了群聊:"男的?"

苏清容没好气地抱怨道:"你们这是干什么啊?还能不能让人好好吃饭了!"

苏妈妈一把抢过她手里的筷子:"不能!别吃啦,先给我汇报一下这男的什么情况!"

苏清容一脸委屈地说:"您不带这样的!该告诉您的时候,我自然会告诉您的。"

苏妈妈依旧不依不饶:"你口口声声说回来看我和你爸,结果刚陪我们两天就跑出去陪这位男性朋友!我还不了解你吗?不是特别重要的人你才不会这么整天陪着呢!你就告诉我,我认不认识这人吧!"

苏清容没好气地说："您不认识！"

苏爸爸也过来添乱："那我认不认识啊？"

苏清容不耐烦地说："您也不认识！！"

没想到苏阳也跟着起哄，学着姥姥、姥爷的样子说："那我认不认识啊？"

苏清容这下还真被问住了！毕竟阳阳见过洪医生，这假话还真挺难对孩子说出口。她只得低声嘟囔了一句："你认识，行了吧！"

这下，老两口彻底进入兴奋状态，你一言、我一语地开始了各种猜测和分析：

"阳阳认识，我们不认识！说明这人是容儿在澳大利亚的朋友啊！"

"男的，澳大利亚的，人在北京，还见过阳阳！这关系可不一般啊……"

"绝对不一般！这两天容儿的状态就特别反常，整天傻笑！"

"可不是！早上出门时还没戴戒指，晚上回来手上就多了枚戒指！"

"是啊！戴就戴吧，干吗咱们一问，她还给摘了？这不是心虚是什么？"

"就是！无名指那是可以随便戴着玩的吗？肯定是男的送的！"

"嗯！种种迹象表明，咱闺女肯定有事瞒着咱们！"

苏妈妈看苏清容一副打死不肯招的德行，又把目标转向了孙女：

"阳阳，你妈妈在澳大利亚有男朋友吗？"

"你见过的叔叔里，有没有喜欢你妈妈的啊？"

"又或者……你妈妈有没有喜欢的叔叔，还是你也见过的？"

阳阳被问得一脸茫然，自言自语道："妈妈没有男朋友啊！要说她喜欢的叔叔，倒是……"

想到这里，苏阳突然想起妈妈的确喜欢过那个姓洪的医生！不过她记得妈妈嘱咐过自己，不能把做手术的事情告诉姥姥姥爷，便小心翼翼地贴在妈妈的耳朵上，轻声说："难道是他？"

然而，苏阳实在是太低估姥姥、姥爷的听力了！两位老人异口同声地质问道："难道是谁？"

苏清容看这情况实在是瞒不住了，只得招认："我真服了你们了！我招了还不行吗！就是我之前跟您说的，那个让我心动的人！"

苏妈妈终于撬开了女儿的嘴，得意之情溢于言表。苏爸爸听到这个消息也甚是惊喜，心里暗自琢磨着："女儿这么多年难得心动一回，而这心动之人还恰巧同时出现在北京！看来这关系绝不一般啊！"

苏爸爸把苏妈妈手里的筷子要了过来："来，让我们容儿边吃边说。容儿答应过我，有了男朋友会带来给我看的！"他又一脸慈父笑容地对女儿说，"来，跟爸爸、妈妈好好说说！这男的几岁，哪里人，什么职业啊？"

苏清容只得乖乖交代："他是澳大利亚出生的华人，是个外科医生，比我大九岁。"

苏妈妈的眼睛瞬间点亮："华人好啊！医生好啊！大点镇得住你，多好啊！"

想到方才说苏阳见过，苏爸爸忙问道："阳阳，你见过妈妈的这位医生朋友啊？你喜欢他吗？"

苏阳用力点点头表示肯定："嗯！我喜欢！不光是我，Jenny 阿姨、文静阿姨也都喜欢！"

苏爸爸越听越觉得靠谱！敢情不仅孙女见过，连女儿的闺蜜也都见过了，看这情况，没准还真有好戏！

苏妈妈更是高兴，直接宣布此番拷问圆满结束，并对调查结果进行了阶段性总结："行，今天就到这里吧！既然你这位医生朋友正巧也在北京，就带来给我们看看吧。毕竟机会难得，人家又是个华人，明儿叫他来家里吃饺子！"

苏清容一脸为难地说："不合适吧，刚认识没多久就见家长，我怕人家有压力……"

苏妈妈赶紧顺势问道："你们认识多久了？"

苏清容只得如实禀报："要说认识吧，那也有两年了。不过最近才……"

"不过什么不过！两年还短啊？你们都多大了，还想等几年啊？"苏妈妈打断了女儿，不给她推托的机会！

苏清容还是有点犹豫不决："这样容易给人家压力，顺其自然不好吗？"

苏妈妈果断地反驳："有压力才有动力！他要对你是认真的，就不怕来见我们！"

苏爸爸赶紧进来打圆场，好声好气地对苏清容说："你就跟他说，家里人知道他正巧也在北京，就想让他来家里吃顿便饭！没别的意思，就是想款待一下来自澳大利亚的朋友嘛！"

苏妈妈连忙附和道："对，就这么说！我和你爸也不想让你为难，但是你也得理解一下爸爸、妈妈的心情啊。我们这辈子就剩这么一件事，总是悬在心上。你就心疼心疼爸妈，把人带来给我们见见吧！以后你俩能不能走下去，能走多远，那还是得看你们自己的缘分，我们反正也是管不了的。但至少我们老两口也算是心里有了点底，知道我们的女儿在跟一个什么样的人交往啊！"

苏清容见到爸妈这般期盼的模样，也实在不忍心再让父母失望。其实对自己的父母，苏清容还是了解的。她知道他们见到洪医生，十拿九稳是会喜欢的。她又何尝不想让自己的父母放下担心，踏踏实实地为女儿高兴一回呢!

那晚,苏清容答应了叫洪医生来家里吃饺子,二老才心满意足地放她回房间睡觉。待苏清容洗漱完毕,还依然能听到爸妈在客厅里兴奋地商量着明天一早去买什么肉,包什么馅的饺子,做些什么好吃的,来款待他们心中重要的人!隔着一道厚厚的门,苏清容都能感觉到父母此刻激动的心情!她这才鼓足勇气,给洪医生发了个邀请信息:"明天我爸妈包饺子,你想不想来吃?"

洪医生:"你是说······我可以上你家跟你父母一起吃饭吗?"

苏清容:"这两天我不是一直跟你在一起吗?他们知道了我有朋友来北京,就想邀请你来家里吃饺子······如果你觉得不方便,千万不用勉强!"

洪医生:"我当然愿意!所以我只是你的一个男性朋友吗?"

苏清容:"嗯!男性朋友!不过我爸妈有时爱把'男性朋友'和'男朋友'的概念混淆,你别介意啊!"

洪医生:"如果能被当作是你的男朋友,我会感到很荣幸的!"

苏清容甜甜地笑了:"那就当我的男朋友好啦!明天上午我去接你。"

洪医生也开心地笑了:"不用接我。把时间、地址发给我就行。我明天准时到。"

放下手机,他们都为这同步同频的默契感到开心。当认真爱着的人也在同样认真地爱着自己,那种被幸福感和安全感紧紧包裹的感觉,真是棒极了!

第二天洪医生起了个大早,他昨晚特意不让苏清容来接,一方面是不想让她耽误来往的时间,另一方面是要给自己留出时间,好给苏清容的父母选购礼物! 虽然还未见过两位老人, 洪医生的心里已经对二老产生了深深的敬意和感激之情。他打心眼儿里感激他们养育出了容儿这么好的姑娘, 带给他此生最珍贵的情感体验。

很久没有给长辈买过礼物了, 如今可以为容儿的父母选购礼物, 反倒让洪医生觉得有点幸福! 他想起自己的妈妈在世时曾说过: 老人认为金子保值, 所以喜欢纯金的首饰。他很想给苏妈妈选购一件金饰, 但又担心初次见面, 送首饰会不会有点不妥。正犹豫着, 手机里跳出一条容儿的短信: "让司机走京顺高速, 不容易堵车。不用带贵重的礼物, 不许迟到! "

洪医生只得把金饰还给售货员, 准备再找找其他商品。路过一家水晶店的橱窗时, 一条向日葵图案的水晶项链一下子吸引了他的目光。黄灿灿的水晶花瓣晶莹剔透, 嫩绿色的叶子清新可人。洪医生觉得这条项链很适合苏阳, 便赶紧把它买了下来。

就这样, 洪医生一看到适合苏清容家人的东西, 就把它买下来。仔细转了一圈下来, 手里已经买了大包小包! 有上好的茶叶、丝绸的围巾, 还有两块可以帮老人检测血压和心率的智能手表。临走前, 洪医生又在门口的花店买了一大束鲜花才算满意!

在去苏家的路上, 洪医生紧张忐忑的心情达到了巅峰, 他甚至可以听到自己突突的心跳声! 他不知道苏清容的父母会不会喜欢自己, 也不知道苏阳会不会排斥自己, 他还担心自己的中文不够好、自己的年龄有点大、自己的外貌不够英俊……

然而这所有的顾虑, 在苏家人打开门的那一刻就烟消云散了! 迎接洪医生的是苏爸爸热情的欢迎、苏妈妈真诚的笑脸, 还有小苏阳兴奋的手舞足蹈！苏家人眼中的善意和喜欢是那么明显，彻底打消了他的顾虑，让他感到了被接纳的温暖。

不知道为什么，洪医生明明是第一次踏入那个家门，却找到了一种回家的感觉！这里有关切的眼神、热情的笑脸，还有热腾腾的饺子等着他！这里有他迷恋的烟火气和他向往的温暖踏实。

越过那一张张热情的笑脸，洪医生才看到被堵在一家人身后的苏清容。她身上围着个粉红色的围裙，一脸幸福地冲他傻笑，脸上泛着害羞的红云。此刻的苏清容像极了一个等待丈夫回家的娇妻，周身散发着温暖恬静的气息，看得洪医生好生喜欢！一家人入座后，气氛更是温馨和谐！大家都能从彼此的目光中看到善意和喜欢，自然而然就感到像一家人一般的亲切和舒服！

苏妈妈本来准备好了一大堆问题，却在见到洪医生的一瞬间，觉得那些问题都变得多余起来！眼前的这个洪医生，是那么彬彬有礼、成熟稳重、大方得体！他温润如玉、低调内敛的样子正是苏妈妈喜欢的，他挑选的礼物也那么用心得体，足以看出他对长辈的敬意和对容儿的重视。苏妈妈尤其喜欢洪医生那善良的眼睛、端庄的面相，还有温和谦恭的气质。

苏爸爸对洪医生的喜爱更是有过之而无不及。他喜滋滋地看着女儿和这位洪先生坐在一起的样子，真是越看越觉得般配，越看越觉得喜欢！更难得的是，阳阳看上去也很喜欢这位洪叔叔，已经迫不及待地把他送的项链戴在了脖子上，还时不时地冲他甜甜地傻笑。苏爸爸觉得眼前这画面简直就是他理想中的全家福，镜头里的一家人是多么地幸福美满、和乐融融！

苏妈妈招呼着大家吃饺子，自己却并不太吃，只是笑呵呵地望着洪医生，时不时地招呼着："小洪啊，多吃点饺子啊。你在澳大利亚不常吃饺子吧？"

洪医生连忙回道："谢谢阿姨！平常忙，偶尔吃点速冻的。您这个是我吃过的最美味的饺子！"

苏妈妈得意地说："阿姨连肉馅都是自己剁的，肯定比那速冻的强！你们做医生的肯定忙，但是生活上也要把自己照顾好啊！不能老吃那些速冻食品、方便面什么的！"

洪医生连连点头，站起身给苏父、苏母添茶，又毕恭毕敬地说："我这次来北京给您们添麻烦了，容儿本该多陪陪家人，都是我不好……"

苏妈妈笑着说："我还想问呢！你们是怎么认识的？怎么这么巧你也在北京？"

洪医生连忙回道："我这次就是来北京找容儿的，能见到您们特别高兴！我是圣保罗医院的外科医生，容儿是我的……"

"我是他的一面之缘啦！后来机缘巧合成了网友，聊着聊着，就聊出感情来了！"苏清容还是不想让父母知道自己手术的事，便赶紧打断了洪医生！

苏爸爸看着苏妈妈笑道："我懂！年轻人现在时兴网恋。咱俩刚认识的时候，不是也有差不多一年的时间，就靠写信交流感情吗？咱们那会儿叫笔友，现在叫网友！"

苏妈妈回忆起往事露出了美滋滋的笑容，她笑眯眯地对洪医生说："不管怎么认识的，两个人在一起开心就好！我的女儿，我还是了解的！容儿不是一个会轻易动心的孩子，她能对你这么上心，说明你是一个特别好的孩子！今天一看见你，阿姨就打心眼儿里喜欢你。阿姨就希望，以后你们都能开开心心的！"

洪医生听到这番话很是感动，他可以明显感觉到苏家人对自己的认可和信任！他用坚定的眼神望着苏妈妈，诚心诚意地说："其实我都做好了一个人过完这辈子的打算，没想到自己在这个年纪，能这么幸运遇到容儿。她帮我打开了另一个世界的大门，我从没像现在这么开心过！余下的时间，我就想好好跟容儿在一起，把我们失去的时间都补回来。"

苏爸爸从这番话里听出了珍惜和诚意，他能感受到洪医生对自己的女儿用情很深，他爱的不只是表面，而是内心。他深知自己的女儿是个特别重感情的孩子，她需要的正是一个像洪医生这样把感情需求看得很重的男人。毕竟灵魂上相似的人更容易走得长远！

苏爸爸真诚地对洪医生说："小洪啊，我这个女儿虽然不会轻易爱上谁，但是一旦爱了，就会全心全意地对他好。她最大的优点就是重感情，会疼人！你看她这么多年，一个人在异国他乡忙里忙外，还把阳阳照顾得这么好，这样的责任和坚持可不是随便哪个女人都能做到的！"

洪医生特别认同这一点，使劲点头说："是的！我非常佩服她的坚强和独立！她真的是个很棒的女人！不过……我也真的很希望，她以后不用这么累，不用什么事都一个人面对。希望有了我，她可以慢下来，做做她自己喜欢的事，用她喜欢的节奏，不用再那么坚强、那么辛苦！我知道，你们一定为容儿感到骄傲，我也是！但是我也真的很心疼她……您能听懂我的意思吗？"

苏爸爸欣慰地点了点头："我懂，我也心疼她啊……我和你阿姨这辈子也就她这么一个牵挂了！我相信你，相信因为有了你，容儿可以不用那么坚强，不用再一个人面对一切了！你俩要好好照顾彼此，遇事有商有量，多把对方放在心里。"

洪医生坚定地点点头："你们放心，容儿已经在我心里了，我后面就想好好照顾她！我不喜欢说那些还没有做到的事，但从现在开始，我会为了我们的幸福努力！"

说到这里，洪医生感到自己放在膝上的那只手被容儿紧紧握在了她的手心里。他望向她的时候，发现她正在满眼爱意地望着自己，脸上洋溢着浓浓的满足。环顾四周，一阵强烈的幸福感油然而生，洪医生仿佛看到了一个自己从小就期盼的画面：满脸爱意的妻子、认可自己的长辈、聪明可爱的孩子、热腾腾的饭菜。这不就是家的味道嘛！他寻觅了一生想要的，不就是这种家的味道嘛！

见到苏清容的父母，洪医生更加明白容儿身上的赤诚和善良来自哪里。两位老人话里话外关心的都是：他们心里有没有彼此，在一起开不开心！比起地位、财产，他们更在意的是他的品德、性格、观念。他们没有高高在上、故意刁难，反而毫不掩饰对他的喜欢，让他可以放下防备坦诚相见。

饭后，洪医生为二老量了血压，还用他蹩脚的中文帮二老解答了一些医学问题。苏清容甜蜜蜜地坐在洪医生的旁边，时不时地露出傲娇的表情，情不自禁地为自己这位医生男友感到小骄傲！

临走时，苏爸爸嘱咐洪医生说："小洪啊，你这个工作也是辛苦，要多注意身体，保证好睡眠。容儿现在的工作比较轻松，你就让她在生活上多照顾着你，多做些好吃的给你！你呢，比容儿大，这见识和阅历总归要比她强一些的，大事上你帮她把把关，拿拿主意。总之，你们俩要互相照应，遇事多商量着点啊。"

苏妈妈也一脸心疼地说："对！小洪的工作太辛苦了，一定得注意身体！一场手术做下来得几个小时，一天要做那么多台手术，我想着都心疼！治病救人是大好事，但是一定要量力而为，千万别忽略了自己的健康……"

苏清容也低声嘟哝着："可不是吗……我也心疼！他经常一天工作十几个小时，昨天我还劝他，他也不听我的！"

洪医生听到突然间有这么多人心疼自己，心里涌起一阵阵暖流。从小到大，他很少能听到家人关心的话语，在妈妈去世以后，来自家人的关心更成了他永远的缺失。他没有想到，今时今日，在这个陌生的城市，他竟然找到了这份缺失的温暖，找到了这种家的感觉！

洪医生心头一热，眼睛里隐隐约约泛起了几点泪光。他强忍住内心的汹涌澎湃，表面依旧波澜不惊地聆听着苏家人的嘱托。然而在那一刻，他在心里已经认定容儿就是自己要娶的那个女人，而她的家人从此就是自己的家人！

于是，洪正思在他四十七岁这一年，终于过上了一天他理想中的生活！这一天的幸福虽然姗姗来迟，却足以成为他一生的慰藉，让他心甘情愿跟过去的坎坷握手言和。

命运真是奇妙，亦苦亦甜，亦幻亦真，亦失亦得……

有时候，以为失去，却是开始。

有时候，竭尽全力想要摆脱孤独，却偏偏陷入了更深的孤独。

有时候，刚刚学会跟孤独握手言和，却又修来了遇见真爱的缘！

那缘就像量身定制，缘深缘浅，早有分晓。

那缘就像命运写好的剧本，无须雕琢，只需本色出演。

第二十二章 靠近幸福 倍感幸福

那天下午从苏家出来，两个人肩并肩走在午后的阳光里，脸上都洋溢着明媚的笑容。苏家人的认可和接纳对洪医生来说，就像是在心灵的芳草地上撒下了希望的种子，让他相信他们的感情会被祝福，会开出幸福的花，结出圆满的果！两个人沉浸在简单踏实的幸福感中，即使只是静静地不说话，也能感受到彼此心中的快乐和满足。

在送洪医生回酒店的路上，车子驶过一家门口排着长龙的奶茶店。洪医生突然想到一个问题："容儿，一直想问你，为什么会用 Milkytea 这个 ID？"

苏清容笑笑说："我喜欢奶茶！亦苦亦甜，这才是人生的味道嘛。"

洪医生问："只有甜不是更好吗？"

苏清容摇摇头说："真正让人着迷的味道大多是复杂的，有层次感的！比如茶，比如咖啡，再比如酒！如果总是甜的，喝起来多没意思。只有品过苦涩，才能尝出真正的甜。"

洪医生看着眼前的这个女人，她说话的样子有几分睿智，几分坚韧，也有几分天真。她眼神里有种被岁月打磨过的通透，却又带着几分孩子般的纯真。她谈到苦涩时，那一笑而过的气度，透着对过去的宽容；她说到甜时，那清明莹澈的目光，饱含对未来的自信和向往！容儿身上的确同时具备了茶的醇香和蜜糖的甜,美得丰富而有层次,让洪医生沉醉和着迷!

"容儿,我今晚的航班回澳大利亚,很舍不得你……"洪医生无奈地说。

"傻瓜,又不是以后都见不到了!再过一周我也回去了,我们很快就又能见面了!"苏清容从方向盘上挪出一只手,握在了洪医生的手上。

"一周有七天呢……你不会想我吗?"洪医生还是觉得七天的别离好长。

"我都想你两年了,还怕这七天啊!"苏清容调皮地说。

"也好,我先回去把事情都处理好。等你一回来,我们就可以开始新生活了!好吗?"洪医生若有所思地说。

苏清容还沉浸在甜蜜的气氛中,毫不犹豫地说了声:"好!"

车子到了酒店楼下,两个人都迟迟不肯说再见。洪医生大约还有五个小时的时间就得赶去机场,他多希望可以多留容儿一会儿,哪怕只是坐在车里静静地看着她也好!因为担心邀请容儿去自己房间会显得不妥,洪医生便想要提议去楼下的咖啡厅坐会儿,正想着,却被容儿率先打破了沉默。

"我把车停到地库,上去陪你会儿吧。"容儿眼睛望着方向盘,故作淡定地说。

"好,我也正想说呢!"洪医生如释重负!

在这个速食爱情的年代,身体的快感即时可得,很多人可以把情感和责任剔除在外,只着重享受眼前的快乐就好。然而洪医生却不是这样的人!他如果爱上一个人,就会自然而然地想到很多,他需要先有足够的信心可以给到这个女人幸福，才会允许自己去享受跟她相爱的美好。

当苏清容在电梯里跟他十指紧扣的时候，洪医生可以感到自己强烈的心跳和深入骨髓的冲动！他几乎抑制不住地想要把她紧紧搂在怀里，感受她的体温，亲吻她的双唇，然而他却告诫自己要克制住这种强烈的冲动，他还不能毫无顾忌地爱她！

"我能给容儿幸福吗？我能确保不带给她伤害吗？Molly 到底会不会祝福我们，放我自由？我和容儿的生活能简单快乐、不被打扰吗？"这些问题困扰着洪医生，直到电梯门打开的那一刻，除了紧紧牵着容儿的手，洪医生什么也没做。鉴于前妻的极端性格，他必须先回去处理好前妻的问题，才能成为那个值得容儿托付终身的男人！

回到房间，洪医生给苏清容煮了壶茶，两人坐在窗前的长沙发上，俯瞰着窗外那个繁华的北京。他们都很享受这样静谧的环境，只有彼此的陪伴，没有外界的打扰。跟喜欢的人在一起，哪怕只是静静地坐着，也是一种享受。外面的世界很大，找到了彼此的人也找了一种踏实的归属感，所有的真心和付出都有了归宿。

洪医生想起几天前在香港，同样也是在三十几层的房间，他一个人望着窗外的繁华景象，感到自己是被这个世界遗忘的孤魂，飘浮于世，无人知晓！窗外依旧还是同一个世界，但此时此刻跟心爱的人坐在窗前，他却感到悬浮在空中的灵魂终于找到了归宿，心中的柔软也找到了可以安放的地方。

苏清容则完全沉浸在爱情的粉红泡泡中，根本无心去想其他任何事情！她的眼里只有洪医生，心里装满了对他痴情的爱恋。他的存在就是命运最好的馈赠，跟他在一起就是这世上最开心的事情！为了这一刻，她已经等了很久很久，终于等来了这个让她心甘情愿交出一片真心的人。

从两年前那第一眼心动，到两年后的难分难舍，只有苏清容知道，此刻的幸福是多么来之不易，这个人对自己的意义是多么重要！两年来，苏清容对洪医生的思念日复一日，从未间断，只是她做梦都没敢想过，有朝一日洪医生会不远万里飞来见她，还会将一枚戒指戴在她的无名指上！如今，他就这样触手可及地坐在她的面前，完美得像一件艺术品，周身散发着诱人的光芒……

苏清容放下手里的茶杯，凑到了洪医生的身边。她像一只小猫一样钻进了他的怀里，用纤纤玉指温柔地把玩着他的手掌。她抚摸着他手上的每一个骨节，想象着那双手做过多少台手术、治愈过多少病人。想着想着，她情不自禁地把他的手捧到了自己的嘴边，用她柔软的双唇轻轻地吻着，仿佛那是这世界上最可爱的东西，怎么爱都爱不够。

那柔软的双唇每亲吻一次，洪医生的克制力就被瓦解掉一点。每一次深情的对视都是一场考验，每一次身体接触都带动灵魂的颤抖！他从未有过如此强烈的冲动，想要不顾一切拥她入怀，与她水乳交融。然而，越是喜欢，越要克制！洪医生不允许给她一丝一毫的伤害，他必须先清除好通往幸福路上的阻碍，才能拥吻他的爱人。

然而他的身体已经被容儿的柔情彻底攻陷了，他沉浸在这片温柔的海洋里，他贪恋着这样温暖的爱抚，这样亲昵的爱意。这种体验是他之前从未有过的，以至于他不得不怀疑自己之前是不是真正被爱过！那绝不是单纯的身体欲望，肉体的依偎是因为灵魂的相惜，亲密的动作是爱最自然而然的表达。

他感到容儿的爱就像雨露滋润着他干枯的心田，生生把他那颗将要垂死的心救了回来! 原来人在麻木中是感觉不到疼的,只有当他被如此温柔对待的时候,他才意识到: 曾经的自己病得有多重!

他紧紧地把容儿搂在怀里,深深地吸了口气说:"亲爱的,你在治愈我,你知道吗? "

苏清容娇滴滴地说:"是你治愈了我! "

洪医生捧起容儿的脸,望着她那双闪闪发光的眼睛说:"你知道吗? 在手术台上,我会拼尽全力把病人从死神手中抢回来,帮他跟命运争取再活一次的机会。而我自己的心也早就需要抢救了,只是我一直看不到。我想你知道,你对我的意义就是这么重要! 是你救了我,给了我再活一次的机会。"

苏清容怔怔地看着他,透过那坚强的外表,她第一次清楚地看到隐藏在背后的脆弱和伤痕、孤独和渴望。所有的心疼和怜惜在那一刻化作了一个吻,深深地吻在了他的唇上。她想用炙热的嘴唇去抚平他心头的每一寸伤痕,她想用自己所有的一切去好好爱他!

洪医生被那深深的一吻彻底融化了! 他的心怦怦跳着,一股热流从嘴唇注入体内,迅速贯注到全身的血液里,整个身体都被唤醒了。那样温暖的痴缠太让人贪恋,一点点就足以抵御全世界的寒冷,他恨不得可以一直这样吻下去,吻到天荒地老! 然而,洪医生终究还是被理智占了上风,克制住了自己的身体,稍稍向后撤了一下。

苏清容:"难道你不喜欢吗? "

洪医生:"喜欢。"

苏清容:"那为什么推开我? "

洪医生:"有些事情还需要处理,给我点时间,好吗? 我要确保你不会受到任何伤害。"

苏清容："即使受伤，我也认了! 我只想知道，你喜不喜欢我? "

洪医生："喜欢! 正因为太喜欢，我才……"

苏清容用手指轻轻按在了洪医生的嘴上，痴缠地说："对我来说，喜欢就足够了! 你现在什么都不用想。就让我好好爱你，好吗? "

洪医生说："只是喜欢还不够，我要给你幸福……"

苏清容说："你真心喜欢我，就是我想要的幸福! "

洪医生望着眼前这个倔强又痴情的女人，恨不得把自己所有的爱都给她，跟她赤诚相拥、合二为一。也许真爱就是不顾一切、毫无理智的! 他们就像宇宙中完美交汇的两颗流星，找寻万年，终于靠近。他们用自己的全部光芒照亮彼此，把自己的一切都与对方坦诚分享，他们合二为一，融为一体。他们抚摸着彼此的每一寸肌肤，亲吻着彼此身上每一处敏感部位，深深地把爱注入彼此的体内。

一次又一次的筋疲力尽，一次又一次的高潮迭起! 那爱竟是如此绵绵不绝，生生不息! 他们用最真诚的肢体语言表达着爱意，每一次爱抚、每一个热吻、每一场纠缠! 这样的激情之爱对他们来说是极致的、治愈的、前所未有的!

两个小宇宙碰撞出的深刻交集，是任何言语都不足以表达的! 那是同频共振的默契，那是灵与肉全方位的结合! 这样极致的情感，必须通过肢体语言才能表达得淋漓尽致; 这样极致的满足，可以治愈长期孤独带来的内伤，让人燃起热爱生活的力量!

"我爱你。"洪医生又一次情不自禁地说出这三个字。

"我也爱你。"苏清容幸福地回应。

"谢谢你找到我。"洪医生把她搂得更紧了。

"谢谢你出现在我的生命里。"她温柔地在洪医生的怀里呢喃。

洪医生亲吻着她的身体,从她的嘴唇、脖子、双乳,到她的小腹……他的唇停在了她小腹的那道疤上,柔情地说:"愈合得真好,几乎都看不出来了!"

容儿抚摸着他的头发,调皮地说:"是洪医生缝合得好!我给他五星好评!"

洪医生笑了:"这就给五星啦?再过两年还能更浅,到时候再追加个好评吧!"

容儿撒娇道:"一想到是洪医生留下的痕迹,我其实还挺喜欢这道疤痕的呢!"

"胡说!哪有人会喜欢伤疤的!"洪医生笑了。

"真的!这是我爱的人留下的痕迹!永久的爱痕!"苏清容认真地说。

洪医生好像突然想起了什么,起身从床头拿了一只圆珠笔,又从便签纸上撕下来一个长条。他轻轻拿起容儿的手,把牙线在她的无名指上绕了一圈,然后用圆珠笔在线上做了一个标记。

苏清容疑惑地问:"你在干吗?"

洪医生认真地说:"量好尺寸,赶紧定个大钻戒,早点把你娶回家!"

苏清容害羞地笑了:"你们外科医生都是这么急脾气吗?我才不着急嫁给你呢!"

洪医生一脸正经地说:"别的外科医生我不知道,但你面前这位的确很着急!他恨不得现在就把你娶回家!"

边说着,洪医生一个翻身压在了苏清容的身上,一边吻着她的嘴唇,一边问道："不嫁给我，你还想嫁给别人不成？"

苏清容被压得动弹不得，只得娇滴滴地求饶："好吧，好吧！大人有救命之恩，小女子无以回报，只能以身相许了！"

洪医生似懂非懂地说："小时候看功夫片好像听过这句台词！反正你嫁给我就对了！"

苏清容害羞地眨眨眼睛表示同意，痴痴地说："只要我还活着，就会好好爱你。除非有一天你不想要我了……"

"永远不会有那么一天！看来你得爱我一辈子了！"洪医生坚定地说。

美好的时光仿佛过得特别快，当闹钟响起时，他们已经不知不觉地缠绵了整整五个小时！苏清容从未想到自己在有生之年能有如此完美的体验，让她真真正正感受到作为一个女人的幸福！然而，手机闹铃却把她从梦境拉回现实，提醒她生活不仅仅是激情和爱恋，还有分离和烦扰。

去机场的路上，他们一路十指紧扣，恋恋不舍地频频对视，洪医生看着容儿迷离的眼神、不舍的神情，既心疼又内疚。他暗自责怪自己，终究还是没能克制住情感的堤坝，还没把所有问题都处理妥当，就接受了眼前这个女人所有的好。他暗下决心，一回澳大利亚就去找前妻说清楚！容儿是他要全心全意守护的女人，他必须跟前妻建立好边界感，让她学会独立生活！

"亲爱的，落地给我个信息！"苏清容依依不舍地给了洪医生登机前的最后一次拥抱。

"好！我回去把事情都处理好，等你回来！"洪医生紧紧把容儿搂在怀里，好像怕失去她一样，久久不肯放开。

坐在飞机上的洪医生心情无比复杂，仿佛那架飞机强行把他从美好的梦境拉回现实，让他不得不重新开始面对那个他不想面对，却又不得不面对的黑洞！这些年，它无休无止地消耗着他的生命，拖延着他追求幸福的渴望，消耗着他对生活的热情。

洪医生终究还是太善良！一想到前妻 Molly，他的潜意识又不知不觉地冒出愧疚和自责。毕竟夫妻一场，如今她还在孤独痛苦中，自己却已找到了幸福……他多希望 Molly 可以健康、乐观，自强自立，也能体验属于她自己的新生活！他多想得到前妻的祝福，可以自由自在、毫无顾虑地牵起容儿的手，全心全意地跟心爱的容儿一起变老……

经过十一个小时的飞行，飞机缓缓降落在悉尼机场。洪医生的大脑一直处于亢奋状态，脑海里依然浮现着跟容儿的亲密画面，鼻腔里依然能感受到她身上的香气，耳边依然回荡着她的蜜语甜言……一想到容儿温柔的笑脸，他就变得充满干劲儿，恨不得能马上给她一个没有顾虑的、安稳的家！

回家放下行李、冲了个澡，洪医生就开车来到前妻 Molly 的家。在门铃响起数次之后，Molly 才在门禁里有气无力地说了句"进来吧"，遥控院门随之缓缓打开。洪医生把车一开进去，就感到了满院的阴郁气场！满眼都是半死不活的花草，那些疏于照顾的植物因为缺水都已打蔫儿，倒也算跟这死气沉沉的宅子很衬！

推开大门，屋里也是灰暗暗的！明明是个阳光明媚的上午，却只有少得可怜的几束光，勉强从窗帘的缝隙里钻进来，无力照亮整个阴气沉沉的客厅！洪医生拉开窗帘，让外面的阳光照进来，这才看到 Molly 一个人靠卧在沙发上，手边是几个空酒瓶和散落一地的八卦杂志。

屋子里弥漫着污浊的空气和酒精的味道，到处都因为疏于打扫显得杂乱无章！洪医生来到厨房，想给 Molly 倒杯清水，却找不到一只干净的杯子，只看到洗碗池里堆得高高的脏盘子！

厨房的餐桌上扔着一摞还没拆开的信，大多是些需要处理的账单。Molly 经常忘交账单，每次收到催账通知或者搞到断水断电，她就叫洪医生过来帮她处理，然后哭诉一番自己如何不如意！后来，Molly 索性就把所有的账单都置之不理，自然而然地留给前夫处理，正如她把生活中所有的麻烦和琐事都留给前夫，自己只负责哀怨自怜地打发日子就好！

原本离婚时分得的财产也够 Molly 舒舒服服过完下半辈子了，可偏偏被男友骗走了大半，再加上她自己花钱大手大脚，又不肯工作，这些年只出不进，那笔钱也所剩无几了！幸好还有这套房产和这个可以继续剥削的前夫，Molly 才得以过着衣食无忧的生活。

当初 Molly 嫁给洪医生，就是看中了他的善良和经济条件。如今 Molly 不肯放他自由，依然是因为他的善良和经济能力！对待洪医生，她早就总结出了一个屡试屡爽的方法，那就是站在道德的制高点，扮成一个受害者的模样，把所有的责任都转嫁到他的身上！Molly 虽然别的不行，但她一直都能让洪医生觉得亏欠于她，从而永远都能让他为她的不幸福买单。

洪医生像往常一样开始帮她处理那些信件，一边支付账单，一边劝道："Molly，咱们都离婚这么多年了，你不能总是这么依赖我。有些事情你必须学着自己处理了。"

Molly 没好气地说："离你上次来都快一个月了！要不是你这么久不管我，哪至于有这么多账单！"

"我出国前不是嘱咐过你，这些事是任何一个成年人都可以自己做的！"洪医生尽量压抑着自己的情绪，依旧保持着耐心。

Molly 面无表情地靠在沙发上，仿佛一块什么也听不进去的木头。

洪医生看到电费单又已经逾期了，无奈地说："我跟你说过多少次了，我有我自己的工作和生活！我希望你能像个成年人一样，对你自己的生活负起责任来！"

Molly 忽地一下从沙发上坐了起来，气急败坏地说："你现在让我对自己负责？我从嫁给你，就没上过一天班、没付过一张账单！是你害得我什么也不会，是你让我变成了一个废人！要怪就怪你自己，是你毁了我！"

这样责备的话，洪医生已经听了不知道几百次！他本来早已麻木，但是如今有了容儿，他不得不逼着自己再次尝试跟 Molly 沟通："Molly，我们的婚姻没能幸福，我也很痛苦。十几年的时间，你努力过，我也努力过！你不快乐，我也不快乐！但是过去的已经过去了，我希望你不要把下一个十年都浪费在愤恨和抱怨上。你看，你的病已经好多了，那些不快乐的经历也越来越远了，你应该振作起来，开始自己的新生活！"

"新生活？我还能有什么新生活！我把一个女人最好的年纪都给了你，我现在人老珠黄、一无所有！你起码还有你的事业，还有高额的收入，我有什么？！"Molly 提高了嗓音，开始愤愤地踱步。

"我还能给人治病，是因为我一直没有放弃我的理想。再苦再累，顺境逆境，我都没有放弃过！只要我还活着，就得对患者和我自己负责！你就是太容易放弃了，人总需要有点责任感，才能在困境里振作起来。你现在开始还不晚，你不需要对别人负什么责任，但是至少要对自己的生活负起责任来！"洪医生尽量压低声音，试图让 Molly 能平心静气地听进去。

Molly 眼神呆滞地看了眼洪医生，冷笑了一下说，"对不起！我怕苦怕累，我也没有理想！不对，我曾经有过理想，我的理想就是嫁一个好老公。可是我的老公却把我变成了一个病人！他毁了我，还有脸在这指责我！我才是受害者好吗！"她狠狠地把身边的靠垫摔在了茶几上，打翻了茶几上几支凌乱的酒瓶。

"我告诉你！我 Molly 能凑合活着，就已经谢天谢地了！我这辈子已经被你毁了，你要敢不管我，我就死给你看！"Molly 歇斯底里地嘶吼着。

洪医生每次跟 Molly 沟通都是这样的结果，都像是面对一堵墙，不管说什么都会被原封不动地弹回来。Molly 好像只活在自己的逻辑里，什么也听不进去，什么也理解不了！十几年的夫妻，不要说聊得来了，连最基本的"听得懂"都是奢望。

洪医生有点绝望地说："我每天在医院见过那么多病人，很多甚至是绝症病人，他们都不肯放弃，都坚强地跟命运抗争，你为什么就不能？！你看看你的样子，明明是个健康人，却过得半死不活。还有院里的那些花草，你就不能给它们浇点水吗？就非得让它们也跟你一样半死不活吗？你知道有多少人渴望活的机会？他们哪怕能多活一天都愿意拼尽全力。可你明明可以好好活着，干吗一早就把自己放弃了？"

Molly 冷笑着走到洪医生面前，直勾勾地盯着他的眼睛，恶狠狠地说："我的花草还没死，是因为还有你给它们浇水！我 Molly Wong 还没死，也是因为我还有你！有本事你就别管我，让我痛痛快快去死好了！

Molly 说这话时眼露寒光、面目狰狞，把洪医生看得有点发慌。每当 Molly 拿死来威胁他，他都会感到无力和绝望，仿佛有一条无形的绳索把他和她捆在了一起，陷入了永远挣脱不掉的死循环。他知道再这么管下去，自己便没有任何幸福可言，但作为一个医生，他又怎能见死不救？更何况对方还是个曾经跟自己生活了十几年的女人！

以往话赶话到了这里，洪医生总会先安抚住 Molly 的情绪，承诺不会丢下她不管。他可以忽略自己的感受，权当是照顾病人，或者就当作还债。可是现在的洪医生不一样了，他有了彼此相恋的爱人！他知道容儿还在痴痴等着自己去娶她，期待着属于他们的幸福。他可以不管自己的感受，但他不能不管容儿的感受，他必须得给她幸福！

于是，洪医生终于鼓足勇气说出了他想说的话："对不起，我要结婚了！我不能再这样管你了，你必须得学会独立生活了！"

Molly 先是一愣，随之而来的是让人窒息的漫长沉默。她头顶那片隐形的阴云，仿佛预兆着一场歇斯底里、电闪雷鸣！

洪医生已经做好了心理准备，等待着 Molly 的嘶吼、愤怒，甚至是打骂，却意想不到地等来了一句："恭喜！"

洪医生没想到 Molly 会如此轻易地说出"恭喜"二字。他有点受宠若惊地说："谢谢你，Molly！我也希望你能早日找到幸福！"

"她是谁？"Molly 面无表情，眼睛望向窗外。

"她是谁并不重要，重要的是我们都该翻篇了。"洪医生小心翼翼地说。

Molly 缓缓走到窗前，背对着洪医生，出乎意料地平静："James，我可以恭喜你，但是我知道你们不会幸福的！我太了解你了，我怕那个女人会落得跟我一样的下场。你先是毁了我，现在你又要毁了她。"

"我们的事不用你操心。你就把你自己的日子过好就行了！"洪医生觉得多说无益，只要 Molly 能理智地接受这个现实，就是他最想看到的结果。

"好啊！那我就祝你们幸福。以后我的日子过得好坏，也不用你操心了！"Molly 依旧背对着他，直到他告辞都未曾转过身看他一眼。

从 Molly 那里一出来，洪医生就迫不及待地深吸了一口新鲜的空气。如果说跟容儿在一起的感受像是沐浴在明媚的阳光里，那么在 Molly 这儿仅仅待上一会儿的工夫，他就感到自己快被阴郁的负能量压抑到窒息，必须马上逃回到阳光里，才不至于被那黑暗消耗殆尽。

无论如何，今天 Molly 的反应比他预想的要理智和平静许多，他感觉一个背了多年的枷锁终于被解开了，桎梏已久的生活终于向自由迈进了一大步！洪医生甚至开始相信，命运之神真的开始眷顾他，给他追求幸福的路上亮起了一路绿灯！

带着对美好生活的殷切期盼，洪医生径直来到一家珠宝店，他要选一枚最美的钻戒，送给他认定的女人。一想到容儿幸福满足的模样，洪医生就感到生活充满动力，脸上也露出了憧憬幸福的人特有的笑容。

在诸多闪闪发光的钻戒中，粉钻系列成功吸引了洪医生的注意，特别是一枚由白色碎钻包围着粉色主钻的设计，几乎让他一见倾心，恨不得立刻把它戴在苏清容的手上！这种粉红色的小石头既有钻石的璀璨坚毅，又独具少女的浪漫纯真，像极了他心目中的容儿，集坚强成熟和纯真可爱于一身。

经店员介绍才知道，粉钻极其稀有，世界上只有零星几个出产粉钻的矿区，而澳大利亚的金伯利就是全球最大的一个。自澳大利亚矿业巨头力拓集团在 1984 年开采出第一批天然粉钻，这种稀有的粉红色钻石就成了全世界女性梦寐以求的珠宝！当然，由于粉钻独特的色彩和稀有的产量，其价值也极其高昂，通常会是普通钻石的好几倍！

洪医生一心想给容儿最好的，好不容易找到如此好物，根本不在乎价格就买了下来。为了让珠宝店用最快的速度改好指环的大小，他当天就如数付了全款，约好一周后来取。连店员小姐都不停地赞叹："看得出您一定很爱她，您的女朋友可真幸福！"

洪医生表面上笑而不语，心里却是美滋滋的。那枚戒指就像是他们爱情的见证，承载着一个即将实现的粉红色的梦，让他觉得从未与幸福靠得这么近！有人说过，人总是在靠近幸福时倍感幸福，心甘情愿地去付出和给予，把对方的快乐当作自己前进的动力。然而洪医生却相信，跟对的人在一起，此刻的幸福一定能延续下去，渗透在漫长岁月的柴米油盐里，酿成醇香的美酒，纯厚而绵长。

长情的人善于累积感情，对拥有的幸福会倍感珍惜；薄情的人善于透支感情，对到手的随意挥霍，对没到手的会不择手段！当对方所有的好都变成了理所当然，当原本真挚的感情都被消耗殆尽，他们又会问："你为什么没以前那么爱我？"对索取型的伴侣来说，一切都是别人的责任，他们永远都不会问自己："我还可爱吗？我有没有好好爱过他呢？这样的我，到底哪里值得他继续爱我？"

Molly 就永远不会问自己："这样的我，哪里值得别人的爱？"她从未质疑过自己，一切的一切都是洪医生的错！在 Molly 的世界里，幸福就是一个不停填补自己欲望的过程，在这个过程中，她不会创造，只会索取！然而欲望是无限的，索取是无尽的，她心里所谓的幸福，是永远无法到达的……

她的字典里只有"得"，没有"给"；她的世界只有"利用"，没有"爱"。活在这种逻辑里的人，又怎么甘心失去一个还有利用价值的人呢！Molly觉得她必须阻止洪医生结婚，绝不许他逃出自己的控制范围！她要不惜一切代价扼杀掉他幸福的可能，将他继续孤立在自己的身边，为她所用，永无自由！

想到"自由"二字时，Molly 的脸上露出了一丝诡异的冷笑。她这辈子读书不行，工作不行，唯独道德绑架最在行！小时候可以让家里人觉得欠她的，结了婚又可以让老公觉得欠她的，如今离了婚依然可以让前夫觉得欠她的。

当一个人欠下了债，他又怎么可能奢望自由呢？欠下的钱债，还有可能按数清还，可欠下的情债，却很可能一辈子都还不完。更何况 Molly这个债主，压根儿就没打算让洪医生有债务两清、互不相欠的那一天！她要死死地吃定他，让他还上一辈子！

从瞄上洪医生这个猎物的那天起，Molly 就把自己伪装成了一只受伤的羔羊。每次触及洪医生的心理边界，她只需让自己看上去更脆弱、更受伤、更无助，就能成功利用他的善良，把他拴得死死的。

这次，Molly 看出了事态的严重性，她感到洪医生找到了一个前所未有的支点，随时有可能摆脱掉她经营多年的情感操控。于是，Molly 暗下决定：是时候来一次狠的了！索性一不做二不休，用死的假象换来一个永远逃不掉的囚徒！

而此刻的洪医生，还沉浸在对幸福的向往中，全然不知一场腥风血雨正在酝酿之中。从他陷入这场暗无天日的道德绑架那天起，他就从未真正看清过他的对手。他一直在用自己的善去迁就对方，自责，内疚，宽容，弥补，却不知一段感情的质量，往往取决于更无情的那一方和其人性的恶处！

面对这段畸形的感情束缚，洪医生也许永远都无法挣脱，除非他能先看清：Molly 根本不是一只羊，而是一只披着羊皮的狼！

第二十三章 真爱配尝的苦与甜

跟前妻摊牌后的洪医生感到压在心口的一块大石终于被搬走了,原本麻木无味的生活变得充满期许和希望! 希望是一个神奇的东西,有了希望就有了动力,有了动力就有了努力的方向。人生一旦有了方向和意义,人就自然会变得充满激情、活力四射。

睡过一个踏实的好觉,洪医生一早醒来,发现镜中的自己好像略微有点不同。眼神里多了几分自信和朝气,嘴角眉梢流露出快乐和喜悦,整个人都显得更年轻,更有生气了! 虽然假期后的第一个工作日注定会异常繁忙,但他却觉得能量满满、干劲十足。他觉得现在的自己何其幸运,有热爱的工作、热爱的人,还有值得期待的幸福生活!

Molly 却几乎一夜无眠,经过整宿的算计和谋划,她终于想出了一个周密的计划,只待两天后按摩师 Nancy 来家里的时候,便可以实施。她相信这次她一定可以让洪医生知难而退,把追求幸福的念想彻底扼杀在摇篮里!

Molly 起床时觉得浑身乏力,还有点头疼。毕竟已经习惯了衣食无忧的生活,很久没有这么辛苦地费神费脑了! 她裹着个毯子,蜷坐在门廊的长椅上,看着满院无精打采的花草和叽叽喳喳的鸟雀。

那些鸟儿飞来飞去、悠然自在的样子,让 Molly 越看越讨厌! 她忍不住联想到洪医生挣脱束缚、自由自在的样子，便气急败坏地挥舞起手里的毯子，驱赶着那些无辜的小鸟！只见那些鸟雀并不害怕，只是飞到更高的枝头，依旧是一副欢腾雀跃的样子。Molly 越看越气，恨不得能折断那些鸟儿的翅膀，让它们再也别想快乐地飞翔！

就这样，Molly 强压着一个毁灭者的愤恨，耐心等待着周三的到来。周三她就可以实施自己的计划，折断洪医生的翅膀，给他套上隐形的牢笼，让他自己亲手撕碎飞往自由的梦想！到时候他只能认命，乖乖做她Molly 的笼中鸟！

Molly 虽然一直没有工作，却仰仗着前夫的经济帮助，从未亏待委屈过自己。大约半年前，她就开始固定使用一名叫 Nancy 的按摩师，让她每周三上午十一点准时来家里为自己按摩。终于等到了周三，算准 Nancy 就快到了，Molly 便开始实施准备好的计划。

她先是用遥控器打开了院门的电子锁，以便 Nancy 的车可以直接开进前院。然后她来到厨房，把几只玻璃杯狠狠地摔在了地板上，又往地上撒了一把抗抑郁的药片。她捡起了一块打碎的玻璃，又从抽屉里拿出跟洪医生的结婚照，把这两样东西放在沙发边的茶几上，便靠在沙发上闭目养神，只等 Nancy 的到来。

不一会儿，Molly 果然听到 Nancy 的车开进来的声音，她躺下身来，把那张结婚照放到自己的脸旁，用玻璃狠狠划开了自己右手上的动脉！为了防止自己的表情管理不到位，她索性面朝沙发靠背，只露出自己的后背，然后一声不出地闭上双眼，任由鲜血顺着手腕往下流。

Molly 算准了这点血流得不多不少，不会对身体造成伤害，却完全可以做出抑郁患者为情自杀的假象。她为了让所有人相信她是一个肯为感情丧失理智、付出生命的病人，流点血把戏做足也是在所难免的!

按摩师 Nancy 敲了一会儿门，见没人应便推开了虚掩的大门，一边唤着 Molly 的名字，一边往屋里走。紧接着，客厅里传来了 Nancy 的尖叫声，她反复喊着 Molly 的名字试图叫醒她，尝试无果后拨通了报警电话。

一切都跟 Molly 设想中的一模一样，整个过程尽在掌握，Molly 甚至觉得顺利得有点无聊! 唯一让她有点不爽的是，在等待救护车的几分钟里，她不得不忍受 Nancy 止不住的哭声，幸好警车和救护车都不负所望地在五分钟之内赶到，Molly 才不至于被 Nancy 的痛哭流涕烦到失去耐心。

在医护人员给她包扎伤口的时候，Molly 尽量保持双眼紧闭，做出失血过多而昏厥的假象。她听到警察对现场进行了取证分析，并如她所愿地依据现场的抑郁药和结婚照片，把此次事件初步定性成为情所困的抑郁自杀! Molly 极其享受这场闹剧的全部过程，暗自得意自己只需流上一点血，就可以把所有人都耍得团团转!

那天洪医生在医院一直忙到中午十二点，才下了一台复杂的手术。他喜欢这种忙碌完，心里可以有个人思念的感觉! 惦记着一个人而且也被这个人惦记着，就像漂浮的心有了着落，让洪医生感到灵魂有了憩息地，虽然忙碌，但是充实! 洪医生一向热爱自己的工作，也从来都不怕辛苦，他怕的是种忙碌完心里空空的感觉和那种日复一日、毫无期待的麻木。而现在一切都有了意义，生活终于有了奔头! 他刚拿出手机，想要给容儿发一句"想你了"，就有一通电话打了进来。他听到电话那头说："你好，这里是警察局! 你的前妻 Molly Wong 女士，今早在家中割腕自杀，目前正在医院抢救……"

短短不到一分钟的电话，直接让洪医生狠狠地掉进现实的深渊。他像被霜打了一样，目光呆滞地蔫在那里，瞬间失去了所有的气力。他感到大脑一片空白，双腿有点发软，胸口的那颗大石又压了回来！这个噩耗带给他的不仅仅是担心和害怕，更是被命运捉弄的气愤和无法挣脱桎梏的绝望！

当洪医生赶到医院的时候，Molly已经被转到了病房。她躺在病床上闭目养神，除了手腕上缠着厚厚的纱布，看上去并无大碍。洪医生熟练地拿起挂在她床头的病例本，虽然出现过失血和休克的情况，目前的各项指标都很稳定，血压体征也都正常。毕竟夫妻一场，无论如何他都不希望看到Molly出现什么不测，悬着的心总算落到了原位。

洪医生试着轻声问道："你现在感觉好点吗？"

Molly缓缓地转过身来，冷冷地看着洪医生的脸，并不说话。

洪医生看到那幽怨的眼神，一时语塞，内疚感顿时涌上心头，但又不知道该说些什么才好。一直以来，他都很难与Molly顺畅地沟通，他曾经努力尝试过各种沟通的方法，但最终都以失败告终。在Molly的世界里，她永远是对的，错的永远都是别人。伴侣的付出永远是不够的，生活总是不能如意的，整个世界都欠她的！

于是，洪医生知道说多错多，渐渐变得越来越沉默，越来越隐忍。而他也是在许多年后才悟出一个道理：其实Molly根本就不需要双向沟通，也压根儿没打算寻找问题的解决方案！她只需要单方向地把怨气发泄出来，把责任转嫁出去，把痛苦留给别人！

比孤独更可怕的，就是终日面对一个根本无法沟通的对象。然而洪医生绝不容许自己当那个先转身的人，一直坚守着那段婚姻，直到Molly

提出离婚。当 Molly 宣布她决定跟瑜伽教练在一起的时候，洪医生的感觉是平静和解脱。既然自己不能让她幸福，别人能给她幸福也是好的。离婚的时候，他尽量满足她所有的经济要求，也发自内心地希望她能幸福！

当 Molly 被那个男人骗得死去活来、抑郁成疾时，他又义不容辞地担负起了照顾她的责任，帮她走出抑郁，健康地生活。在每一个被命运打击的节点，他都把她的幸福摆在自己的前面，努力想要护她周全。唯独这次，他感到自己真的太累了，真的已经心无余力了！

体验过真正的两情相悦，看到过幸福清晰的轮廓，洪医生再也没办法让自己麻木地禁锢在混沌里，他真的感到快要崩溃了！苏清容就像是一个催化剂，让他看清了幸福的模样。他比任何时候都想要摆脱这无边无际的消耗，挣脱这无休无止的束缚。他多么想在有生之年，也好好爱一回自己！

洪医生尽量压抑着自己的愤怒和绝望，再次尝试跟 Molly 沟通："那天你说会祝我幸福，为什么又突然自杀？"

Molly 看出洪医生眼神里的绝望，暗自得意："我怎么可能祝你幸福！我祝你痛苦才对！而且是永无尽头的痛苦！你这个笨蛋，真以为这么容易就能摆脱我吗？我只需流上那么几滴血，就能让你回到我的手里，做回我的提线木偶！"

洪医生见 Molly 不理自己，便起身说道："你应该也累了，那我先走了！我会找你的心理医生尽快安排治疗，希望你能好好休息，好好爱惜自己的身体！"

洪医生刚准备离开，却被 Molly 叫住了："James，你别走，我害怕……"

这次，Molly 给自己换上了一副楚楚可怜的表情，还顺势挤出了几滴晶莹的泪珠："我本来是想祝你幸福的，但直到真的失去你，我才发现心里根本放不下你！这些年我太依赖你了，依赖到我已经失去自己了……James，我真的不想让你为难，但我发觉我的世界只有你了！没了你，我的世界就彻底垮了！"

Molly 从洪医生的眼神里洞察到了一丝同情和柔软，赶紧就势拉住了他的手，把续存在眼里的泪水一并挤了出来："James，其实只要我死了，你就不用为难，我也不用痛苦了！你真的不用可怜我，就让我解脱吧！"

洪医生看着眼前哭成泪人的 Molly，善良的心又开始隐隐作痛，赶紧安慰她道："你不要这么悲观，不要觉得只有死才能解决问题！你要好好活着，我们都要好好活着！人生哪有一帆风顺的，累了就好好休息，不开心就努力让自己振作起来。千万不能遇到点困难就想到死！"

Molly 继续生无可恋、泣不成声地说："我只知道我太需要你了！失去你我真的会死！她有这么需要你吗？如果我们三个人之间，有一个人必须得死，她还会坚持跟你在一起吗？我能为了你死，她可以吗？我要亲口问问她，看看她到底有多需要你！"

洪医生根本无法理解 Molly 这些疯癫的逻辑。但当他听到 Molly 把"死"和容儿扯上关系的时候，他开始感到不寒而栗！他脑子里迅速闪过一连串的问题，每一个都让他感到无比恐惧！

"三个人之间，有一个人必须得死。"这句话到底是什么意思？

她说要去找容儿问问，这是在威胁我吗？

她会伤害容儿吗？

她还会自杀吗？

如果她真的结束了自己的生命，那岂不是要让容儿陪我一起背负上道德的谴责？

她连自己的生命都不懂得珍惜，万一哪天她对容儿做出什么不理智的事情，我又如何对得起容儿？

我绝不能把容儿拽入这个危险的旋涡！

我绝不能让容儿受到一丝一毫的伤害！

洪医生越想越害怕，越想越后悔！他责怪自己不应该接受容儿的爱，把她卷进这个让人绝望的死局。看着眼前这个死里逃生的 Molly，又想到那个死心塌地认定了自己的容儿，洪医生觉得自己就像个罪人，没法给任何人带来幸福和快乐！

打他从病房走出来的那一刻起，他又开始怀疑和否定自己，他觉得自己不配得到容儿的爱，自己就活该孤独一生！他恨不得狠狠扇自己一个耳光，打醒那个竟敢奢望自由和幸福的笨蛋，让他看清命运的嘲讽和现实的残酷！

回到家里，洪医生一个人呆坐在窗前，觉得自己那颗想爱却不能爱的心，真的好疼好疼！手机里冒出一条条容儿的短信，每读一条，身体就像被利器划过，肝肠寸断、痛不欲生！

"今天一定很忙吧？不许忙到忘了想我，因为我一直都有想你！"

"忙完记得喝水，中午抽空吃点东西！下了手术别老看手机，去花园走走，让眼睛休息一下！"

"你那里天气好吗？今天北京阳光明媚，我们去白云观祈福，我会顺便为你祈求健康平安的！"

"刚才看到一个机器人图案的围巾，又想到你！想到你戴上它的傻样，我就会忍不住傻笑！"

"亲爱的，一到晚上就特别想你。一天都没有你的消息，也不知道你今天过得好不好……我喜欢这样夜深人静的时候，可以不被打扰，就只专心地想你……好想靠在你的怀里，听着你的心跳……"

洪医生不知不觉流下了眼泪……他实在太爱容儿了，他又何尝没有反复回味那一次次相拥的温暖和一幕幕缠绵的蜜意？和容儿在一起，他感到前所未有的满足和幸福！在那样深刻的情感体验面前，一切风流韵事都显得肤浅无味；在那样契合的伴侣面前，一切露水情缘都毫无诱惑可言。他知道容儿就是他此生要找的女人，他愿意为了她付出一切，但这一切的前提是她能平安！

洪医生有太多相思想要对容儿诉说，却终归只能化成潦草的一句："今天很忙，早点休息吧。"

隔着屏幕，他都能感觉到容儿的落寞和失望。自己到底是该继续，还是放手？是与命运抗争，还是就此认命？一想到容儿会伤心难过，他就心如刀绞！但无论如何，他必须保护好容儿，让她远离 Molly 的世界！

那一夜洪医生辗转反侧，心乱如麻，直到天快蒙蒙亮了，他才勉强睡着了一会儿，做了一个不想醒来的梦。在梦里，他拉着容儿的手，肩并肩地沿着一条河散步。河的两岸种满了绿绿的垂柳，空气里有一种甜甜的、熟悉的味道。容儿看到不远处有一个热气腾腾的煎饼摊，便拉着他去买煎饼。她把做好的煎饼递到他的嘴边，眯着眼睛望着他，快乐得像是个孩子！梦里的两个人脚步轻盈、眼神清明、笑容灿烂，像极了一对没有烦恼的寻常夫妻，在北京过着他们平淡却又温馨的小日子……

当洪医生从那个梦里醒来的时候，他真的有种冲动：想要放弃澳大利亚的一切，逃离这里所有的烦恼，跟容儿在另一个城市重新开始新的生活！然而，当他不得不张开双眼，看到阳光照进现实的时候，他又告诉自己：有些事终究还是要面对的，有些人也注定是躲不过的！

虽然内心受到了命运的暴击，被伤得体无完肤，他还是要强打着精神坚持工作，处理 Molly 的事情！九点查房，十点开始手术，一台接一台的手术做完已是下午二点，洪医生才回到办公室边吃口东西边处理邮件。昨天他给 Molly 之前看的心理医生发了一份邮件，请他尽快安排面谈，这会儿已经收到了 Dr.Ferrier 的回复。

"得知 Molly 女士这次的过激行为，我感到非常遗憾和意外。我需要先和您了解一下事件的全部过程，才能更好地帮到 Molly。考虑到您迫切需要面谈的要求和这次突发事件的严重性，我可以在今天下午四点给你安排一个小时的面谈时间，请尽快跟我的助手确认。"

洪医生马上确认了时间，又让助理推掉了自己四点以后的全部工作。之前一直是他陪着 Molly 去见 Dr.Ferrier，为了配合治疗，他还和 Molly 共同参加了很多次的心理辅导。在 Dr.Ferrier 的帮助下，Molly 的病情好转，抑郁的情绪也得到了有效的控制，所以洪医生非常认可和信任 Dr.Ferrier，他太需要听听他专业的建议了！

当洪医生再次走进这家熟悉的心理诊所时，那些熟悉的记忆又浮现在眼前。曾几何时，他满怀希望地陪着 Molly 一次次来到这里，看着她一点点好起来。前前后后一年多的时间，Molly 终于被宣告治愈，当时的自己感到特别高兴和解脱！他万万没有想到，如今的自己又回到了这里，而且 Molly 的病情似乎比之前更严重了。

在洪医生叙述完这次自杀事件的始末后，Dr.Ferrier 陷入了沉思。他又仔细研究了一遍 Molly 的病例和用药记录，然后若有所思地问道："当你去医院探望她的时候，她有没有明确地表达过自杀的目的？比如……因为你要结婚，所以她想自杀？"

洪医生点点头说："是的，她有！"

Dr.Ferrier 问："那她有没有明确地表达，如果你继续选择结婚，她就会继续选择自杀？"

洪医生仔细回忆了一下，肯定地说："她的确有这方面的意思。而且她还提到，三个人当中必须有一个人死！她说她很需要我，可以为了我死。这句话让我尤其担忧！"

Dr.Ferrier 点点头表示理解："换成是我，我也会感到担忧。你我都是学医的，医者仁心嘛，我们从来都是要求自己要尽量给予帮助的。这些年我也看到了，你是如何尽心尽力地帮助 Molly 女士的。之前我也一直都强调，你的帮助对她恢复心理健康起到了很大的作用。但是，现在我反而更担心另外一种可能，如果这个判断是正确的，恐怕你我都很难能帮到她。当然了，我还是需要见到她以后才能确定我的判断是否准确。"

洪医生表示不解："您是什么意思？上次的治疗效果很好，我希望你不要放弃 Molly，她需要您的帮助！"

"你先别急，先听我给你分析一下 Molly 的情况。之前 Molly 女士因为情感上受到打击，的确出现了轻度抑郁的症状，主要表现为精神失控、过激行为、焦虑失眠和有自残倾向。在治疗过程中，我们主要予以心理疏导，配合低剂量药物治疗，取得了很好的效果。其实在之前的治疗过程中，我就已经注意到，Molly 女士比较倾向于反复强调、明示自己有抑郁症，而且她每次提出自杀、自杀倾向，都目的性明确，而真正的抑郁症患者大多是不愿承认自己有病的，而且在出现自杀或自残行为时，大多是因为情绪失控,并没有明确的目的。要知道,比抑郁症更难治的是假装抑郁。对于后者,我们心理医生也是束手无策的。毕竟我们只能治病,而不能改变一个人。"Dr.Ferrier 说完,意味深长地望着洪医生。

洪医生一脸茫然地说:"您的意思是······Molly 并没有抑郁症,她是装病?"

Dr.Ferrier 马上纠正他说:"不,我并不是这个意思!就当时 Molly 的情况来看,她的确出现了抑郁症状。心理学上有一个名词叫'习得抑郁',也就是当某人感到无助,对生活失去了控制力的时候,为了达到某种目的,比如控制的执念,病人在情绪状态和生理状态上也会出现抑郁症类似的状态。"

Dr.Ferrier 顿了一下接着说:"所以就当时 Molly 的情况而言,我们更多的是给予她健康的心理疏导,让她知道她拥有三种选择:接受、离开和采取行动。而有时候,离开也是一种有效的解决方案。通过心理疏导,她已经在心理上接受了'离开'这个选择,也在你给予的帮助下重新获得了对生活的掌控力。她的睡眠和焦虑也在药物调整后得到了改善。你提到警察在现场发现大量抗抑郁症的药片,但她的验血报告显示她并没有服过药。从她的血清素、多巴胺等水平来看,一切都很正常。而且医院方面对她的心理评估也是思维清晰,且目的性明确。所以当我得知新的诱因会瞬间导致她情绪失控到割腕自杀,我很难相信这个行为是抑郁症造成的结果。"

看到洪医生无助的神情,Dr.Ferrier 拍了拍他的肩膀说:"你我都是医生,最该明白这个简单的道理了:对症下药,首先是得找到症结所在啊!如果患者自杀是出于不可控制的抑郁情绪,我可以帮她。但如果一个人为了达到某种目的，选择以死要挟，我们心理医生恐怕就很难能帮到她了。当然，我会让秘书尽快安排 Molly 的面诊，但是同时我也希望你能先有个心理准备。"

洪医生一边努力消化着心理医生的这番话，一边回忆这些年 Molly 的抑郁症状。现在想来，每一次发作的确都伴随着大大小小的要求！当那些经济上的、生活上的、情感上的要求被一一满足后，她的症状就会得到缓解。可如果说她之前的自杀倾向都只是说说而已，这次可是的的确确用玻璃割破了手腕上的动脉啊！如果不是有人及时赶到，她也许真的会失去生命啊……

洪医生实在想不通 Molly 的脑子里到底是怎么想的！但他知道，不管 Molly 的自杀行为是抑郁还是要挟，他都不能眼睁睁地放任她这样轻贱自己的生命，更不能让她去伤害别人的生命！面对这么一个连死都不怕的人，他除了妥协又还能怎么样呢？

再次见到 Molly 时，洪医生有点不敢直视她的眼睛。他看不清楚那双复杂的眼睛里到底藏着机关，还是装着可悲可怜。

他只得试探着问 Molly："别再干这种傻事了，行吗？"

"不行！"Molly 斩钉截铁地说。

"这到底是为什么？"洪医生问。

"为你！"Molly 说。

"我们已经离婚了！"洪医生说。

"我后悔了，我不能没有你！"Molly 作出一副楚楚可怜的样子，想要拉他的手。

"我们已经回不去了！"洪医生本能地后退了一步。

没想到 Molly 突然走上前来，紧紧搂住了他的手臂，带着哭腔地说："我错了行吗？我可以改！我现在才知道，我根本离不开你！"

洪医生迅速挣脱掉她的手，起身走到窗前，长长地叹了一口气说："Molly，不是谁要改的问题，而是我们两个根本就不合适！有些事情我也是最近才想明白的，跟合适的人在一切，一切都是自然而然的，根本不需要这么刻意和辛苦！"

Molly 听到这里，一股怒火被瞬间点燃，再也装不下去了："所以，你和她在一起就合适了？你们就是天造地设的一对了？！好歹我也跟你生活了十几年，我在你心里算什么？现在你只想要自己幸福，根本不管我的死活！哪有这么好的事！你想得美！"

洪医生也忍不住抬高了声音说："Molly，请你搞清楚，我们已经离婚了！扪心自问，我们在一起那十几年我真的努力过了！我一直是把你的幸福摆在我自己的前面的，我真的好想让你快乐！当初你要离开我，我也祝福你了。为什么现在轮到我，你就要以死相逼？"

Molly 冷笑道："为什么？就因为我还在痛苦中，我凭什么要让你先拥有幸福！你没能给我快乐，我也不许你给她快乐！"

"你为什么就是不明白！快乐不是别人给的，快乐是你自己的能力！如果她不爱我，我给她再多，也给不了她快乐。我能带给她快乐，恰恰是因为她爱我，她仅仅是和我在一起就会感到快乐。你有没有想过，你一直都不快乐，也许是因为你从没爱过我？！"洪医生绝望地尝试着最后的沟通。

Molly 听到这里再也没有耐心装下去了，直接摊出了底牌："爱这玩意是虚的，对我来说根本没有意义！只有钱和房子是真的，不然当初我干吗会看上你！是你没用，不能给自己老婆想要的生活，毁了我的幸福！我现在被你害成这副样子，还能去哪儿找更好的？我已经在你身上投入了十几年的时光，现在放你走，我就亏大了！你、我、她这三个人中，肯定有一个是多余的。既然你舍不得我死，我也舍不得你死，那就只能让她消失！"

洪医生气到发抖，转过身直视 Molly 那张狰狞的脸！Molly 此刻的样子太可怕了，她的贪婪像是一个侵略性极强的毒瘤，分分钟想要吞噬掉供养它的一切。十几年的时间对她来说就是一场交易。

"你终于说出心里话了！你还是毁了我吧，不许打她的主意！"看清了 Molly 的嘴脸，洪医生从心底生出了对这个女人的厌恶。没想到十几年的相处对 Molly 来说没有留下一点情分，纯粹就是一场交易！他绝不能允许 Molly 的邪恶触角蔓延到容儿的世界里，污染到她的纯粹和美好！

Molly 大笑道："哟，看你有多紧张那个女人啊！放心，我留着你还有用呢，我怎么舍得毁了你！只要你彻底离开她，我就既往不咎，全当她从我们的生命里消失。当然了，如果你实在不舍得离开她，那就只好由我来当这个恶人啦！我向你保证，我一定能让她对你伤心失望、深恶痛绝，直到她彻底消失！"

洪医生气得走到 Molly 面前，握住她的肩膀，直视着她的双眼说："我再最后重复一遍，你胆敢靠近她一步，我绝不会原谅你！你若敢伤她一丝一毫，我死也不会放过你！"

Molly 又大笑道："我好怕怕哟！不用你动手，我自己就可以了结我自己啊！如果我想死，我一定会死在她的面前，让她难受一辈子！你说……你是更想让我死，还是让她死呢？"

洪医生现在终于见识了 Molly 可以丑陋到什么程度，他相信她真的什么事情都干得出来！他深知，如果一个人把这么可怕的灵魂请进自己的生命里，那将会是他一辈子都甩不掉的阴影！既然他自己已经逃不出来了，他决不能让容儿重蹈覆辙！想到这里，洪医生除了投降，没有其他的路可走："我不会再见她了，我和她之间已经结束了。"

Molly 得意地说："好！你说到做到！如果你敢骗我，我就亲自让她消失。只要我 Molly 还有一口气，我就绝不许你们幸福！"

Molly 眼中射出的两道凶光，让洪医生不寒而栗，本能地后退到了一米开外的距离。他不得不承认，他感到恐惧和害怕。直到这一刻他才意识到，自己从未真正了解过面前的这个女人，他总是为她的行为寻找合理的解释，他总是告诉自己她的本性是好的，他总是习惯性地低估她心底那股邪恶的力量，以至于现在的自己根本无力反击，只能认输投降！

"Molly，这么多年了，我在你心里至少应该算是一个好人吧？你忍心这么对一个好人吗？我求求你放过我吧！你就给我一条生路吧！"

"正因为你是个好人，我才不会放过你啊！放你一条生路，就是逼我自己走上死路。你我之间，我更不想亏待自己。你看，现在你比我痛苦，我就很开心！难道你还不明白吗？"Molly 以一个胜利者的姿态望着绝望到崩溃的洪医生，嘴角露出了邪恶的笑容。

这一刻洪医生才愕然发现，Molly 就是他后半生躲不掉的魔咒！一想到自己跟这样一个人生活了那么多年，熬过了那么多无休无止的痛苦，挨过了那么多无边无尽的孤独，他就感到自己这辈子活得真是个笑话！

本以为童年的伤、婚姻的痛，都是他命中渡完的劫。本以为命运终于奖励给他一份真爱，让他遇到那么好的容儿。可现在看来，命运于他就是一场永无休止的嘲讽，不仅夺去他爱的自由，甚至连希望的火种都要一并扑灭！

洪医生深知失去容儿对自己意味着什么，他也想象得到容儿会有多么失落和伤心。然而作为一个失去自由的人，他明白自由对一个人的意义！他宁肯容儿伤心一阵，也不愿让她伤心一世。他宁肯容儿离开自己，也不肯让她受制于人！

既然自己的翅膀已被折下，此生都飞不出命运的牢笼，他宁愿可以看到容儿在外面的天空展翅高飞、自由翱翔！

真爱很苦，苦到撕心裂肺、肝肠寸断！

真爱也很甜，甜到可以治愈、救赎，甚至让人重生！

跟容儿在北京度过的美好时光，就像是一场不愿醒来的梦，成了洪医生心中最宝贵的记忆！那是他在这个世界留下过的最美的痕迹，可以在日后那些与爱无关的漫长岁月中，拿出来反复回味。容儿是他经历过的唯一奇迹，她的微笑也将是他这辈子唯一的期盼。

虽然只有短短几天的时间，他们触摸了彼此的灵魂，敞开了彼此的身体，拥有了最极致的遇见。能被如此深刻地看见过、懂得过、深爱过，也算不枉此生了！

也许这就是真爱配尝的苦与甜。刻骨铭心的苦、沁人心脾的甜……

在经历了所有的泪水和希望，穿越过所有的痛苦与美好，来到时间尽头的那一刻，你会发现在这仅此一次的生命中最值得怀念的，是那些真爱照进生命里的光！

第二十四章 失去 归来

人这一生都活在得到和失去之间，虽有诗云"得之我幸，不得我命"，可身为这滚滚红尘中的凡夫俗子，又有几人真能做到"得之坦然，失之淡然"呢？每个人心里都有自己的一片麦田，日日夜夜地耕耘和守护，自然期盼着收获的那一天。眼看着金灿灿的麦芽就快要成熟，却被突如其来的一把大火烧成了灰烬，对于这样不留余地的失去，一个人又需要多少眼泪才能咽下，需要多少勇气才能重建呢？

离回澳大利亚的日子越来越近了，苏清容却明显感觉到洪医生对自己的态度越来越冷淡。不知道什么原因，他好像突然变了一个人，不再是那个她认识的洪医生了。不管是短信的频率，还是电话的长度，都明显减少。就连偶尔联系时的内容和语气，也逐渐变得陌生和疏远。

明明上一秒还在跟她一起憧憬未来，现在却说要面对现实冷静冷静。明明前几晚还像个孩子一样不肯挂电话，现在却只是冷冷地说声"累了，晚安"。明明说过等不及去机场接她回悉尼，现在却说工作太忙不能接机。

苏清容毕竟已经不是小女孩了，这些年的阅历早就让她明白：成年人想要结束一段关系，慢慢疏远就已经足够了！洪医生现在的反应足以说明，他在退缩，他想要退出这段感情！苏清容已经不是个小女孩了，她问不出"你为什么不理我了"这样的傻话！作为一个懂事的成年人，她知道自己应该默契地配合，体面地离开。

然而道理从来只适用于那些还能保有理智的人，对于洪医生，苏清容早就丧失了理智，情感压倒性占了上风。她一遍遍回忆着他眼里的温柔和宠溺，那些情真意切的痴缠依恋，怎么可能会是假的？他特意从香港飞到北京，只为见她。他执意买下她喜欢的戒指，把它戴在了她的手上。他说爱她的时候，眼里明明含着泪光……

不知道为什么，苏清容就是固执地相信，洪医生是这个世界上最不该怀疑的人。就算全世界都是谎言，他的爱也一定是真的！就算全世界都会崩塌，他们的感情也应该是靠得住的！对于如此猝不及防的情感打击，苏清容能找到的唯一合理解释就是：洪医生一定是遇到了什么难事，才不得已而为之！

曾经听他提过前妻患过抑郁症，而且离婚后也很依赖他，苏清容的第六感告诉她，洪医生的转变一定和他这个前妻有关！毕竟成年人的世界里都少不了责任和牵绊，只要这份爱是真的，不管眼前遇到了什么阻碍，她相信他们都能克服。想到这里，她觉得心情没有那么失落了，她愿意陪他面对一切，只要他还爱着她。

那天晚上，苏清容给洪医生发了这样一条信息："亲爱的，你好吗？我不傻，看得出你现在的态度是想让我知难而退，慢慢放手。如果你真的不爱我了，我可以放手，但如果你还爱我，请让我陪你一起面对好吗？我相信你还是爱我的。你一定是遇到了什么难事儿了。别对我这么没信心，让我陪你一起承担，好吗？"

那条信息发出后，苏清容一直守着手机，苦苦等了好久好久。可她最终等来的，却只是一条让人心碎的回复："容儿，放手吧！我知道，如果我说还爱你，你是不会放手的，所以我想告诉你，我的确爱过，但也的确不想再爱了。命运让我们相遇，却不许我们在一起。原谅我，我真的没有力气再跟命运抗争了。感谢你给了我这辈子最好的记忆，而我却什么都给不了你。就此忘了我吧，不管你现在有多难受，请一定照顾好自己。对不起！"

那晚，苏清容彻夜无眠。曾经那些美好的瞬间和眼前这样决绝的别离，在她心里左右撕扯！洪医生的态度已经清清楚楚了，再执着下去就是无谓的纠缠了，可她的心里就是放不下这段感情，放不下这个人。男人的薄情寡义、自私善变她早就见识过了，假如是别的男人说出这样的话，她必定头也不回，第一时间离开。但在苏清容的心里，洪医生绝不是这样的男人，他绝不会把感情看得这么廉价和儿戏！

人心大概是这世上最矛盾的东西，心里的那扇门明明该关上了，却怎么也关不上！失恋的人明明心已疼到滴血，却还得收敛着情绪装出一切都好的样子，强打起精神去做那些该做的事。

眼下，苏清容该做的就是在家人面前强颜欢笑，绝不能在临走时给父母徒增烦恼！哭是可以的，但只能躲在没人的地方偷偷哭；失恋的阴影也是甩不掉的，但只在夜深人静才敢让它爬出来，晒晒那微弱的月光……

在机场跟父母告别时，苏妈妈说出的最后一句叮嘱是："回去跟洪医生好好相处，我们相信这次你会幸福的！"那一刻，苏清容的眼泪就像决堤的洪水，顷刻间涌出眼眶，一发不可收拾！幸好二位老人只把那泪水解读为离别的不舍，并没察觉出女儿心底失恋的苦楚。

　　飞机直入云霄，穿过云层。苏清容痴痴地望着窗外干净、轻盈的云朵，羡慕着它们可以无牵无挂、自在飘摇。可自己终究不是那天上的云，要面对沉重的心事、现实的责任、一日三餐的奔波和各种命运的为难！再大的事，也得擦干眼泪继续应对；再难的情绪，也得打扫心情继续前行。

　　在飞机落地前，苏清容默默地规劝自己：接受现实、放过自己。要好好把苏阳抚养长大，要和孤独好好相处，要用最大的诚意把余下的日子过好！至于洪医生，那是她此生最美的遇见，爱情来过的痕迹和不该再去打扰的过去。

　　回到悉尼的家里已经是星期六的早上，经过这几天的失眠和一夜的长途飞行，苏清容的身体真的有点吃不消了。她感觉头晕目眩，浑身无力，仿佛随时都可以倒下，躺上三天三夜！倒是苏阳看上去还很精神，兴奋地在家里跑来跑去，嘴里还哼着欢快的旋律。

　　小孩子的精神就是好，苏阳迫不及待地打开自己的箱子，把从北京买回来的新衣服一件件往衣橱里挂。忙完了自己的，又跑来收拾妈妈的箱子，帮妈妈把衣服整齐地挂在了衣柜里。这时，苏阳看到箱子底那条买给洪医生的围巾，便顺口问道："妈妈！这条机器人围巾，你打算什么时候送给洪医生啊？"

　　苏清容接过那条围巾，脑海里又忍不住浮现出一个美好的画面：在飘着金色落叶的街头，她微微踮起脚尖，把这条围巾轻轻围在洪医生的脖子上。洪医生捧着她的脸，眼里充满幸福的光，然后紧紧把她搂在了怀里。背景里飘着金色的落叶，每一片都在阳光的照射下发着金灿灿的光……

"妈妈，我们什么时候把它送给洪医生啊？"苏阳见妈妈在发呆，又一次问道。

苏清容这才怳过神来，目光呆滞地说："我想 …… 他已经不需要了。"

苏阳一脸不爽地噘着小嘴："那可不行！这可是我帮着选的，我猜他一定会喜欢！"

"我本来也以为他会喜欢 …… 可是我忘了，人的喜好是会变的。"苏清容说到这里，一股委屈涌上心头，眼睛又要湿了。

苏阳担心地问道："妈妈，你怎么了？是洪医生让你伤心了吗？"

苏清容不忍让女儿为自己担心，勉强挤出一个苦笑说："妈妈没事。"

"就是嘛！我就说洪医生那么爱你，怎么会舍得让你伤心呢！"苏阳认真地说。

"你从哪里看出他很爱我了？"苏清容自己都看不清楚的事，很好奇阳阳这么一个小孩子，是怎么看出来的。

"他看你时的样子啊！多明显啊！不仅我能看出他很爱你，姥姥、姥爷也都看出来了！姥爷还说，看到洪医生看你的样子，他就放心了！"苏阳说道。

苏清容听到这里，又忍不住回忆起洪医生的眼睛。那眼里的温柔和宠爱，真诚和情深，是多么显而易见，怎么可能掺得了假！如果说小孩子不懂，父母年纪、阅历都远远超过自己，不是也都看得真真切切吗！

苏清容越想心里越不是滋味，即使不能再爱，至少也想知道曾经的那些瞬间到底是真是假，曾经的心动和渴望到底是虚是实！她实在太需要一个答案，或者说，是太需要一个能安慰自己的理由了。

苏清容独自来到阳台上，面朝着圣保罗医院的方向，呆呆地出神……想见的人就在不远的地方，却可能再也见不到了。想问的问题其实已经有了答案，却还是不甘心就此放手。当命运的恩赐变成了遗憾，孤独的灵魂又将如何安放？苏清容的理智终于失控了！她拿上那条围巾，开车前往圣保罗医院！

送围巾是苏清容能为自己找到的唯一借口，她必须去看看那个故事开始的地方，把这件本该属于他的东西物归原主。她不会纠缠，也不想给他带来困扰，她只是想如果能刚巧遇见，如果他还愿意走过来跟她说话，她至少可以问问他："你有没有真心爱过我？"

周六的医院依然繁忙，一楼大厅随处可见穿着蓝色制服的医护人员脚步匆匆，来来往往。苏清容在医院里转了好几圈也没能看到洪医生的身影，她开始暗自嘲笑自己的痴傻，明知不可能的事还非要来受羞辱！接受一个人的离开，就会看清这个世界有多大，那些紧紧相拥过的温存一旦走散，就像刮过天空的流星，再也找不到了。

苏清容来到服务台，把装着围巾的盒子交给了前台。前台的姑娘经常代收患者送给医生的礼物，熟练地记录好医生的姓名和科室，便满脸笑容地说："谢谢您的好意，我会帮您转交给洪医生的！"

放下围巾，苏清容突然感到一阵头晕。大概是几天都没怎么睡觉，身体过度疲劳，苏清容感到大脑有点不受控制，整个人恍恍惚惚的。她只得来到医院的咖啡店要了杯黑咖啡，准备靠这杯咖啡强打起精神，顺利把车开回家。

买好咖啡转过身，苏清容随意望了一眼落地窗外的花园，视线尽头仿佛有一个酷似洪医生的身影，由远而近缓缓走来，身边还跟着一个穿病号服的女人。苏清容目不转睛地盯着那个身影，直到可以清楚地看到他的脸。没错，那就是洪医生的脸！那让她魂牵梦绕、苦苦思念的脸！只是，那张脸比印象里消瘦了不少，眉宇间也多了几分憔悴和萧瑟……

苏清容百感交集地杵在那里，惊喜、委屈、心疼……所有的情绪都一股脑儿地涌上心头，化成了两行揪心的热泪，毫无防备地涌出眼眶！这时洪医生的目光也正好落到了这个方向，把泪流满面的苏清容看个正着！四目相对的那一刻，二人都愣在了那里，痴痴地注视着对方。

两个人谁都没有走上前的勇气，但也都丧失了转身的动力。他们就那样傻傻地望着对方，想要多看几眼心爱的人，忘了时间，忘了别人，也忘了自己……

下一个镜头大约是苏清容这辈子都忘不了的痛。她眼睁睁地看着洪医生身边的那个女人，搂住了他的胳膊，把头靠向他的怀里！洪医生反应迟钝地向旁撤了一步，却依然没能躲开那个女人靠过来的身体。苏清容被这一幕惊得猝不及防，根本来不及挪开目光或者抹去眼泪，就被那女人投来的胜利者的微笑虐成了一片废墟！那眼神里的得意和敌意清晰可见，明晃晃地刺穿了苏清容的尊严，让她瞬间觉得万箭穿心、刺骨寒心！

再傻的人也能看出那绝不是一个普通的病人，而是一个跟洪医生有着亲密关系的女人。她的肢体语言明显是在显示强权，她的轻蔑表情明显是在嘲笑苏清容的存在！苏清容绝望地看着洪医生，仿佛在乞求着最后一点支撑，可她却等来了他无情地转身，跟那个女人一起消失在了视线的尽头……

苏清容一个人留在那冰冷刺骨的角落里，收拾心里的残局。她在心里冷笑着骂自己："这就是你想要的答案？你现在满意了吗？你可以放手了吗？"她不记得自己是怎么把车开回家，又是怎么倒在苏阳的身边睡着的。她只觉得自己那颗悬在半空的心实在太累了，终于撑不住落下来，像自由落体一般狠狠地摔在地上，粉身碎骨、片甲不留！原来心痛到一定程度，就会失去知觉，苏清容终于像昏厥一般睡着了，而且睡了好久好久……

那一觉醒来，苏清容好像已经感觉不到痛，或者是对痛彻底麻木了！成年人就是在一次次绝望又重启中熬过来的，与其继续纠结爱没爱过，不如把力气用在该用的地方，比如疗伤、重建和好好生活！爱没爱过，他都已经选择了别人；爱没爱过，他都已经决定不再爱了！

想明白这一点，苏清容像打了鸡血一样，开始打扫卫生，忙前忙后！她像往常一样给苏阳整理衣物，收拾房间，准备晚餐。她需要让自己沉浸在这些可以掌控的小事上，才不至于总陷入胡思乱想。苏阳虽然不知道发生了什么，但她可以感受到妈妈心里有事，便表现得格外体贴和乖巧。苏清容看着已经出落得高挑漂亮的阳阳，想到这个世界上还有这么一个美丽的牵挂，心中倒也生出不少安慰。

那些我们深爱的人，给了我们责任的同时，也给了我们无穷的力量和好好活下去的勇气！苏清容至少还有苏阳，可洪医生的世界里却再也找不到任何的爱与牵挂。这些天，他努力把自己的心麻痹起来，一方面希望容儿可以早点忘了自己，开始新的生活，一方面又好怕自己就此被忘却，失去了这世上唯一关心自己的人。

被这种矛盾心理反复折磨的日日夜夜，洪医生的潜意识无时无刻不在期待，可以再次看到容儿的身影，感受她的温存。那天他决绝地转身的背后，藏着多少不舍和心疼，只有他自己知道！失去容儿的洪医生，就像是永别了阳光的傀儡，余生只能在黑暗里靠着记忆中的那点光取暖。

爱是最好的滋养，也是最难割舍的牵挂。真正爱过才知道，那道光曾经带来过多少温度，就会反噬给你多少阴影。你越是动了真心，就越难放下！因为灵魂相惜的爱实在太深刻，太厚重，也太难得⋯⋯

当洪医生在医院看到容儿的那一刻，他的心像触了电一样，又惊喜又难受！隔着落地玻璃，他可以清楚地看到容儿留恋的眼神和伤心的泪光。他心如刀割，恨不得立刻走过去，把她紧紧搂在怀里，亲吻她脸上的每一道泪痕。她眼神里的伤心和幽怨，让他感到无比自责；她流露出的留恋和不舍，又让他燃起想要不顾一切去爱的冲动！然而他却连个拥抱都不能给她，他必须把她留在阳光里，不能把她拖进自己身陷的黑暗中。

"我的好容儿，谢谢你还爱着我。我把你伤得这么深，你怎么还这么舍不得我？！你这样让我很心疼⋯⋯ 我多想你知道，我也同样深爱着你，我的心永远都是你的！"洪医生心里这样想着，整个人便愣在了那里。直到Molly猛地搂住他的胳膊，他才回过神来，本能地感到排斥，恨不得甩掉关于 Molly 的一切，立刻冲到容儿的身边！然而也是在那一刻，当他看到容儿眼里的震惊和绝望，他才意识到自己给她造成的伤害，是如此之残忍，如此之彻底！

那一刻，理智提醒洪医生，他必须结束这一切！他绝不能再给容儿带来更多的伤害，他必须让她就此死心！于是他顺势接受了 Molly 靠过来的身体，转身跟她一起离开。他相信只有这样，容儿才会死心，才会放下他这个不值得爱的男人！

洪医生一走出容儿的视线范围，就推开了 Molly，冷冷地说："好了！以后请你不要这样。"

"就是刚才那个女人吧？你俩这苦情戏演得真走心，连我都快看哭了！"Molly 挑衅道。

洪医生立刻警惕地说:"我警告你,别想去打扰她!我和她已经结束了,你毁我一个人就够了,不要再去毁别人!"

Molly冷笑道:"结束了?那她怎么还来医院找你?我要的是让她彻底消失!再让我看到她,就别指望我会这么通情达理了!"

文明人想用文明的方式对付一个野蛮人,大多都会输得很惨。洪医生不得不承认,他斗不过Molly,她出手太狠,而他永远没法让自己像她一样无耻。但他至少要保护他爱的人免受伤害,如果自己不能和容儿在一起,知道她在阳光下安好,也是一种踏实和安慰。

之后的一段时间,苏清容和洪医生每天照常上班、下班,表面上波澜不惊,心里却都在咬着牙疗伤、重启!在夜深人静的时候,他们会不约而同地放纵自己的思念,温习着曾经拥有过的每一个瞬间。而当太阳升起,他们又必须坚强地面对生活,继续扮演好自己的角色。苏清容依旧是一个好妈妈,把所有的爱都给了苏阳。洪医生也继续做他的好医生,只是从此无人可爱,只为责任而活。

这表面的平静只持续了大约一个月的时间,就因为那枚订婚戒指的存在,被意外打破了!那天洪医生接到珠宝店的电话,询问他为何迟迟未取改好的戒指。洪医生不由得心里一阵酸楚,戒指还在,戒指的主人却找不回来了……那颗钻戒本该是爱情的见证,如今却成了一个永久的遗憾!

洪医生本想把它取回家,从此搁置在某个角落里,再也不去触碰。可当他再次见到那枚戒指的时候,他却彻底改变了主意。这枚戒指实在太美了!那颗硕大的粉红色主钻晶莹剔透,美好得像一个童话。它的周围环绕着绚丽闪耀的白钻,烘托出一种圆满的幸福感。这枚戒指与他心目中的容儿完美契合，集美好、坚毅、温柔、深沉、丰富、纯粹于一身，同样的独一无二，同样的完美无瑕！它原本就是为了容儿而存在的，它也只该戴在容儿的手上。

想到这里，洪医生觉得无论如何，都应该把这枚戒指交给它真正的主人！这枚戒指至少可以证明，他曾经真心爱过，也曾真心想过要给她一个未来。虽然未来不能继续，过去的真心却不该否定，毕竟爱情真真切切地来过！就让这枚戒指作为他们爱情的祭奠也好，念想也好，留在它的主人那里吧！

洪医生担心自己见到容儿会克制不住强烈的感情，让一切的努力都功亏一篑。他想到一个月前，容儿留在医院前台的那条围巾。虽然那条围巾并不是容儿亲手交给他的，却多少也能给他带来一些慰藉。想到这里，洪医生决定把戒指寄到容儿的公司，希望这枚戒指也多少能给她带来一点温暖或安慰。

他在商场楼下的邮局买了一个快递盒，上苏清容公司的网页核对好了公司地址。他仔细把地址抄写在盒子上，还特意标注了"苏清容亲启"。想要附上几句话，可想说的话实在太多，能说出口的又实在太少，反复斟酌，决定还是找个安静的时间，想想到底该怎么写，再一并寄出吧！

正想着，忽而接到 Molly 的电话，让他赶紧过去帮忙修理空调。Molly 几乎每个周末都会找洪医生干这干那，生怕他有点属于自己的时间，去做他自己喜欢的事。这次也不例外，Molly 火急火燎地说："你快点来帮我看看吧！今天这天气，空调要是还出不了热风，晚上我就只能住到你家去了！你总不能眼睁睁看着我感冒吧？"洪医生知道 Molly 又在小题大做，无奈地说："这天气还不至于感冒吧！实在修不好，你可以去住酒店！"

洪医生刚把车开到 Molly 家，就看到她笑脸相迎地偎在门口，一脸的算计和得意。洪医生把车停好，低头径直走进屋里，一心想着赶紧把空调弄好，省得 Molly 再生事端！

Molly 被晾在那里正觉得无聊，突然发现洪医生并没锁车，便赶紧趁这个工夫打开车门，想检查一下有没有女人留下的痕迹。副驾驶干干净净，连根女人的头发都没找到，车里也没闻到任何香水味。Molly 本来已经满意地准备离开，突然想到后备厢还没检查，便鬼使神差地打开了后备厢。

当 Molly 发现那枚钻戒和写着苏清容的地址的快递盒时，她顿时怒火攻心，恨不得把全世界都炸个粉碎！她气急败坏地想："原来表面骗我说不见，私底下却连戒指都买好了！要不是我及时发现，难道还想背着我求婚不成！说好了彻底消失，现在却在我眼皮底下秀恩爱！"Molly 只觉得一口气憋在那里撒不出来，愤怒到失控的大脑，迅速生出一种疯狂的、想要报复的冲动！

她用手机拍下了快递盒上的地址，嘴里反复默念着苏清容的名字，眼露嫉妒和仇恨的寒光。她发誓会去单位让她难堪，让她害怕失去工作，然后乖乖地知难而退，认输投降！想到这里 Molly 的情绪稍微平复了一下，她把戒指放回原处，装作若无其事的样子走进屋里。

洪医生每次来 Molly 家，都不想去看她那张脸，也会尽量避免跟她目光接触，所以这次也并没察觉到她有什么异样。他发现空调失常是因为遥控器没电了，于是迅速更换完电池，重启了遥控器，空调也随之恢复了正常。

洪医生正准备离开，突然听到 Molly 冷不丁问了一句："我最后一遍问你，你是不是还在见那个女人？"

洪医生满心厌恶地回道："你有完没完？我说到做到，希望你也能说到做到！别再无理取闹了！"

Molly 恶狠狠地说："你答应我的事给我做好，我自然不会无理取闹！但你要敢骗我，我也不是好惹的！"

洪医生只当 Molly 又在乱发神经，觉得多说无益，便匆匆离开。他全然没有察觉到，此刻的 Molly 心里藏着多大的仇恨，正在酝酿着怎样的阴谋！

那天晚上，洪医生坐在写字台前，久久地望着那枚戒指发呆。在灯光的照射下，钻石发出了更加璀璨的光，晶莹剔透得像个通透甜美的梦。洪医生的心渐渐平静下来，那些细腻和柔软的情绪开始蔓延，眼前又浮现出了容儿温柔的笑脸。

对洪医生而言，那短暂的时间即是永恒，容儿的快乐就是他永远的祈祷。他拿起笔，给容儿写了这样一封短信：

亲爱的容儿：

过去的二十七天，不知道你过得好不好。希望你已走出我带给你的痛苦，继续乐观地爱生活、爱阳阳、爱自己。

能遇见你是我这辈子最大的幸运，和你在一起的三天也是我这辈子最快乐的时光。可惜命运偏偏不许我爱你，如果我能带给你的不是幸福而是伤害，那我宁可看着你远离痛苦，祝福你平安顺遂。

你是我遇到过的最可爱的女人，是我辜负了你的爱，为此我感到深深的歉意。时间是治愈一切的良药，也许你现在的心情已经平复了不少，也许你已经开始把我忘记……如果可以，我希望你可以否定我这个人，但不要否定我真的爱过你。

这枚戒指是我回澳大利亚那天为你定做的，虽然我们的爱情不能继续，但它至少可以证明我们真的爱过。如果说我还配拥有最后一个奢望的话，希望你能不讨厌这枚戒指，不讨厌关于我们的回忆！

在我只此一次的生命里，谢谢你爱过我！

你永远是我生命里最宝贵的记忆。

当把信和戒指一起放进快递盒封好，洪医生也不得不把这段爱情永远封存在了心底。对于那些挚爱的人和事，有时的确需要点仪式感，才能逼自己去直面已经失去的事实，去接受不能失而复得的遗憾。

虽说人生就是一个失去、归来的过程，但能让洪医生如此挖心剔骨的失去，此生也就经历过两次。上一次是失去母亲，这一次是失去爱人。若非造化如此弄人，他恨不得拿他拥有的一切，去换容儿的归来……

失去、归来；归来、失去……

在这似水流年的得失之间，

最让人懊恼的是爱而不得、有缘无分。

最让人欣喜的是虚惊一场、失而复得！

如果有一天，苏清容发现洪医生从未失去，

如果有一天，洪医生发现苏清容还能归来，

那时的他们，又能不能爱成永恒呢？

第二十五章 非典型幸福

转眼又到了一年中蓝花楹盛开的季节，整个悉尼都被笼罩在淡紫色的花海里，渲染上了一层温柔和浪漫的气息。苏清容每天的必经之路就开满了蓝花楹，在阳光下虔诚地绽放出紫色的花朵，昭示着又到了恋爱的季节。只是对苏清容而言，这个春天刚刚开始就已结束，恋爱时有过多少光芒，如今就留下了多长的阴影。

然而对于发生过的一切，苏清容无怨无悔！有生之年能拥有一段如此极致的爱情体验，让她觉得也算没有白活一遭。对她来说，交汇时迸发出的火花，总好过从没点亮过的黑夜，至少可以证明自己曾经盛开过、燃烧过！只是那动情之后的思念和牵挂总是如影随形，就像手术后留下的那道伤疤，成了自己身体上永不消散的印记。

岁月和挫折既可以让人变得粗糙和怨声载道，也可以让人变得柔软和豁达通透，全凭自己用什么样的心态去看待和消化。苏清容恰巧就是后者，受过的伤反而让她更懂得体谅别人的不得已，也更加珍视生命中那些值得感恩的美好瞬间。当她再一次站在美丽的蓝花楹下，想起两年前的那个自己，她发自内心地感激爱情曾经来过！

想起两年前的自己，刚刚还清房贷，开始期待爱情。而如今的自己，已经体验了一场刻骨铭心的爱恋！不仅如此，这两年间她还取得了事业上的突破，战胜了癌细胞，活出了不一样的自己！只要换个积极的角度看待生活中的那些挫折和不如意，遭遇也可以变成机遇，遗憾也不失为一种残缺的美。

带着这种宽容和善意的底色，苏清容不仅对洪医生没有恨，反而还说服自己再不舍也得把感情默默收起，去尊重和祝福他的选择。至于自己眼下能做的，就是照顾好阳阳，照顾好自己，把每天的工作做好！

苏清容刚一走出电梯，前台的 Tiffany 就着急地迎上前来，表情异样的低声说道："有位叫 Molly 的女士，一大早就来公司找你！她没有预约，也不肯在会客室等你，非说找你是私事，自己就找到你办公室去了！这人看上去特不友好，我也没能拦住……"

Tiffany 说到这里，冲着苏清容办公室的方向撇了一下嘴："看！那女的现在就坐在你办公室里！我看她好像来者不善，一副不好惹的样子，就没敢再去惹她。"

苏清容笑笑说："没事的，指不定是哪个财大气粗的客户家属呢！你做得对，不去惹她是对的。不用担心，我来搞定她！"

一推开办公室的门，苏清容就闻到了一股刺鼻的香水味。那女人看上去四十来岁的样子，一头卷发明显是精心做过的，吹出了精致的弧度和蓬松的效果。她脸上的妆略显浓烈，特别是那对厚重的假睫毛。她穿着缎面印有赛马图案的连衣裙，领口开得很低，刻意露出丰满的胸部和深深的乳沟。金色系的连衣裙、繁琐的配饰、名牌手袋，再加上矫揉的坐姿，多少显得有点咄咄逼人！

那女人一见苏清容走进来，便趾高气扬地先说道："苏小姐，是吧？"

苏清容保持着得体的微笑，礼貌地答道："叫我 Rong 就行。请问您怎么称呼？"

那女人的眼里放出一道轻蔑的寒光，冷笑一声道："你不认识我，但你一定认识 James Hung 吧？"

苏清容这才意识到，眼前的这位不就是那天和洪医生在一起的女人吗！虽然她现在的样子跟穿着病号服的时候判若两人，但那轻蔑的眼神却一模一样！苏清容顿时感到一股血涌上头，整个人有点无所适从，说不出的难受和尴尬。她努力让自己保持镇静，尽量掩饰住内心的不安，走到自己的椅子旁坐下。她能感觉到来者不善，但又完全不知道等待自己的会是什么。

Molly 看到苏清容错愕的神情，越发得意了，提高嗓音说："我不知道 James 有没有跟你提到过，我们已经共同生活了十几年。我也不知道你们到底在一起好过几天。但是今天我来是想告诉你，你和 James，最多算是一段儿露水情缘而已。请自重，不要再幻想和他在一起了，立刻从我们的生活里滚开！"

苏清容虽然已经做好了来者不善的心理准备，但还是没想到对方一上来就如此恶语相向。她本想直接把她赶出自己的办公室，但又觉得这女人来得实在有点莫名其妙！自己明明已经离开洪医生了，她却偏偏挑这个时候来公司闹，难道她和洪医生的关系出现了什么问题？

苏清容强压着内心的气愤，尽量让自己的声音保持平静地问道："如果没猜错的话，你就是他的前妻吧？不过我不明白，作为一个前妻，你有什么资格来这里质问我？"

"我不是来质问你，我是来警告你的！你最好离 James 远远的，不然下次我再来这里，恐怕就没有这么好的脾气了！" Molly 凶狠狠地说。

苏清容本来碍于洪医生的关系，还不想把局面弄得太僵。现在听Molly 这么赤裸裸地威胁自己，顿时感到无比厌恶，语气也跟着强硬起来："先不说我想不想见你这位前夫！我倒想听听，就算我见了，你打算怎么对我？"

"别的不敢说，让你在同事面前抬不起头来，让你丢了这份工作，让你在 James 眼里变成一个小丑，我还是有把握的！"Molly 继续恐吓道。

苏清容表示不屑地笑道："我请你搞搞清楚！我能坐到今天这个位置，靠的是我的工作能力，不是同事怎么看我。而且在这间公司，每个人的工作量都很饱满，没人有那个闲工夫去关心别人的私生活！再说了，我一个单身女人，James 一个单身男人，我们俩的八卦好像也没什么娱乐价值吧？当然了，如果你非要来出丑，我也拦不住你，到时候我们可以看看谁更像一个小丑！"

Molly 完全没料到眼前这个看上去温和娴静的女人，居然会是个难啃的硬骨头。看到苏清容并不吃恐吓这一套，对自己来公司闹事这一招也完全无惧，她不得不及时调整策略，把自己摆在一个受害者的位置，占领道德的制高点，让苏清容感到有愧于她！

Molly 收起了那副凶神恶煞的表情，挂上了些许伤感，调低了音量说："我叫 Molly，和 James 一起生活了十几年！虽然这些年分分合合，但我知道，这辈子我是离不开他的了！毕竟我们已经做了十几年的夫妻，而你和他还不到一个月。咱们三个人如果必须有一个人退出，你总比我好抽身吧？"

"有些人认识了一辈子，却依然不了解对方。有些人刚刚认识，却能走进彼此心里。你和他不管是十几年，还是十几天，都不再重要，重要的是他现在到底爱谁！"苏清容说这话时感到一阵委屈，洪医生最终选择了眼前的这个女人，说明他爱的是 Molly，而不是她。苏清容实在不明白，既然 Molly 已经拥有了洪医生的爱，为什么还要跑到自己面前耀武扬威！

然而只有 Molly 自己清楚，洪医生跟自己在一起是被逼无奈，他爱的人是苏清容！Molly 根本不相信洪医生和苏清容已经结束，更不知道那枚价值不菲的戒指不是为了见证一段感情的开始，而只是为了纪念一段感情的结束。洪医生是她失败的人生中能够抓住的最后一根稻草，她必须不顾一切地把他困住，赶走他身边所有的人！

Molly 有点情绪失控，抑制不住地喊道："虽然他爱的是你，但你们永远都别想在一起！我告诉你，爱其实什么都不是！重要的根本不是他爱谁，而是他怕谁！他怕我抑郁，怕我自杀，更怕我会伤害你！她一个大男人都这么怕，难道你不怕吗？"

当 Molly 亲口说出"他爱的是你"这句话时，苏清容愣住了！这个反复折磨了自己很久的问题，居然从他前妻的口里找到了答案！眼前这个女人的自私和疯狂，难道不正好印证了洪医生的担忧吗？他也许真的是怕她做出伤害自己或者伤害别人的蠢事，才不得不违背自己的心愿，放弃了追求幸福的权利。

Molly 见苏清容不说话了，暗自以为她大约是怕了，想要知难而退了。Molly 觉得，这世上应该没有几个人愿意拿自己的生命做代价，只为了追求"爱"这种虚无缥缈的玩意！为了让苏清容相信自己能有多疯狂，Molly 伸出了手臂，把手腕上的那条鲜红的疤痕摆到了她的眼前："看！我能为他死！你能吗？"

苏清容看到那条伤疤，又想起在医院穿着病号服的 Molly，她终于明白洪医生的态度为什么会发生突然的转变！他是一个医生，他的工作就是救死扶伤，他怎么可能眼睁睁地看着自己曾经的爱人因为他而结束生命呢！想到这里，苏清容心里默默响起一个坚定的声音："原来他放弃我真的是因为不得已！原来他是爱我的！"

意识到自己才是被他爱的那一个，反而让苏清容觉得面前的这个女人既不可怕，也不可怜，而只是可悲。她目光笃定地看着 Molly 的眼睛说："我的确不能为他死，因为拿死去绑架他这种事，我真做不出来。正因为我爱他，我才更要好好活着！在未来那些漫长的岁月里，陪着他，照顾他，跟他一起慢慢变老才是我爱他的方式。他怕你，是因为他太善良！我不怕你，是因为我不许任何人滥用他的善良！"

这次轮到 Molly 愣在那里，不知该如何反驳才好！她从苏清容坚定的目光里，看到了一种让她感到畏惧的东西，那双眼睛带着一点邪不压正的光芒和永不退缩的勇气。Molly 知道这样的人很难落入自己的控制，因为他们具有极强的定力和洞察力，可以看穿她以道德之名的情绪勒索，看透她利己主义的虚张声势。

苏清容又仔细看了看那条鲜红的伤疤，发自内心地为 Molly 感到惋惜："你还年轻，还漂亮，未来还有的是好日子！为了一个已经不爱你的男人，这样伤害自己多傻啊！"

Molly 抽回了那只手臂，心有不甘地说："我把一个女人最好的时光都给了他，换作你，你会甘心吗？大不了，我跟他耗上一辈子，谁也别想快乐！"

"可你把后半辈子都耗在一个不爱你的男人身上，这对你自己又有什么好处呢？你不试着离开他，不去尝试其他可能，你又怎么可能接近幸福呢？"苏清容真心为 Molly 的混乱逻辑感到着急。

"我尝试过！我受过伤，已经懒得再试了！你不是我，我经历过多少痛苦，你根本不知道！你比我年轻，你有你的事业，你还有很多可能。可我什么都没有，我只有他了！"Molly 说到这里一阵心慌，已经在气势上彻底认输了。

Molly 不得不承认，自己的虚张声势被轻易看透，威胁恐吓也没起到作用，倒是那条鲜红的疤痕勉强博取到了一点同情分。于是 Molly 决定放下面子，开始专注卖惨："你知道死有多可怕吗？我没有工作，没有朋友，只有 James！如果连他都没了，我真的不如死了算了！"

"我知道死有多可怕，因为我经历过死里逃生。真要比惨，恐怕你还真没有我惨。如果你有兴趣听听我的故事，我们可以换个地方喝杯咖啡，好好聊聊。我这人最不喜欢卖惨，我只是想让你知道，如果我都可以活过来，你也一定可以！"苏清容说到这里，指了一下文件柜上的两个相框。左边的照片里是一张破旧不堪的小公寓，右边是一个独栋别墅的效果图。

"你看那个破房子，那就是我刚离婚时带着女儿租住的地方。我离婚的时候，没有房产，也没有钱，只有一个三岁的女儿和一个不肯付任何抚养费的前夫。我一个人带着女儿和四个箱子回到悉尼，从这间破屋子重新开始。"苏清容平静地说。

"你离过婚？还带着女儿？"Molly 有点惊讶！她完全没有在苏清容的身上看出岁月磨砺的痕迹，还以为她是那种涉世不深的单身女人。

"我离过婚，一个人抚养女儿已经整整九年了。"苏清容点点头。

"那孩子的爸爸呢？"Molly 简直不敢相信眼前这个女人经历过这样的遭遇。

"他不在澳大利亚，也没再过问过女儿。"苏清容顿了一下说，"Molly，不是哪个男人都像你前夫那么有情有义的，很多人都是可以狠下心不闻不问的。"

"难道你不恨他吗？你不应该轻易放过他！要是我，我一定会去报复他，让他永远都不得安宁！"Molly居然开始向着苏清容说话了。

苏清容无奈地笑道："我不是放过他，我是放过自己。他选择怎样的人生，自然会有他应得的报应，已经与我无关。如果我把时间和精力都放在抱怨或报复上，最好的结果不过就是两败俱伤。你看，这些年我一直在为了自己和女儿努力，我现在过得不是挺好吗？"

Molly沉默了片刻，指了一下右边的那个相框问道："这是你现在的家吗？"

"还不是，但是以后会是的！至少我相信会是的！"苏清容说这话时，眼神里流露出的自信和激情，着实让Molly有点动容。那是一种愿意为了目标去努力的心甘情愿，带着坦荡和从容！

苏清容把那个相框拿了过来，用她那纤细的手指轻轻指了一下那座大房子，带着点小骄傲地说："这是我为自己设计的房子，虽然现在还只是张图纸，但这是我要努力实现的目标！当我觉得累了，快要挺不住的时候，我就会看着它提醒自己！既然我能从那个破屋子走到现在，那我也一定能从现在走到这里！而且我相信，这个目标靠我自己就能实现，不需要任何男人！"

作为一个女人，Molly不得不承认，苏清容的独立和坚强让她有点佩服！她虽然可以怀着自恋的弱者心态，对洪医生百般苛求、无尽索取，但她却实在找不到任何理由，去攻击和贬低面前的这个女人。她甚至觉得，苏清容此时散发出的自信光芒有些刺眼，让她觉得有点自惭形秽！

苏清容见Molly沉默不语，便再次主动邀请道："怎么样，要不要和我去喝杯咖啡？"

Molly虽然嘴上没有回答，身体却不由自主地站了起来，默许了她的邀请。

穿过那条开满蓝花楹的街道，苏清容带Molly来到了街角的那家甜品店。两年前她第一次走进这里品尝甜品，也是在那天开始憧憬爱情的甜。同为女人，苏清容其实能看出Molly的强势是装出来的，一切浮夸的演技都是为了掩盖内心的脆弱和无力。苏清容不仅不觉得Molly可怕，反而还有点同情她！经历过磨难和低谷的人，更能理解那种困顿无力的感受，也自然就变得更加乐善好施。

而此时的Molly也的确感到无计可施、底气不足！其实她这些年善用的伎俩无非就是：恐吓威胁、责任转嫁、道德绑架，实在不行就装弱者、假自杀、扮可怜。然而一旦遇到不吃这套的对手，她也只能做个认怂的胆小鬼，并没有什么真材实料和成事的资本。

这也是Molly之所以对洪医生贬低和控制，让他远离外界的情感支持，长期把他孤立在自己身边的原因。因为Molly的潜意识非常清楚，一旦绑架对象有了信赖的人，得到情感的支持和人格上的肯定，他就很容易看透这一切，打破自我怀疑，跳出她的控制！

如今的洪医生因为苏清容的出现，已经意识到了他自己的需求，而这是Molly最害怕看到的局面！她必须打消他的自我意识，让他继续活在自我否定中，只为她Molly的需求而奔忙。所以无论如何，她都要说服苏清容离开洪医生，尽管她对此已经越来越缺少胜算！

　　店里放着舒缓的爵士音乐，空气里弥漫着咖啡和香草的味道，阳光透过茶色的玻璃照进来，平添了几许春晖的暖意。两个女人面对面坐着，时不时看看窗外，又时不时打量几下彼此的脸，气氛既紧张又尴尬。

　　苏清容透过 Molly 强势的妆容，看出了这个女人的心虚和茫然。她努力让自己看上去强势和不好惹，其实不过是个缺乏自信和勇气，除了男人不知道还能抓住点什么的无助女人！抛开玻尿酸造成的表情僵化和那过于厚实的粉底，Molly 的这张脸其实也算有几分妩媚的姿色和美艳动人之处！特别是她那精致立体的五官，虽然略显锋利，却不失熟女的性感和韵味。

　　这时服务生送来了香浓的咖啡和精致的蛋糕，苏清容主动拿起糖罐帮 Molly 加糖："一茶匙够吗？"

　　Molly 能感受到苏清容的善意，配合着递过茶杯说："两勺。谢谢！"

　　在这个格外舒服和放松的环境下，咖啡的香气的确让 Molly 放下了防备的情绪，第一次平心静气地打量起苏清容。就 Molly 的审美而言，苏清容并不算漂亮，她的五官和身材都过于寡淡，整个人看上去沉静克制，缺少点美艳和性感。但她必须承认，苏清容长着一张很让人舒服的脸。她看上去极具亲和力，完全没有攻击性，甚至带着点少女的清纯和温柔。

　　在 Molly 的世界里，洪医生作为一个老公，一直都达不到自己的期望值。她总觉得他应该更帅、更高、更多金。然而当此时的 Molly，面对着苏清容这面镜子，她才愕然比照出自己的匮乏！Molly 之前从未想到，那个在她眼中永远不够好的老公，如今却被这样一个优秀的女人视为珍宝！她第一次觉得有必要重新认识一下自己，也重新审视一下自己的这位前夫。

然而，Molly 没有忘记自己来见这个女人的初衷。她不是来看她有多好，而是来请她离开自己的前夫的！她喝了一口咖啡，冷冷地说："你和 James 还在偷偷见面对吗？我希望你能跟我说实话。"

"说实话，我们已经好久没见面了，他也一直没有联系我。"苏清容如实回答。

"你在撒谎！"Molly 的眼里再次露出仇恨的冷箭！

"我没有。"苏清容依旧平静地回答。

"非逼我拿出证据来戳破你的谎言吗？昨天我还在他的车里看到了一枚求婚钻戒！钻石很大，盒子上还写着你的名字！难道那不是给你买的！"Molly 气急败坏地说。

"我再说一遍，他已经一个月没联系我了！我以为他爱的是你，我也没再打扰过他！不过谢谢你让我知道了事情的真相，让我知道他还爱我！虽然之前我们的确没有见面，但现在我必须坦白地告诉你，我想好了未来该怎么做！"苏清容目光坚定地直视着 Molly 的眼睛，那眼神里夹杂着愤怒和坦荡！

Molly 有点慌了："你想好了什么？"

苏清容目光如炬，一字一句地说出了下面这番心里话：

"我相信几年前当你提出离婚的时候，你已经不爱洪医生了。如果你不爱这个男人，请你放过他！如果你现在觉得后悔了，也请公平一些，尊重他重新选择的自由！你必须明白，他现在已经不是你的老公。他帮你是情分，不帮你是本分！

"至于我，我是不会在一个不爱我的男人身上纠缠不清的，所以我选择了退出。但是现在，你让我知道了他爱的是我，所以我不会放弃。不管未来有多困难，我都会一直陪着他。我愿意为了我们的未来拼尽全力，因为他值得我这么做！

"至于你，我希望你不要再伤害自己了！为了一个不爱你的男人伤害自己，太傻、太不值了！当然，如果你执意还要做出疯狂的事情，我愿意陪着洪医生一起面对。不管你选择珍惜你的人生，还是结束你的生命，我都会告诉他：那不是他的错，那只是你自己的选择而已。

"至于你对我的威胁和恐吓，我只想告诉你：我真的不害怕！我相信你没有胆量做出伤害我的事，因为你知道法律不会放过你，洪医生更不会再继续迁就你！法律是一切行为的底线，道德是较高的标准，而这中间就是真实的人性。你之前对我的恐吓，我会把它当作你在人性受到考验时说出的气话。我相信你没有那么坏，也不会真正触碰法律的底线！

"最后请你相信我，即使我们生活在一起，我也不会阻止他适当地给你帮助。他帮你只是出于责任，我既然爱这个人，就愿意接受他的连带责任。但我绝不允许任何人滥用他的善良。他的善良应该用来珍惜，而不是被剥削！"

苏清容把想说的这番话一股脑儿地说完，觉得心里轻松了不少，转头望向窗外。她不知道 Molly 能听进去多少，也不知道她需要多少时间消化和理解，但她已经做好了心理准备，不管 Molly 的态度能不能转变，洪医生这个人她都爱定了！

Molly 发现苏清容这个女人虽然声音不高，但说出的话却掷地有声、句句诛心！她万万没想到，苏清容会把自己看得如此透彻，连要死要活这招儿都被看穿。Molly 从没跟这么强的对手过过招，不知不觉已经开始乱了阵脚。

苏清容的睿智、从容和坚持，让 Molly 觉得有点发怵。她对待爱情的勇敢、担当和不计得失，又让 Molly 有点自叹不如！苏清容这种不计得失，认定了就不离不弃的笃定坚持，让 Molly 实在感到无计可施、心灰意冷！与其死撑着跟对方硬碰硬，还不如卖惨，为自己争取到最后一点利益。

无奈之下，Molly 只好认尿："其实我也不想搞成这样，我也不想妨碍你们的幸福！但我没你这么独立，很多事我都需要依赖他……"

"那就努力克服依赖吧！我相信每一个健全的成年人都能做到！"苏清容不打算给 Molly 继续卖惨的机会，一针见血地说，"麻烦别人时，还是多想想那句话：别人帮你是情分，不帮你是本分！趁着还有人愿意帮你，学会感恩和善待，才不至于最后落个孤家寡人。"

苏清容顿了顿接着说，"洪医生在这世上没有亲人，什么都是靠他自己。不过现在不一样了，他有我了！以后有我陪着他，我要让他好好的！我也希望你能好好的，毕竟你曾经是他的亲人，未来也可以做他的朋友。我相信，比起多个仇人，你应该更希望多个朋友吧？作为朋友，我们都会帮你的！你想想，少了个不爱你的男人，却多了两个关心你的朋友，多划算啊！"

苏清容见 Molly 不接话，索性主动伸出右手，一脸诚意地说："怎么样？愿意多个朋友的话，咱们握个手吧！"

Molly 怎想到原本胜券在握地跑来宣战，却落得这么个握手言和的结局！不过说来也怪，在她和苏清容握手的那一刻，不仅没有溃败的悲哀，反而感到有点解脱的自在！那感觉就好像，一直以来都把洪医生当成悬在头顶的那把伞，无时无刻不在努力够着它，抓紧它，生怕它会消失。

如今，当那伞终于被撤掉，她反而释然了，反而看到了整片天空！

感到解脱的不只 Molly，还有苏清容。从咖啡店走出来的那一刻，她感到阳光灿烂、云淡风轻，生活又重新充满希望！连那在绝望中等待爱情的蓝花楹，都开得如此畅快淋漓、尽情尽兴！云开雾散，世界还是那个美好的世界，爱人也还是那个真挚的爱人……

人这一生会遇到很多很多人，多数只是擦肩而过，很少有人能产生牵绊，更少有人能陪你一生！如果有幸遇到灵魂相似的人，在最难的时候依然爱着你，那一定要好好珍惜，爱成永恒！知道洪医生的为难是真的，爱也是真的，这就足够了。苏清容现在充满了力量，他们的未来逐渐变得清晰，幸福的轮廓也越来越圆满。她下定决心，这次要勇敢一点，不再让幸福擦肩而过！

下午回到办公室，苏清容发现办公桌上摆着一件快递。她毫无心理准备地打开包裹，在看到钻戒的那一刻，彻底惊呆了！那颗粉粉的钻石是如此晶莹可爱，直接把爱情的光芒闪耀在她的心头，激起了千万朵浪漫的浪花！她几乎是含着泪读完的那封信，从头到尾都能听到自己怦怦的心跳声。字里行间都渗透着洪医生的心疼和不舍，克制和无奈，显然他在写这封信的时候，已经做好了不惜一切保她平安的孤独决定。

苏清容含着幸福的泪水，小心翼翼地把那枚戒指戴在了自己的无名指上，用手机拍下了一张照片。她把照片发给了洪医生："好喜欢！再也不想摘下了，怎么办？"

这条短信把久违的快乐又带到了洪医生的世界，他憔悴已久的面庞终于露出了一丝微笑。看到自己爱的人开心，就是他最大的幸福，他恨不得容儿的手上可以永远戴着这枚戒指，而他可以永远牵着她的手！然而千言万语却只能化作一句："对不起，多珍重。"

"你明明还爱我却死不承认，这一点你的确很对不起我！爱就是要两个人一起分担，比起要共同面对你的前妻，我更害怕失去你！对我来说，Molly 不是问题、所有的一切都不是问题，只要我们相爱，这些都不是问题。我想你知道，好的、坏的我都愿意陪着你。你不再是一个人，你有我。"苏清容发完这条短信，就准备开车去医院找洪医生！她要第一时间见到她的爱人，她要扑到他的怀里，再也不许他放手！

洪医生完全没想到 Molly 去见过容儿，更加没有想到容儿依然愿意共同面对、不离不弃！越是爱她，就越不忍心连累她："生活的苦难还是让我独自面对吧。我实在不忍心看你再被任何事伤到一丝一毫。我远没有你想象中的完美，我配不上你的爱。"洪医生写道。

"可人并不是因为完美才被爱，而是因为爱才完美！"苏清容写完这句话，就一脚踩下油门，冲在去见爱人的路上。

这条改变命运的短信让洪医生彻底湿了眼眶，直接把他从绝望孤独中拉了回来，给他干涸的伤口敷上了滋养的药水！第一次有人对他说"爱就是要两个人一起分担"，也是第一次有人告诉他"你不再是一个人，你有我"！

如此无条件的认可和接纳，如此纯粹而笃定的爱情，能迸发出强大的力量，足以抵御一切严冬，融化最冷峻的冰川。洪医生的脸上又泛起了笑容，眼睛里又燃起了希望。他的世界从万念俱灰瞬间变得阳光普照！

在这个世界上，容儿的爱就是洪医生一直以来孜孜以求的那个支点。从小到大，他最缺的就是这种被无条件爱着的感觉。他总觉得要做到完美才值得被爱，然而容儿却让他明白：并不是因为完美才被爱，而是因为爱才完美!

从那一刻起,他们的灵魂终于相认、相惜、相守。他们终于可以跨过所有阻碍,抛开所有烦恼,紧紧相拥、久久相恋! 在人生漫漫的旅途中,经历了重重坎坷和挫折,挨过一次次的失败又重启,终有那么一个人的出现,能让你和过去握手言和,把未来过成自己喜欢的样子。

生命中遇到的大多数人注定都是过客,最终能留下来彼此守护的,往往有着相似的灵魂和心有灵犀的默契。他们可以越过皮囊与灵魂直接相认,他们可以读懂彼此的心、认出彼此的好! 他们可以不计得失地珍惜彼此,守护彼此,爱成永恒……

愿那些还未相认的灵魂,依然热血,永不放弃! 哪怕兜兜转转,走走停停,只要不放弃对幸福的渴望,不丧失爱的能力,最终都能找到属于自己的另一半,活出属于自己的非典型幸福!

后　续

2020 年突如其来的新冠肺炎疫情，重创全球，也改变了几乎所有人的生活！每个人、家庭，甚至国家，都不能幸免地加入抗疫大军，也都不得不重新审视自己与这个世界的关系。这是人类与病毒的较量，也是人类与自己的较量。

这一年，苏清容和洪医生已经走进了婚后的第三个年头。他们刚刚搬入盖好的新家，白墙青瓦、轩敞明亮，有个面朝大海的转角阳台和开满鲜花的幽静小院。一切都跟那张图纸上画的一模一样，一切都是苏清容梦想中的样子！前院的一角还种下了一棵蓝花楹，虽然还只是一人来高的小树苗，却已经在阳光下奋力地开出了几朵淡紫色的花，带着一股子相信爱情的倔强，守护这个充满爱的家。

洪医生依旧忙碌，一台台的手术，一个个的病人，日复一日地坚守初心。但每天忙完回到家，都有热腾腾的饭菜和温暖的笑脸等着他。不管多晚都有人给他煮上一碗面，留上一盏小灯，送上一个拥抱。不用加班的晚上，他喜欢在饭后牵着容儿的手一起散步，从黄昏到日落，看着余晖消失在无际无边的天空，庆幸自己有爱人相伴，有爱相守。刮风下雨的日子里，洪医生喜欢陪容儿看上两集她心爱的电视剧，一家人窝在沙发里吃吃零食、聊聊天。最让洪医生感到幸福的还是，每天搂着爱人的身体相拥而睡，每天一起入睡，再一起醒来。

苏阳已经长成了一个十五岁的大姑娘，越来越有自己的想法和主见。除了学习，她把越来越多的时间花在同学和朋友、音乐和电影，还有洪医生送她的那条小狗身上。在洪医生潜移默化的影响下，苏阳想要成为一名医生，为了备考，开始自觉自愿地发奋图强！这一年，她情窦初开，开始憧憬爱情，向往像妈妈和洪医生那样的幸福和美好。也许在不久的将来，苏阳也会迎来自己的爱情，体会到爱情最纯最美的样子！

Molly依然没有工作，她卖掉了那座硕大的豪宅，换了一套复式小别墅。一买一卖富余出的钱足够用来养老，也给她漫长的相亲路打下了坚实的经济基础。Molly知道，有了苏清容的洪医生再也不会轻易被她控制，与其继续在他身上浪费精力，还不如尝试寻找新的目标。Molly游刃有余地穿梭在一个又一个猎物间，虽然还没找到下一个可以控制的目标，却也沉浸在成年人的感情博弈里，渐渐退出了与洪医生有关的世界，从此再无交集！

随着新冠肺炎疫情的肆虐，悉尼卫生局宣布暂停择期手术，把更多的医疗资源留给新冠患者。一向忙碌的洪医生因为择期手术被推迟，终于有机会宅在家里，陪陪他心爱的容儿，过过慢节奏的家庭生活。之前中国急需物资的时候，他和容儿一起联系到了口罩供应商，力所能及地支持武汉，把筹集到的口罩寄往中国。如今悉尼疫情告急，容儿又联系到国内的朋友，为附近的医院和学校筹措到大量消毒液和洗手液。

苏清容所从事的建筑行业也因为疫情遭遇了需求紧缩、项目锐减的情况，这也让她有了更多时间待在家里，守着这两个她最爱的人，享受着无人打扰的慢生活。那是一个风和日丽的午后，洪医生在书房开视频会议,上面穿着笔挺的西装,下面穿着小熊图案的睡裤。苏清容把刚煮好的咖啡轻轻放在他的写字台上,两人相视一笑,满眼的幸福和满足。

苏清容捧着自己那杯咖啡来到阳台上,眺望着远处那片汪洋和白云朵朵的蓝天。院子里传来女儿开心的笑声和狗狗欢快的叫声,还有风吹树叶的沙沙声和自由自在的鸟语虫鸣。

苏清容深深吸了一口气,将这沁人心脾的幸福味道吸入体内,脸上露出了一个淡淡的微笑。在这只此一次的生命里,能享受到这样简单踏实的幸福,大概就是对生而为人最好的奖励了吧!

每个人来到这个世界,面对命运抛来的种种难题,无数次被打倒又无数次重新站起来!哭过、笑过、爱过,付出过、坚持过、勇敢过,不就是为了有生之年能体验到这样的温暖和幸福吗?人间有味是清欢,平淡的幸福就是这人间最美的味道!

苏清容面朝大海,心怀感恩。她打开电脑,想要写下一个故事,一个关于幸福的故事。虽不是一生一代一双人的典型幸福,却是个历经风雨、终见彩虹的真实故事!她想告诉那些还在朝着幸福努力的人们,累了可以歇歇,痛了可以疗伤,只要追求幸福的心不死,只要还保有爱的能力,就一定会与那个知你冷暖、懂你悲欢的灵魂相遇,修来属于你们自己的非典型幸福!

图书在版编目（CIP）数据

　　非典型幸福 /（澳）五月舟著 . -- 北京：台海出版
社，2022.1
　　ISBN 978-7-5168-3191-5

　　Ⅰ . ①非 ... Ⅱ . ①五 ... Ⅲ . ①长篇小说 - 澳大利亚 -
现代　Ⅳ . ① I611.45

　　中国版本图书馆 CIP 数据核字（2022）第 016748 号

非典型幸福　Atypical Happiness

著　　　者：［澳］五月舟

出 版 人：蔡　　旭

责任编辑：戴　　晨　　　　　　　　封面设计：王立法

出版发行：台海出版社

地　　　址：北京市东城区景山东街 20 号　　邮政编码：100009

电　　　话：010-64041652（发行，邮购）

传　　　真：010-84045799（总编室）

网　　　址：www.taimeng.org.cn/thcbs/default.htm

E - mail：thcbs@126.com

经　　　销：全国各地新华书店

印　　　刷：北京华强印刷有限公司

本书如有破损、缺页、装订错误，请与本社联系调换

开　　　本：787 毫米 x 1092 毫米　　　1/16

字　　　数：236 千字　　　　　　　　印　　张：10.625

版　　　次：2022 年 1 月第 1 版　　　印　　次：2022 年 3 月第 1 次印刷

书　　　号：ISBN 978-7-5168-3191-5

定　　　价：39.80 元